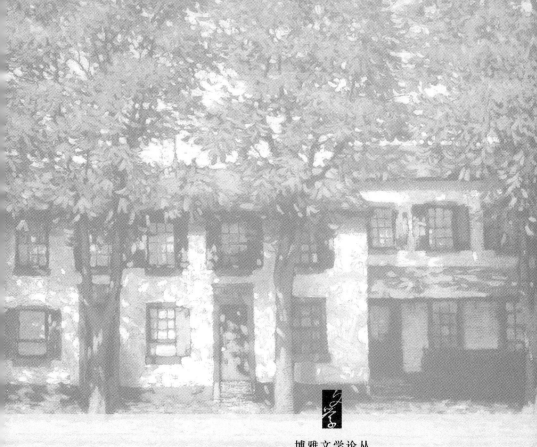

博雅文学论丛

被叙述,所以存在

中国现当代文学的论想

吴耀宗 著

图书在版编目(CIP)数据

被叙述,所以存在:中国现当代文学的论想/吴耀宗著. —北京:北京大学出版社,2014.3

ISBN 978-7-301-24024-3

Ⅰ.①被… Ⅱ.①吴… Ⅲ.①中国文学-现代文学-文学研究-文集 ②中国文学-当代文学-文学研究-文集 Ⅳ.①I206.6-53

中国版本图书馆 CIP 数据核字(2014)第 046053 号

书　　　名：被叙述,所以存在——中国现当代文学的论想
著作责任者：吴耀宗　著
责　任　编　辑：张雅秋
标　准　书　号：ISBN 978-7-301-24024-3/I·2735
出　版　发　行：北京大学出版社
地　　　址：北京市海淀区成府路 205 号　100871
网　　　址：http://www.pup.cn　新浪官方微博:@北京大学出版社
电 子 信 箱：pkuwsz@126.com
电　　　话：邮购部 62752015　发行部 62750672　出版部 62754962
　　　　　　编辑部 62752022
印　　刷　者：三河市北燕印装有限公司
经　销　者：新华书店
　　　　　　650 毫米×980 毫米　16 开本　15.75 印张　220 千字
　　　　　　2014 年 3 月第 1 版　2014 年 3 月第 1 次印刷
定　　　价：39.00 元

未经许可,不得以任何方式复制或抄袭本书之部分或全部内容。
版权所有,侵权必究
举报电话:010-62752024　电子信箱:fd@pup.pku.edu.cn

目 录

序一 诗性的论说与洞见
　　——试评吴耀宗的理论批评 …………………… 陈晓明　1
序二 纵横文本内外 ………………………………………… 南　帆　10

第一章 被叙述,所以存在
　　——从文学史上的鲁籍作家看价值叙述的建构 ………… 1
第二章 西方主义
　　——郭沫若、郁达夫早期小说的西方想象 ……………… 22
第三章 郭沫若的杀子意识与小说现代性 ……………………… 46
第四章 从私密到公共
　　——郁达夫的情色空间 …………………………………… 60
第五章 "错"译与"对"骂
　　——创造社人与胡适论争中的书写策略 ………………… 76
第六章 去性别叙述
　　——解读张爱玲《小团圆》的新视点 …………………… 104
第七章 空间反抗
　　——中国改革开放以来的苦旅小说 ……………………… 119
第八章 轮回·暴力·反讽
　　——论莫言《生死疲劳》的荒诞叙事 …………………… 146
第九章 张炜"看"小说的方法
　　——以《你在高原》中的《鹿眼》为例 ………………… 160
第十章 简化上海
　　——在港上海作家的浪漫原乡 …………………………… 185
第十一章 从北角到九龙东
　　——在港上海作家的香港想象 …………………………… 197

第十二章 "精神中国"的生成
　　　　——论述1976年以后文学的新概念 …………… 215
后　记……………………………………………………… 232

序一　诗性的论说与洞见
——试评吴耀宗的理论批评

陈晓明

我与耀宗相识于数年前他主办的那次"精神中国：'文革'后的中国文学"国际研讨会上。耀宗的诚恳、认真、细致，给我留下极好的印象。耀宗早年留学美国，获西雅图华盛顿大学文学硕士及博士学位。后在新加坡国立大学中文系任教，现今执教于香港城市大学，教授中国现当代文学。过去偶有读过耀宗在海外文学刊物上发表的诗作，我能感觉到，"作为一个诗人/你生就阴天的气质/总是以一株乔木拥有一整片草原的眼神/去盼望下雨……"（《揣摩生命的目光》），如此的生活事相，我知道他在深沉的伤感中有一种不可排遣的期盼。耀宗供职于香港城市大学，他热爱他的学校，敬职于他的教师工作，做人像他，当是十分谦逊与友善。作为诗人，他对现代社会，对生活作为一种存在，又有深切的体味。他深知"那种遭遇过时间的都学会流水的步骤"，他并没有"上善若水"的高傲或期许，只是自觉"避免和地势争吵"，这就领悟到生存的通透："至于手这么抽象的事/握紧，它是一拳的虚空/打开，对岸把无限伸延过来……"耀宗的诗简洁、机智、灵巧，绝不圆滑，不亢不卑，通透明晰中有着一股子不屈的气质。如此，就好理解，作为诗人的耀宗，要写下这些理论批评的文字，要讨论叙事文学作品，肯定会有他独到之处。最近读到他的书稿《被叙述，所以存在》，能看出他理解中国现当代文学的独特角度，他对问题的敏感性，他处理理论问题凭借的艺术敏感力——这些都构成了他的学术著作的独到之处。

耀宗读硕士博士时学的都是古典文学，转过来研究中国现当代文学，这就有相当的旧学根底，不过这部书稿可以看出的是他对西方现代文学批评的知识脉络把握得相当清晰且有厚度。由此可以见出，耀宗对中国现当代文学的研究，提问题的角度与大陆学界颇不相同，这与他的知识背景，与他身处国际汉学研究的学术语境相关。尽管从耀宗的大量引述可以看出他也熟知国内学界，但他的文章是风格十分鲜明的带有海外汉学研究的那种韵味。对于我来说，常读国内的同行的文章，读到耀宗的文章，自然有一种欣喜。这当然是我个人的趣味，也算是我孤陋寡闻。较早读到耀宗的文章，即是那篇《郭沫若的杀子意识与小说现代性》，过去也了解一些郭沫若这方面的故事，此番耀宗从现代小说的角度来加以论述，觉得切入角度颇为大胆，当然也是十分新颖。"杀子意识"如何具有现代性，这立论当是有胆识。自鲁迅《狂人日记》提出中国五千年封建社会"吃人"，而且吃的是孩子，提出救救孩子，那是通过传统的"杀子"文化来表达对中国封建制度的颠覆性批判，郭沫若则表达了中国现代之初的另一层面的意思。耀宗分析了郭沫若早年多篇小说，如《牧羊哀话》《残春》《漂流三部曲》中的《十字架》等小说。郭沫若描写如此恐怖的情节，固然有他试图进行小说心理意识流探索的因素，但更主要的是他心理紧张压抑的表达。耀宗则是结合郭沫若个人的经历，去看现代中国知识分子与时代的紧张关系。其现代性的意义当在于，郭沫若为家庭困窘所束缚，不能到外面的世界去放开手脚闯荡，不能在民族国家的意义上来定位个人的生存意义，固而心生怨恨情绪。如小说中的人物爱牟，原本自诩但丁，却一事无成既不能完成自我期许，也不能为爱人所重。"杀子"意识实则是怨恨的现代性情绪发泄，由此或可解释郭沫若后来走上共产革命之路，也可进一步推而论之，如此个人面对时代的心理压抑，构成了中国现代一部分知识分子走向激进革命之路。当然，后面的两点则是耀宗给我的启发。耀宗提出的问题，切开是一个个别的小的角度，却打开一个现代之初遗留至今的难题。这篇文章能打通文本与历史、与作家个体经验的关联，当是做得十分恰切。若是在"杀子"的现代性这一意义上，再切实深入展开理论探讨，文章当是更加有力。

在《西方主义：郭沫若、郁达夫早期小说的西方想象》这篇文章中，当可看到耀宗综合处理问题的能力。这篇文章借陈小眉的"西方主义"理论为背景，介入中国现代文学，梳理郭沫若、郁达夫作品中表现

序一　诗性的论说与洞见

出的西方想象。所谓西方主义,在陈小眉那里,即是说,中国本土知识分子形成的、以西方价值理念为依据,对本土政治文化的一种批判态度。耀宗把这一论说移植到现代中国,当可呈现更具有文化意味的历史场域。耀宗试图论述郭、郁二位作品表现的西文想象,有其时代必要性和合理性,如二人成立创造社,"即是出于振兴中国文学的宏愿;而在早期小说中想象西方,反复描摹、再现西方人物情态,勤于和西方文本对话、互涉,处处让西方介入,又处处介入西方,更是一种寻求一新耳目的尝试",也因此,郭、郁二位要颠覆当时萎靡困顿的主流书写模式,"建构中国小说的现代性",这些见解显出耀宗的历史客观态度。耀宗的分析着眼于从文本细读中来发掘论述的依据。他分析郁达夫公开发表的第一篇小说《银灰色的死》,注意到其中一个细节,小说主人公Y君在爱情失意时,脑海中浮现的"宣情文本",竟然不是母语中文,也非客居地的常用语日文,而是德文。Y君在痛苦失意时,唱了一句德文歌剧唱词,耀宗分析说,"郁达夫借此强调的,正是一个在日本落泊失意的中国人只能反复引用德文文本来表情达意,只能通过想象西方来安抚自己悲伤的心绪,可说是暗示了中国当时处在日本与西方夹缝中卑屈尴尬的地位"。这些分析当是十分恰切中肯。当然,耀宗还涉猎了更多的郭、郁二位的其他作品,这些作品大都写于日本,耀宗提出一个颇有意思的概念,即郭、郁二人在日本对西方做的"中介想象",这显然使中国现代的西方主义有了独特的表现形式。身处日本,却青睐欧洲的文化和文学,个中奥妙,耀宗有多方面的分析,这使中国现代与世界的关系,也由此开启了一个扇面。

耀宗做研究打通现代与当代,这与国内学界现代当代经常被人为割裂颇不相同。当然不只是说这部书汇集了他研究现代与当代的论文,他在具体的论述中,也总是能有20世纪文学的整体观照。例如,《被叙述,所以存在:从文学史上的鲁籍作家看价值叙述的建构》,这篇文章可见耀宗把握问题的那种细致眼光。做学术尤其可贵的是在更加细分的层面上切入,这才扎得深,才能彰显问题的更为独特的方面。耀宗审视了中国当代文学史对鲁籍作家的诸多论述,从现代到当代,有"三个十年"遗失地域身份,直到最近二十年,鲁籍作家的地域身份才被强调。耀宗从强调地域身份这点上,来看当代文学史叙述的变化,也看到鲁籍作家被重新塑造的文化的审美的意义所在。他的视野贯通了现代当代,这个地域身份问题才显现出来。当然,贯通的结果是有了历史语境变化的背景,时间突显了差别,差别构成了问题。这里有两个小问题还可以提出来与耀宗讨论,前三十年之所以会抹去地域文化特征,可能与左翼革命的经典论述是阶级论述有关,阶级论述是强调作家如何反映了阶级斗争,反映被压迫人民的生存事实,故而强调阶级论的普遍性意义,并且这种意义要在普遍性的语境中推广和传播。也就是说,不管是王统照还是臧克家,其鲁籍身份在左翼革命论述中并不重要,重要的是他们的作品有没有反映被压迫人民的斗争。地域身份在中国当代文学史论述中的兴起,直接关系是导源于"寻根"文学的研究,"寻根"不管如何不够深入,但召唤当代文学关注地域文化则是绰绰有余的。贾平凹、张炜、莫言等作家,都是在"寻根"文学的语境中成就起来的,当代文学研究也由此开始了地域文化身份的论述。地域或文化身份政治的论述,其实也是后革命的论述,阶级论述难以为继,继续革命也失去了动力,新的冲突和对立项的建构,则有赖于差异来重新建构。地域的、种族的、宗教信仰的,在当代中国,后二者失去了重新建构叙述体系的合法性,只有地域文化有可能建构起后革命、也就是后现代叙述,但中国当代文学界在这方面显然还未有效展开论述,耀宗算是较早在这方面关注这一论题。他谈的是中国现当代文学研究领域的问题,回应的是90年代以来就兴起于欧美文化研究的主题。

当然,耀宗该文的要义在于去透视作家在文学史中存在的方式,其实是一种"被叙述"的存在,他是通过地域身份的建构,使一些作家的地位突显出来,但一些作家则遗失了。文学史叙述是一个选择的过程,并且是一种文学史观念的选择结果。这也就是说,作家的客观的、自主的、绝对的文学价值与意义是难以存在的,作家总是被文学史和批评话语塑造起来的。如耀宗所认为的:"不同的文学史家有不同的叙述意愿,不同的文学史有不同的价值判断框架,在这样情况下展示出来的鲁籍作家,只是各'适'其位,并非各'在'其位。"

耀宗关于中国现当代文学的诸多研究,我更愿意看成是对"重写文学史"这一命题的深度呼应。90年代初期,陈思和与王晓明关于"重写文学史"的呼吁,切合了当代文学史研究和文学批评转型的需要。在当代文学研究领域,这一问题其实已经发生并且无需强调。当代文学的研究直接受到当代文学创作的影响,当代中国文学的创作不管小说还是诗歌,都必然在现代主义思潮的语境中来讨论,朦胧诗和意识流小说就足以表明这种历史已经在进行。但在现代文学领域,主流的文学叙述并无外力的直接挑战,只是承受着海外现代文学界不同的评价。此一评价并非来自知识话语的转型,或知识语境的变化,而是政治/意识形态立场的不同。中国现代文学的主流观点为政治钳制,已然形成固定言说的格式,在中国大陆的学术语境中能拓展的余地有限。只是夏志清先生的《中国现代小说史》另立门户,就中国现代文学史的经典叙述,避重就轻,重新叙述。不去动摇鲁迅这座大山,却翻出张爱玲、沈从文、张天翼、端木蕻良来重新评价,这就另行开辟了中国现代文学的言说。其实大陆对中国现代文学的言说方式已经烦扰多时,只是没有强有力的一套话语体系介入,一时难以改变现代文学的言说格局。具体的研究已然在进行,潜移默化的改变势所难免。夏志清的观点和方法,在文学研究脱离僵化的意识形态的套话的过程中,起到及时的推动作用。陈思和、王晓明的观点,不只是受了夏志清的启发,更重要的是现代文学累积起来的变化趋势。

尽管说"重写文学史"现在已经不是什么新话题,也没有什么可突破的空间,此说已经过去20年有余,成果当是不少,但我还是要在这一意义来理解耀宗的现当代文学论述。之所以说是"深度"呼应,就在于耀宗的阐释,已经不只是在文学与政治的关系中,去发掘过往那些为政治所压抑的文学性的意义,而是在现代性的语境中重新阐释文学书写的历史意味。比如郁达夫的欲望、情色身体书写,过去在政治化的语境中,是一个被压抑的主题。在五四启蒙的纲领性叙述下,那些身体情色主要是在人的觉醒的层面上被赋予意义。情色身体本身并没有"现代"的意义。在耀宗的论述中,郁达夫的情色身体叙述本身就具有现代性的意义,只有在现代,才有情色身体书写的公共化或共享性。固然,此一论述开先河者当推王德威的《被压抑的现代性》,晚清那些淫邪情色书写未尝不能表征着现代到来的意义。此后,此说对中国现代文学的论述影响甚大,五四不再是中国现代一个截然的起点,而且五四的经典性表述也受到多方挑战,启蒙与救亡的现代性论域疆界也被拓展,诸多的如情色身体论述的现代性意义也引起不少学术的兴趣。耀宗虽然不是较早把它引入现代文学的,但他的论述自然形成自己的学术理路。耀宗对郁达夫的情色叙事的探讨,着眼于情色如何在"私密空间"里生成展开。此一角度当是十分生动。郁达夫的小说专注于表现压抑的氛围,而在狭窄的私密空间里,这种氛围则被表现得十分细腻,窥视、体验、爱欲涌动、无法克制的欲望……所有这些人性的隐秘心理,被一点点透露出来,其表达变得"合情合理"。像《沉沦》中描写男主人公窥视房东十七岁的女儿洗澡,《空虚》里于质夫与少女同床共卧经受的诱惑,《迷羊》里"我"与谢月英在旅馆的客房里,在船上的舱房里,所有这些郁达夫小说叙述营造的私密空间都被耀宗捕捉到了,揭示出郁达夫情色叙述的独特路数,而这一视角,揭示了现代情色与传统情色描写所不相同之处。尤其是关于公共空间中的情色表现,耀宗更加深入地强调了现代情色发生与呈现的方式。耀宗认为,在郁达夫的小说里,公共场合实则是作者从单一的视角来"异化"(defamiliarize)女体,营造情色之境。"这既是一种独占的行为,也显示了一种日益孤独,性压抑更甚的心理空间。"由此,情色的现代性显示了复杂的意义。

耀宗做古典的文学功底及方法与现代理论阐释结合,倒是使他的文章自有一种路数,又有一种韵致。本书中的《错译与对骂:创造社人与胡适论争中的书写策略》,就是一篇十分别致的文章。耀宗做资料的功夫也好生了得,关于错译与对骂的整个过程及关节点,耀宗的叙述扎扎实实,步步进逼胡适与郭沫若、郁达夫的矛盾所在。对于耀宗来说,重现那段精彩的故事,是为了探究历史真相,而他更关注的是在现代的场域中,这两派人的分歧,个人的恩恩怨怨,最后分离出截然对立的政治敌我。耀宗把布迪厄的场域理论引入,这是90年代中期布迪尔在海外中国研究开始发热的影响所致。中国现代因为社团林立,小宗派、小圈子显示出文坛自由的气象,那些意气用事正是挥霍自由的潇洒表示。布迪厄的场域理论和文化资本说,正好驾驭现代中国的文坛乱象。到了当代中国,只有葛兰西的文化霸权(cultural hegemony)理论勉强可以派得上用场,也只有这时,才会知道布迪厄的场域、文化资本突显出的批评性,实则是具有奢侈品的意味。那年代那些恶语相加算得什么呢?能伤着谁的毫毛呢?面子或文化象征,比起身家性命和家破人亡来说,实在微不足道!耀宗勾勒出一段十分耐人寻味的往事,不只是在于他理清了多少真相,论述了多少"现代性的本质",而是他的整个言说,让我们亲历了现代到当代的天壤之别。

本文集中还有多篇文章都很有特点,即使是讨论已经被研究得极其充分的莫言,耀宗的阐释也能有一己之得。在我读过的研究莫言的文章中,耀宗的这篇论文对文本的梳理是最为清晰的,这倒不在于它是否详尽,而在于他抓住文本的重点,他的细读是下足功夫的。他的阐释不是从理论概念出发,而是把小说叙事的线索理清,抓住要害来论说。关于荒诞和暴力,耀宗阐释得十分透彻,通过对中国现当代历史的分析,结合莫言自己的创作谈,耀宗看到莫言小说中的暴力和荒诞叙事的必要性,没有如此的血腥的暴力和荒诞的历史叙事,就无法表现20世纪中国人所历经的惨痛。本书第六章"去性别叙述:解读张爱玲《小团圆》的新视点",自然可见耀宗的擅长所在,他对张爱玲烂熟于心,但他此番还是选择一个极其独特的视点,从韩妈在小说中的功能性作用,来看《小团圆》的"去性别叙述"。强调性别叙述是女性主义叙事的特点,"去性别叙述"则又是对抗政治化的另一种女性主义叙述,这倒是一个十分新颖的处理手法,也打开了《小团圆》及张爱玲论域的新的空间。

耀宗写诗炼就的艺术感觉对他写作论文起到不可低估的作用,他在论述小说的时候同样如此,因为他的艺术感觉如此细腻和准确,他的把握如此精当和独到,这使他的论文往往在选题方面就高人一筹,切入进去就不同凡响了。读他的论文仿佛在读一首诗,也像是听讲一个故事。或许因为如此,耀宗的论文往往不做进一步的深层理论提炼,有时觉得意犹未尽,还等着他把话说得更透彻些,他却忽然打住,留待读者去再加琢磨品味。或许这是诗家做文的一种风格?多年前,还是在

被叙述，所以存在

《揣摩生命的目光》这首诗里，耀宗说道："偏偏一和阳光说话／就颤抖着兴奋"，他写着这些关于文学的文字，如同沐着阳光，我们读他的这些文学论说，能感受到他"颤抖着兴奋"，这就足够了。

2013 年 11 月 12 日

（附） 揣摩生命的目光

吴耀宗

打开苹果就打开一天的事业
凶猛的议程中
没有甚么比数字
更瘟疫

据老一辈说
遭遇过时间的都学会流水的步骤
避免和地势争吵
至于手这么抽象的事
握紧，它是一拳的虚空
打开，对岸把无限伸延过来

放弃了放弃的
都笑了
他们晓得
作为一个诗人
你生就阴天的气质
总是以一株乔木拥有一整片草原的眼神
去盼望下雨

偏偏一和阳光说话

就颤抖着兴奋
生命简单得像摇动的龟壳
等候那枚随时匡啷掉落的铜钱

（刊于《创世纪》[诗杂志季刊]，第 175 期，2013 年 6 月，夏季号，第 93 页）

序二 纵横文本内外

南　帆

　　我与吴耀宗教授相识于一个学术会议。吴耀宗教授成为中国当代文学研究的学术同行，我稍稍有些惊讶。我的心目中，许多人对于当代文学的兴趣超出了通常的学术职业范畴。当代文学是周边文化氛围的组成部分，某种程度地解释乃至建构我们的生活。换言之，当代文学的研究时常倾注了我们的生活想象与期盼，文学、研究、生活三者存在紧密的互动。然而，吴耀宗教授出生于新加坡，获取的是美国的博士学位，执教并且定居于香港，中国当代文学与他的生活背景相距甚远。为选择一个稳定的、有章可循的研究区域，海外汉学家更多地聚集于中国古代文学的经典周围。我偶尔会好奇地猜想，哪些特殊的因缘促使吴耀宗教授卷入了云谲波诡的中国当代文学？

　　或许，吴耀宗教授的作家身份是一个不容忽视的原因。他少年时代即已倾心文学，曾经出版多部诗集与小说。作家往往自然地栖身于同时代文学，从中测定自己的纵横坐标。这理所当然地酿出了当代文学的研究兴趣。但是，我必须郑重地指出，吴耀宗教授的文学研究异于多数作家擅长的印象主义或者感想式评述，而是显示出规范的学术训练。目前，吴耀宗教授的研究集中于中国当代小说。他很少陈述故事情节带来激动，亦未曾重复常见的人物性格分析。学术训练提供的理论资源为之开启了种种独特的视角——例如，张炜小说的"视角"研究即是吴耀宗教授一篇论文的主题：张炜如何"看"。

　　叙述视角是叙述学的一个入门话题，许多批评家详尽地描述了各种类型的叙述视角所包含的众多功能。吴耀宗教授回溯了叙述视角的诸多代表观点之后发现，尚且没有人正式指出张炜小说《鹿眼》所采用的"分龄限知叙述视角"——这是张炜诱使人们体验世界而提供的特

序二　纵横文本内外

殊话语装置。根据吴耀宗教授的分析,张炜的《鹿眼》精巧地调控少年、中年、老年以及多种年龄段混合的限知叙述视角:少年叙述视角表明的是畏惧和渴望停止生长;中年叙述视角怀着忧愁、羞愧和无奈聆听告解;女音乐老师风烛残年的回述补上了故事情节内部一块关键的空白。这些叙述视角的巧妙交叉终于使世界的展示出现了各种富于个性的段落。有趣的是,尽管张炜自如地运用"分龄限知叙述视角",但是,这更像叙述技术的偶然成功——张炜并未自觉地配上清晰的理论阐释。清晰的理论阐释毋宁说来自吴耀宗教授。披露这一部小说成功的叙述学秘密不妨形容为另一种理论"视角"的产物。

到目前为止,吴耀宗教授的文学研究似乎显露出对于地理空间的持续关注。作家的籍贯是他接近这个问题的一个引子。他在《被叙述,所以存在:文学史上的鲁籍作家》一文之中抛出一个疑问:为什么众多山东作家的鲁籍身份标志遭到了众多文学史的"遗忘或拭除"? 吴耀宗教授细致地检索了各种版本的当代文学史之后察觉,从"人生的关注"、写意与象征之美、阶级观念到"民间"、知青作家、先锋作家,这些文学史曾经征用各种代码评判山东作家的文学地位,惟独籍贯未能浮出水面。不过,如果说吴耀宗教授已经意识到,王瑶的《中国新文学史稿》之所以使用"东北作家群"概念,东北人民遭受"帝国主义蹂躏"、文学试图唤起人们关注这个地域是一个重要原因,那么,他不得不准备接住一个反问:"鲁籍"作为一个评判标识跻身于文学史的理由是什么?

尽管《简化上海:在港上海作家的浪漫原乡》的学术含量略逊,但是,这篇论文清晰地意识到,不同的地理空间隐含了情感的分歧。上海与香港——两大都市造就的情感缠绕与文学纠葛是这篇论文力图处理的主题。吴耀宗教授从若干定居于香港的上海作家那里发现,香港在他们的笔下基本缺席,这些作家的精神重心是上海。上海是"诗礼",是"老克勒",是"传奇",他们甚至不惜偏执地以臆想的浪漫涂饰记忆之中的上海。因此,吴耀宗教授在论文之中犀利地指出,这种文学毋宁是某种精神症候的回应——这种文学是几位上海作家"治疗寂寞心灵,表现身份认同的最佳途径。"《从北角到九龙东:在港上海作家的香港想象》这篇论文,吴耀宗教授详细地陈述了二者之间情感分歧的具体内容:贫富悬殊的隔阂,文化身份的龃龉,情欲的压抑和受挫,以及作为怀旧象征的上海意象意味了什么。

到了《空间反抗:中国改革开放以来的苦旅小说》一文,空间反抗的命题业已成熟。论文逐一评述了《心灵史》《无边的游荡》《古道天机》《愤怒》四部小说不同的空间反抗形式。苦旅使这一批作家坚定地远离那些权力与资本掌控的大都市,远离豪华的私宅、宾馆、酒吧、咖啡馆或者商业街,他们在荒凉苍茫之中找到了对抗物欲的精神力量:张承志的《心灵史》在贫瘠的黄土高原赢得了真正的激情,坚忍的哲合忍耶是物质世界之外的"圣域";张炜的《无边的游荡》在广阔大地上发现了抗衡贪欲的两种精神信念:道德力和鉴别力;高建群的《古道天机》坚持的是民间的古老信义;北村的《愤怒》强调的是内心的自我审判和寻找永远的归宿。总之,这时的"空间"已经从地理地貌的不同区域转换成文学意义的精神高地。如果说,《"精神中国"的生成:论述后革命时期文学的新概念》一文概括性地总结了一些批评家如何征引气味相投的当代文学建构"精神中国",那么,空间反抗显然是吴耀宗教授参与这个主题的独特路径。

《生死疲劳》的荒诞叙事如何构成?首先必须指出,《轮回、暴力、反讽:论莫言〈生死疲劳〉的荒诞叙事》一文并非热门话题的附和,而是再度显明了吴耀宗教授的研究指向。这篇论文发表于莫言获取诺贝尔文学奖之前,吸引吴耀宗教授的显然是小说的怪诞风格。当然,相对于莫言获奖之后带动的众多研究,这篇论文略为粗糙。也许,恰恰因为集中精力对付怪诞,精细的文本拆解稍显不足——比较吴耀宗教授的另一篇论文《去性别叙述——解读张爱玲〈小团圆〉的新视点》,这一点尤为明显。女性主义批评如日中天的时候,《去性别叙述》竟然在张爱玲的《小团圆》之中发现了祛除性别意义的叙述,这无疑是一个令人意外的结论。人们可以看到,支持这个结论的是严谨的文本分析——吴耀宗教授不仅将女仆韩妈从张爱玲笔下众多活色生香的女性之中剥离出来,并且纵横于文本内外,在叙述和修辞的间隙搜索出张爱玲的隐秘意图:尽量挤干韩妈身上的女性意味。对于《小团圆》说来,韩妈毋宁是一个"政治人物";她很大程度上超脱了性别价值的束缚,她的利益诉求不再曲折地依赖所谓的性别政治;相反,韩妈"以无性别的姿态穿梭于盛家众人物之间,更直接、更集中地关注个人在家庭政治中的利益"。显然,从张爱玲小说的复杂肌理之间锐利地剔出深藏不露的一脉,条分缕析的文本解读功不可没。

  这些论文无不显示了吴耀宗教授研究工作的专注与不遗余力。他仿佛以对待文学经典的严肃对待当代文学。相对于当代文学研究寻常可见的率尔操觚、信马由缰,这是一种令人敬重的姿态。当然,这种严肃或许同时隐含了某种程度的拘谨。如果更为熟悉中国当代文学的来龙去脉,吴耀宗教授不仅可以置身局外,充当一个客观的研究者,同时,他还可以深度参预,充当一个摇旗呐喊、风雨同舟的亲历者和实践者。

第一章 被叙述,所以存在

——从文学史上的鲁籍作家看价值叙述的建构

山东学者朱德发、李宗刚在评论李少群、乔力主编的《齐鲁文学演变与地域文化》时指出:"在齐鲁文学史上占有极其重要地位的作家,也在中国文学史上占有极其重要的地位。从古代的李清照和蒲松龄到现代的王统照,再到当代的张炜和莫言,其在中国文学史上已经有了重要的地位。许多文学史书写都不吝笔墨,以专节等形式给予了深度的书写,也取得了学术上的重大突破。"①是言涉及两个性质殊异的书写群体,一是鲁籍作家,一是文学史家,强调前者在地方和国家两个层面有着同样出色、令人鼓舞的文学表现,后者给予充分的关注与肯定。此中不言而喻的是作家与文学史家之间存在着相互依赖的关系。

笔者尝试从文学史家主动参与创作的角度切入,去审视中国大陆境内以现代汉语进行创作,且被列入文学史的鲁籍作家,勾勒出另一番文学图景。这种做法主要建立在对文学生产过程的"再认识"上,相信文学在没有进入文学史,尚未经典化之前,仍然是一项"未竟的工程"(incomplete project),而作家及其作品存在与否,如何存在,恰恰是文学史家的审美判断和逻辑叙述的结果。

一 文学未完成

文本是构成文学的先决条件,因此研治文学时专骛文本,似乎是天经地义、最"文学正确"不过的事。这种见解在 20 世纪上半叶曾经大

---

① 朱德发、李宗刚:《地域文化视阈下文学演变的成功书写——评〈齐鲁文学演变与地域文化〉》,《东岳论丛》,2010 年第 12 期,第 192 页。

行其道。从20到50年代,英美新批评派为了纠正浪漫主义文评家依赖作者生平及创作意图以诠释文学的做法,乃大力鼓吹摆脱作者的束缚,要求立足于文本。不管是I. A. 瑞恰慈(I. A. Richards,1893—1979)"诗是非指称性伪陈述"的说法,抑或约翰·克娄·兰色姆(John Crowe Ransom,1888—1974)的"本体论",①都把注意力导向文学作品本身,去探掘和把握文学的特质。然而过分强调文本语意的自成系统,以为完善独立,罔顾一切外界因素的作用与影响,其结果是割裂作品与作者、读者乃至社会、历史的联系,陷入封闭的臆读世界。

于是,60年代的反思氛围中传出开放文本的呼吁声,文学批评发生根本性的改变,重心转向以往普遍视为被动的接受者。联邦德国的康士坦茨学派于斯崛起,树立了接受美学的旗帜。学派创始人汉斯·罗伯特·尧斯(Hans Robert Jauss,1921—1997)主张,文学作品作为审美客体,必须借助于读者"期待视野的改变"才能实现其内在意义,因为"第一个读者的理解将在一代又一代的接受之链上被充实和丰富,一部作品的历史意义就是在这过程中得以确定,它的审美价值也是在这过程中得以证实"。② 基于如此之认识,接受美学理论首先强调,文本在不与接受者发生关系的情况下,其结构形态是固定、不发生变化的,唯有通过受众的积极参与,不断阅读,这"半完成品"或"潜存在"才获得了意义,"生命"得以延续。再者,不同的读者拥有不同的经验背景和审美感知,会对作品做出不同的诠释,这也否定了文本自具稳定语意系统的设想。

至70年代,法国社会学家皮耶·布迪厄(Pierre Bourdieu,1930—2002)倡导场域理论,并运用于解读古斯道夫·福楼拜(Gustave Flaubert,1821—1880)的小说《情感教育》(L'Éducation sentimentale),文学批评的视线乃再一次转移。这回把批评的目标锁定在社会关系网络上,指出文学场域亦是权力场,当中的参与者不限于作者,还包括出版

---

① 赵毅衡:《新批评:一种独特的形式文论》,北京:中国社会科学出版社,1988年,第8—14页。

② 朱立民:《接受美学》,上海:上海人民出版社,1989年,第14页。

商、编辑、批评家、文学团体等,大家都在争夺资源与位置。① 由此可见,作者并非文本的唯一创造者,拥有其他不同身份的参与者都对文本的生产起着实际的支配操纵的作用,是研读文学时必须考量的关键因素。

简而言之,20世纪西方文学研究的对象发生了三次重大的变化:在初叶是舍作者而取文本,到中叶则发现读者,末叶提倡聚焦于场域参与者。这些变化使我们明白,文学并不等同于文本,作家写就文本并不意味着文学生产就此结束,其实还需要原先不受重视的读者和场域参与者介入建构、完成文学的过程。本文所提及的中国现当代文学史家就兼属后二类——既是读者,也是场域参与者;既是受众,也是创造者。说他们创造文学,是因为他们经过专业的学术训练,能通过逻辑性、系统性的审美判断来为作家和文本创造新价值。换言之,"史"之不"言","行而不远",作家和文本即使再出色再优越,倘若没有得到文学史家的价值叙述,亦是处于一种停滞的、"未竟"的状态。

二 遗失鲁籍作家身份的经典化个案

作为一个专用词汇,"鲁籍作家"强调作家原籍或出生于山东省,凸显其与这地域有着一脉相承的渊源隶属关系,因此不包括源自他乡但书写齐鲁风物人情的在地者。山东是儒家文化发祥地,历史传统悠久,精神积累丰厚。其文学源远流长,从汉魏六朝的孔融(153—208)、王粲(177—217)、左思(250?—305)和鲍照(414?—466)到明清两朝的王士禛(1634—1711)、孔尚任(1648—1718)、罗贯中(1330?—1400?)和蒲松龄(1640—1715),可谓名家荟萃,持久辉煌。虽说新文化运动以来不过短短百年,但也出现了一支阵容颇盛的作家队伍,包括原籍诸城的王统照(1897—1957)和臧克家(1905—2004)、蓬莱的杨振声(1890—1956)和杨朔(1913—1968)、邹平的李广田(1906—1968)、

---

① 有关布迪厄文学场域理论的阐述,见朱国华:《文学场的逻辑:布迪厄的文学观》,《文化研究》,2003年第4期,第53—64页。

黄县的曲波（1923— ）、枣庄的贺敬之（1924— ）、平原的邓友梅（1931— ）、文登的王润滋（1946—2002）、济南的张承志（1946— ）和张悦然（1982— ）、朝城的食指（原名郭路生，1948— ）、荣城的梁晓声（1949— ）等。尤其是改革开放后，来自高密的莫言（1955— ）和栖霞的张炜（1956— ）不断地生产优质长篇巨制，不仅叱咤中国文坛，更是载誉国际，令人另眼相看。论此文学盛景之形成，有学者指出：

> 山东作家置身于齐鲁特定的地域、历史、现实、文化、气候之中，感悟着独特的人生意味，努力深层地写出地域个性和精神气韵，自我形象比较鲜明，文化血脉渊源比较醒豁。这是山东作家的特色，也是山东作家在全国文学界有一席之地的原因所在。[①]

这种地域渊源与文学创作之间的互动关系既然成为鲁籍作家特有的身份标志，受到重视与推崇，则似乎也应随着作家的昂首步入文学史而展示出来。然而事实并非如此。笔者发现，文学史家为了叙述历史演变过程中的"先"与"后"，使历史链条中的各个环节合乎逻辑地衔接起来，从而把握历史时段中文学的基本特质与历史定位，乃往往选择遗忘或拭除鲁籍作家的身份标志，尤其是那些成名于新中国建立以前的。

在中国现代文学史上，王统照是最早被经典化的鲁籍作家，所获得的关注和评介似乎也比其他同籍作家来得稳定。笔者发现，除了朱金顺因为出版社限定30万总字数而只能做重点作家论述的《中国现代文学史》只字不提之外，[②]市面上大部分的文学史都有专节或段落讨论王统照，而这些讨论大致可以归纳为"单式叙述"和"双式叙述"两类，往往不展示作者的鲁籍身份。

所谓"单式叙述"，指文学史家在叙述王统照时着重彰显其身为文学研究会之一员的重要性，将之与叶绍钧或许地山并列，印证其如何为人生而书写，如何体现"问题小说"的风格。如王瑶《中国新文学史稿》

[①] 冯德英主编：《山东作家散文集1949—1989》，济南：明天出版社，1989年，第2页。
[②] 朱金顺：《中国现代文学史》，北京：北京师范大学出版社，1996年。

(1951年出版)论述1919至1927年间的文学,先在诗歌部分指出王统照的诗集《童心》"内容差不多完全盘旋在对人生问题的探索上",虽然"因为追求不到答案"而"把人生看得非常玄秘","但却不消极……追求的态度仍然是积极的,向上的"。来到小说的部分,立即提醒读者王统照"是文学研究会的发起人之一",并将他和同样探索人生真意义的叶绍钧进行比较,认为他更憧憬于美和爱,后期虽然热情稍减,也不像叶绍钧那么"客观",但整体上"题材以苦闷的青年男女居多,有强烈的反对旧社会和旧制度的表现。文字更细腻一些,长篇比较著名"。① 这种对王统照前期作品略有微言,后期作品予以嘉许的叙述,自是以毛泽东《新民主主义论》《在延安文艺座谈会上的讲话》为指导思想,通过理想化和现实性两种书写焦点的比照来强化后者的正确性与合法性,是出于建国初期政治上的需要。其后沿用这"单式叙述"的文学史家颇多,如唐弢主编《中国现代文学史》第一册(因"文革"的干扰迟至1979年出版),先确认王统照的"文学研究会作家"身份,接着批评其在五四初期"以'美'和'爱'作为弥合缺陷、美化人生的药方","渲染了'美'与'爱'的近于神秘的魔力","从空想中设境或安排人物,重在写意,显示了较多的缺点",然后赞赏《生与死的一行列》《鬼影》《司令》,因为这些较后的作品对旧制度社会给予讽刺和抨击。叙述的重点在于"作者思想随时代而有所进展,生活积累逐渐增多",倘若没有这些条件,不可能在30年代写下了较为扎实的长篇。② 也有将"单式叙述"稍作发挥者,或如程光炜、刘勇、吴晓东、孔庆东、郜元宝合著的《中国现代文学史(1917—1937年)》,指出王统照在五四初期的小说重在"写意",表现象征的优美,到后期则转向力的壮美;③或如唐金海、周斌的《20世纪中国文学通史》,在"为人生派的典型代表""问题小说的重要作家"这些标签下进一步强调王统照写作最关注社会弱势群体、下层

---

① 王瑶:《中国新文学史稿》,上海:上海文艺出版社,1982年,上册,第73—74、108页。
② 唐弢主编:《中国现代文学史》第一册,北京:人民文学出版社,1979年,第181—182页。
③ 程光炜、刘勇、吴晓东、孔庆东、郜元宝:《中国现代文学史上编(1917—1937年)》,台北:秀威,2010年,第150—152页。

贫民的生计、疾苦以及人间种种的不平、灾难等"普遍性的社会问题、人生问题",可惜"思考并没有升华到真正的哲学层面"。①

至于"双式叙述",则话分两头,一头分析王统照"问题小说"的特色,一头肯定其表现农民题材的作品。如黄修己《中国现代文学发展史》在"人生派小说"题下讨论王统照,认为其作品既有类似冰心、许地山作品中的基督教思想因素,如《微笑》《沉思》《一栏之隔》等早期小说表现了对爱与美的追求,也有对社会作正面揭露的,如写山东农民闯关东的《沉船》,"所达到的现实主义水平是比较高的",因此确认王统照仍然是"最早加入文学研究会的一批作家中……比较留意写社会底层的"。② 再看钱理群、温儒敏、吴福辉合著的《中国现代文学三十年》,既通过"问题小说家群"的收编来说明王统照是属于思考人生严肃问题的一代,懂得探讨人生的"烦闷与混扰""爱"与"美"的观点,又比照叶绍钧、沙汀、艾芜、吴组缃,称颂王统照"出色地描写过乡土中国……以人道主义的或阶级的观念去发现农民",把他们"作为被同情和怜悯的对象"。尤其赞扬其长篇小说《山雨》通过自耕农奚大有被迫离开土地的遭遇,展现破产农民流入城市前后所发生的思想意识和心理变化过程,继承着五四时期"乡土文学"的传统,"在表现中国农民的民族性格和南北方乡镇生活的解体上,做出开拓等等"。③

不管是使用"单式叙述"或"双式叙述",很少有文史学家愿意去召唤王统照的山东生活背景与文化属性,显示地域与文学作品之间的关联。笔者以为,原因出在文学史家对文学研究会会员和乡土作家有着一种普遍、不宣自明的理解,即两者都一样深切地关注现实人生,而这种关注都应该放到广泛、超地域性的层面上,去配合建国前历史与政治的发展趋势。这也可以用来解释为何臧克家凭着诗集《烙印》和《泥土

---

① 唐金海、周斌:《20世纪中国文学通史》,上海:东方出版中心,2003年,第297—298页。
② 黄修己:《中国现代文学发展史》,北京:中国青年出版社,1988年,第110—112页。不过,黄修己在十年后主编的《20世纪中国文学史》中,仅仅把王统照归在"为人生派和问题小说"之下,一语带过。见黄修己:《20世纪中国文学史》,广州:中山大学出版社,1988年,上卷,第273页。
③ 钱理群、温儒敏、吴福辉:《中国现代文学三十年》(修订本),北京:北京大学出版社,2001年,第60—64,312—313,478页。

的歌》名留文学史，但其鲁籍作家身份却常常在文学史家的泛乡土颂歌中宣告失踪。试看黄修己《中国现代文学发展史》，虽然强调臧克家因为"出身于农村破落的封建家庭，对农民生活有较多了解"，所以"成为三十年代以诗来回忆农村生活，描写农民苦难的现实主义诗人"；因为所表现的"坚忍主义"既包含着诗人受农民思想性格的影响，也是他描写农民时的一种眼光，所以可以称得上是"乡土诗人"，但始终没有说明这一切究竟和山东有何关联。① 再看钱理群、温儒敏、吴福辉的《中国现代文学三十年》，肯定臧克家在第三个十年的诗歌中"回到所熟悉的农村题材上来"，是"对抗战初期失落了的诗的个性有了新的自觉追求"，尤其在《泥土的歌》中"用一支淡墨笔，用白描手法"写下的"一幅幅农村人与自然的素描"，要比《烙印》中的更加生活化，也更纯净，较少雕琢的痕迹，反显出洗净铅华的朴素美。② 显然可见，这里所说的乡土素描乃是泛指，无涉齐鲁大地。即使像唐金海、周斌的《20世纪中国文学通史》那样指明臧克家的代表作《老马》"所描绘的场景正是当时北方农村生活的一幕实况"，也无法落实为山东所独有，因为作者又告诉我们："诗中的老马既象征着北方的农民，又超出了农民的范畴，象征着包括作者在内的在半封建半殖民地旧中国苦苦挣扎的广大纯朴善良、受尽欺凌和压迫的劳苦大众。"③读者若想在新近付梓的文学史中找寻臧克家的山东人身影，难免要失望，因为程光炜等合著的《中国现代文学史上编（1917—1937年）》选择如此叙述这位泛属中国人的诗人："（他）从自己的生活历程中真切地压榨出来的经验与感受，有泥土般质朴而逼真的气息。"④

---

① 黄修己：《中国现代文学发展史》，第392—394页。
② 钱理群、温儒敏、吴福辉：《中国现代文学三十年》（修订本），第572页。
③ 唐金海、周斌：《20世纪中国文学通史》，第171—172页。
④ 程光炜、刘勇、吴晓东、孔庆东、郜元宝：《中国现代文学史上编（1917—1937年）》，第202—204页。

三 由山东在地者所推动的整体形塑

由以上可见,观照国家文学史者在处理鲁籍作家的经典化个案时,多为"顾全大局"而没收作家的"地方身份证",改而发配不受地域限制的"全国通行证",诸如"问题小说作家""乡土作家"之类。鲁籍作家能否取回自己的地域身份,往往得靠家乡在地文史工作者的叙述。例如出版于1984年的《中国现代文学史教程》就和市面上的许多中国文学史不同,会在叙述鲁籍作家时突出其地域属性和特色。此书由山东师范大学的教授编著,山东教育出版社出版。六位编著者当中,朱德发与韩之友是山东蓬莱和夏津县人,以地域为本位乃是自然的事。冯光廉虽然是河南人,但在1957年毕业于河南大学(原开封师院)后便被分配到山东师范大学执教,从事研究当地作家的工作,因此负责撰写王统照的部分时也特别用心。如诠释农村题材之作《山雨》,不采用泛乡土式的叙述,而是刻意强调小说具有浓郁的山东地方色彩,指出作者不但描写农屋土坯炕、煎饼、隆冬腊月编席、成群结队的手推二把车、老少围坐月光下听演唱,以及使用地方习俗称谓,构成一幅山东独有的社会生活风习画,还通过人物淳厚真挚、保守拙愚的习性心理来表现质朴厚重的齐鲁旧邦农民的情怀。①

当然,在地者为鲁籍作家强声造势,并不局限于修正、补充经典化个案,还有对整体形象的持续建构。80年代末以降,山东文学界一直积极地推动出版系列式选集,进行着经典编制鲁籍作家的工作。如1989年中国作家山东分会分小说、诗歌、散文、报告文学、儿童文学、文学评论出版六册选集。② 山东文艺出版社自1990年开始出版"山东作

---

① 冯光廉、朱德发、查国华、姚健、韩之友、蒋心焕编著:《中国现代文学史教程》,济南:山东教育出版社,1984年,第86—87页。

② 如冯德英负责主编山东作家的小说集和散文集。小说集收录冯德英《西小地》、张炜《冬景》、王润滋《三个渔人·海祭》、矫健《独臂村长》和王良瑛《苦蜜》等23个短篇。见冯德英主编:《山东作家小说集》,济南:华艺出版社,1989年。散文集则选80位作家,自称是"对山东四十年来散文创作的一次大检阅"。

家丛书"。① 1992年,山东省作家协会动议编辑《山东作家辞典》,三年后书成付梓,共收录2989位作家。② 2010年,山东省散文学会出版两辑共24册的"齐鲁作家书系",打出"更好的帮助山东作家成才、成长""打造文学'鲁军'的辉煌阵容""力争推出一批优秀的作品,展示齐鲁散文创作的新实力"之类的旗号。③

在文学史的层面,80年代伊始,即见《山东解放区文学概观》(1983年出版)一书率先对在地作家进行整体性的叙述,试图借"非常时期"(抗战)的文学表现风格来为他们奠定特殊的地位。此著由任孚先(莱芜)、赵耀堂(东阿)、武鹰(临沭)合撰,分上、下两编,各编再按小说、报告文学、戏剧、诗歌四种体裁分章介绍,主要阐明"革命乡土"的创作总倾向,强调区域内的作家无论是在抗战时期或解放时期,都追随共产党和毛泽东的领导,塑造"投身于革命斗争的洪流,植根于革命斗争生活,与革命共命运,同广大人民群众风雨同舟"的人民英雄,表扬不畏艰苦不怕牺牲的民族风骨。④ 不过,这样的叙述方式仅仅发挥了地方文学史专注一地的特点,无法产生重大的影响。原因在于所选录的作家并非全部来自山东。如上编分析抗战时期小说,固然介绍了益都县人冯毅之(1908—)和莱芜县人吴伯箫(1906—1982),但也用颇长的篇幅来讲述出生成长于广州,随八路军到山东参加抗战的那沙(1918—)。

---

① 关于这套丛书,笔者在香港所见者八册,分别是出版于1990年的《王春波中篇小说选》和《孙鹜翔中篇小说选》,1991年的《王良瑛小说选》《纪宇报告文学选》《阎丰乐影视剧作选》和《姜建国抒情诗选》,1992年的《赵德法短篇小说选》,以及2002年《陈占敏短篇小说选》。

② 王兆山主编:《山东作家辞典》,济南:山东文艺出版社,1995年。

③ 此书系似乎不限于现代汉语的作品。第一辑包括王运思的《芳草心思》、滕连庆短篇小说集《世说新语》、董明诗文集《草木有本心》、潘德宝诗集《铺满青苔的石阶》、宁昭诗集《济南,我的城市》、王霁良诗集《在这个行将挥霍掉的夏天》、蔺洪生《蔺洪生文集》、孙敬和古典诗词《江脉水情》、李迅艺术随笔《远艺堂杂谈》、李现新散文随笔《散记长清》、刘凤源文集《生活是铁》、黄明、黄秋野散文集《格子》。第二辑包括张万和的长篇《状元之死》、刘军和的中短篇《纸玫瑰》、朱思习的长篇《山湖醒梦》、屈艺兵的诗集《碎念》、王新华的散文集《孤芳》、韩兴起的章回小说《古槐春秋》、吴炳新诗集《心潮集》、《小树林的月光——山东大学第四届作家班作品选》、牧文的散文诗《红高粱之歌》、王繁荣的文化随笔《章丘文史拾遗》、朱崇礼《一个乡镇书记日记》。据知第三、四辑正在征稿中。

④ 许怀中:《中国现代文学史研究史论》,厦门:厦门大学出版社,1997年,第155页。

再者,全书的叙述受民族、政治意识的左右鼓动,由始至终情绪高昂,千篇一律,反而无法显示在地作家的特色。①

读者必须等到1995年《齐鲁文化与山东新文学》面世,才看到严谨整合鲁籍作家集体特性的地方文学史。在此书中,作者魏建(青岛)和贾振勇(滨州)将五四初期至90年代的鲁籍作家及作品放在地域文化的视镜下仔细考察,梳理出自具特色的脉络系统。先是辨识地域传统,指出不能简单地把悠久的齐鲁文化理解为仅仅等于儒家文化,因为这是一种自先秦以来非官方"崇德尚仁"的伦理特色和"士志于道"的人文精神在正统化和普及化之后形成的"儒主多辅"的结构。接着阐述这种文化结构在20世纪有所现代化,形成了包含文化守成主义、民间英雄主义和道德理性主义的新人文理想传统,为山东新文学提供强大的内在驱动力。基于这样的理解,从关注农乡、寻找自我的王统照和李广田,到笔走革命硝烟炮火的曲波和冯德英(乳山,1935—   ),到高唱沂蒙颂歌的李存葆(五莲,1946—   )和刘玉堂(沂源,1948—   ),到叛经不离道的莫言和逍遥新山水间的孔孚(曲阜,1925—1997),无论表现上述的哪一种主义,都可以统摄到新山东人文理想传统的大旗底下,作为一个整体和他籍作家区别开来。②

这种整体形塑式的叙述虽然深入,但亦有其局限性,那就是难以运用于非地方性的文学史。是故,我们看到山东学者尝试分拆,将规模较小的鲁籍作家群落概念输入国家文学史中。如由孔范今(曲阜)主编的《二十世纪中国文学史》明确提出新时期存在着六个地域作家群落的说法:(1)邓友梅、汪曾祺等人的京味小说;(2)冯骥才、林希等人的津味小说;(3)陆文夫的苏州小巷小说;(4)湖南、西南地区的山乡小说;(5)山东作家群的农村改革小说;(6)铁凝等河北作家的小说。此中第五项"山东作家群落"专指原籍文登、烟台和栖霞的中青年小说家王润滋、矫健和张炜。本书这一部分的撰写者李新宇认为,山东作

---

① 任孚先、赵耀堂、武鹰:《山东解放区文学概观》,济南:山东人民出版社出版,1983年,第20—25页。
② 魏建、贾振勇:《齐鲁文化与山东新文学》,长沙:湖南教育出版社,1995年,第2—3,5,75页。

第一章 被叙述,所以存在

家群落和其他五个作家群落一样"认识到乡土、风俗习惯描写对于深入表现人物思想感情和增强作品艺术魅力的重要性",有意识地探索这一领域,书写"各具地域特色的民俗风情小说",成为出现于1985年前后的寻根文学的先导。不过,既是自成一个群落,他们显然也拥有自己的特点。李新宇先讨论王润滋的短篇小说《卖蟹》《鲁班的子孙》和《小说三题》,称颂作者"注意到经济变革与农民的非功利的传统道德的冲突并给以艺术的再现",但同时也批评其"批判生活所使用的道德尺度却是传统的,与现代观念有相当的距离"。接着分析矫健,通过中篇小说《老人仓》和长篇小说《河魂》说明作者如何反映农村改革,尤其是《小说八题》"体现了山东作家群的儒学传统,在道德的前提下对现实人生的执著关注"。末了标示张炜是个"非常执著,思索型的作家",认为其早期作品"清新明丽,生活气息浓郁而不管构思的精巧",80年代中期作品则"具有强烈的忧患意识和社会责任感,博大的爱心"。尤其强调《古船》,认为其"以现代意识观照历史,审视历史,从文化视角的高层次上,生动而深刻地描绘了洼狸镇在近四十年间的几个重要历史时期的沉浮变迁",不但反映农村改革,而且反思民族性格,批判民族文化;不但继承了中国小说的传统,而且接受了外来的现代的表现手法;不但是张炜个人文学创作的里程碑,也是80年代中期中国长篇小说创作的重要收获。用李新宇的话说,这山东作家群落之有别于他,在于"与农村和农民有密切的血缘关系,自幼就在这片古老的土地上受着齐鲁文化即处于中国文化正宗地位的儒学传统的熏陶。因此,民本思想、道德原则和现代意识的结合成为山东作家群创作的重要特色。他们以强烈的忧患意识注目道德问题,在道德的前提下,执著地关注下层劳动人民——农民的命运"。① 在凸显鲁籍作家的特色上,李新宇将齐鲁文化完全等同于儒家文化,这和魏建、贾振勇的诠释又有差异。

---

① 孔范今主编:《二十世纪中国文学史》,济南:山东文艺出版社,1997年,下册,第1351—1382,1418,1373—1377页。

四　尚未落实的鲁籍作家群落概念

当然,论地域作家群落概念之运用于中国现代文学史,不能不提首倡者王瑶。其在《中国新文学史稿》中探讨左联十年的文学发展时曾特辟一节,题为"东北作家群"。王瑶标明此一群落由萧军(辽宁义县,1907—1988)、萧红(黑龙江呼兰县,1911—1942)、舒群(黑龙江哈尔滨,1913—1989)、端木蕻良(辽宁昌图县,1912—1996)、罗烽(辽宁沈阳,1909—1991)、白朗(辽宁沈阳,1912—1994)等所组成,并指出这些作家的共同点是"东北的人民","直接受到帝国主义蹂躏","流亡到祖国的关内,国土沦丧的愤恣和生活颠沛的痛苦迫使他们写出了反日的作品,要求人们注意东北的情形"。① 半个世纪以来,"东北作家群"成为广受认同的地域作家概念。如黄修己《中国现代文学发展史》不但清楚地呼应"东北作家群指的是1931年'九一八'事变后,陆续流亡到关内的东北籍青年作家",还强调"在抗日救亡题材的创作中,萧红、萧军等东北作家群的作品影响最大"。② 唐金海、周斌《20世纪中国文学通史》一书共讨论五个主要文学群体,以"东北作家群"领衔,且是唯一以地域为本位的。③

相比之下,"鲁籍作家群落"的概念虽然也浮现在国家文学史中,但却没有落实为固定的术语。例如张钟等编著《当代中国文学概观》,在第四编第三节讨论五六十年代记录抗日解放战争的小说时如此写道:"胶东半岛、冀中平原、太行山脉,曾经是革命老根据地。这里的山川土地,哺育了无数的英雄儿女,也哺育了许多革命作家。孙犁对阜平山区、白洋淀芦苇荡,有一种至深至厚、难以忘怀的眷恋。刘真沿着她少年时代走过的路线,从家乡山东运河边写到冀南,写到太行山的密林里。胶东半岛的斗争,以血淋淋的残酷壮烈的画面,表现在峻青的作品

---

① 王瑶:《中国新文学史稿》,上册,第291—295页。
② 黄修己:《中国现代文学发展史》,北京:中国青年出版社,1988年,第427页。
③ 唐金海、周斌:《20世纪中国文学通史》,上海:东方出版中心,2003年,第103—108页。

中,也以着重揭示革命者思想感情的成长,写在肖平的《三月雪》里。王愿坚的创作虽然并不直接表现这些地区的斗争,但是,一九四九年山东解放区的生活,为他后来的作品提供了有力的准备。"①此处罗列的作家只有孙犁一人来自河北省,余者均原籍山东,在创作上与齐鲁大地的紧密关系更是尽现于字里行间。编著者有意识地把刘真(夏津,1930—)、峻青(海阳,1922—1991)、王愿坚(诸城,1929—1991)和肖平(乳平,1926—)编在一起,并使用第三节大部分篇幅来叙述前三家的小说,但却没有意识到需要冠以"鲁籍作家群落"的称谓。

  洪子诚是《当代中国文学概观》的编著者之一,后来独撰《中国当代文学史》,在叙述"十七年"(1949—1966)文学的发展时提出"中心作家"的说法,②以形容像赵树理、郭小川、杨朔、曹禺等具有共同"文化性格"的作家如何乘时代风潮而崛起,成为当时重要的创作力量。峻青与王愿坚也跻身这中心作家的行列,被视为革命历史小说方面的代表。既是选择把这两位鲁籍作家并列讨论,自然得比较异同之处。于是,先说明他们的革命历史短篇小说都着重"创造'幸福的路'的斗争的艰苦和残酷,并在这样的背景上塑造经过血和火检验的英雄形象",接着又指出,峻青的描写铺张,常常在"多少损害对个体生命的人性关怀的情况下",用酷刑、死亡等情节来"突出英雄的'超人'式意志",而"王愿坚的叙述要显得单纯清晰些","更接近于'故事'的形态"。③ 此一"鲁籍二人组"的群落叙述方式颇获其他文学史家的认同。如王庆生主编《中国当代文学史》,按小说、诗歌、散文及其他文类的秩序叙述50至70年代中期的文学,在"反映革命斗争生活的小说"之下设一节专门讨

---

① 张钟、洪子诚、佘树森、赵祖谟、汪景寿编著:《当代中国文学概观》。北京:北京大学出版社,1986年,第312页。亦见张钟、洪子诚、佘树森、赵祖谟、汪景寿、计璧瑞编著:《中国当代文学概观》,北京:北京大学出版社,2002年,第213页。
② 洪子诚指出这些"中心作家"具有一致的"文化性格",如(1)向政治意识、社会政治生活经验的倾斜,重视农民生活的表现的变化;(2)把文学看作为革命事业服务的一种独特方式,以明确的目标感和乐观精神为创作的基调;(3)学历不高,生活经验又主要集中在农村、战争和革命运动反面,一旦消耗了这有限的生活素材和情感经验,其写作就无以为继了。见洪子诚:《中国当代文学史》,北京:北京大学出版社,1999年,第29—32页。
③ 洪子诚:《中国当代文学史》,第29,114页。

论王愿坚和峻青,提醒我们前者多以回忆的方式叙述革命故事,强调其教育意义,具有强烈的政治倾向,缺乏耐人咀嚼的回味,而后者的作品则更具有亲历性,以战争的血腥背景来烘托英雄主义和理想主义的主题,但其抒情缺乏节制,又常让说教性压倒了故事性。① 由董健、丁帆和王彬彬主编的《中国当代文学史新稿》也设有"峻青与王愿坚"一节,在肯定二家"都善于塑造战争年月中的英雄人物形象"的同时,又进一步指出他们严格按照当时主流意识形态对历史的阐释来书写一种"历史记忆",却各具特色。其一,就叙述时空而言,峻青"主要描写抗战末期和40年代后期国内战争初起时胶东军民的斗争",王愿坚则多摄取"第二次国内革命战争后期闽西、赣南地区和长征中红军生活的片断,这是当时革命历史题材小说少有涉足的范围"。其二,峻青刻意描写战争的残酷和血腥,旨在"以惨烈的死亡场面来显示敌人的凶残,以激发阶级仇恨",使英雄的个体生命灭亡,也是为了对革命事业发生意义,王愿坚则选择不追求惊心动魄的战争场面和跌宕起伏的情节,而是通过典型的细节来表现英雄人物非凡的精神世界。②

在八九十年代,代表当时文学最高成就的作家中有好些是原籍山东的,这为文学史家提供了另一次组合编制鲁籍作家的机会。于是,读者看到梁晓声、张炜、张承志和莫言这些作家经常被放到同一文学概念下或同一章节里来叙述,尽管字里行间依然没有出现"鲁籍作家群落"这样的术语。

孔范今主编《二十世纪中国文学史》,尝试在80年代寻根文学的热潮下找寻张炜、张承志和莫言的位置。在山东学者看来,作为寻根文学的先导,邓友梅和张承志在80年代初期出版的小说《那五》和《黑骏马》"实际上已浸淫着十分浓厚的文化寻根色彩"。到了中期,张承志更自觉地推进这一主题,不但以《北方的河》掀开文化寻根小说的序幕,还完成一系列关于伊斯兰黄土文化的作品,丰富了寻根文学的内

---

① 王庆生主编:《中国当代文学史》,北京:高等教育出版社,2003年,第110—114页。
② 董健、丁帆、王彬彬主编:《中国当代文学史新稿》,北京:人民文学出版社,2005年,第104—106页。

涵。从1986到1987年,莫言的"红高粱系列"和张炜的长篇《古船》先后面世,"可以看作是寻根思潮的转型或终结"。①

陈思和主编的《中国当代文学史教程》,以"民间文化形态"作为贯彻全书思考和论述的关键概念之一,从民间话语的视点出发,去追踪在80年代走入茫茫大西北、深深扎根于伊斯兰民间宗教文化中的张承志,乃发现其宣扬哲合忍耶教派历史和教义的《残月》和《心灵史》如何从"普通回民身上挖掘出人的潜在的精神能量",如何强烈"批判追求肉欲的现世社会",以"确立民间宗教与理想";细览《九月寓言》,则洞悉张炜衷心赞美大地之母、抱持徜徉在民间生活之流的纯美态度,以此阐述与生活大地血脉相通、元气充沛的文化精神,原来是"在民间大地上寻求理想"的一种表现。除此之外,又窥探莫言,向读者透露《红高粱》之所以能"在现代历史战争题材的创作中开辟出一个鲜活生动的民间世界",皆因对战争历史进行了"民间审视"。当然,这种理解和把握也呼应了书中对于50年代另一位鲁籍作家曲波的小说的民间诠释——《林海雪原》"在浪漫传奇的审美趣味上,统一了战争小说的一般艺术特点,使原来比较刻板、僵硬的创作模式,融化在民间的趣味下"。②

另一种较为常见的处理方式,是把张承志、梁晓声、莫言和张炜归纳到忆述时代悲剧的知青作家阵营中去。如杨匡汉、孟繁华主编的《共和国文学50年》一书指出,这些在"文革"后登上文坛的年轻作家也在伤痕、反思的文化风潮中诉说"文革"中的不幸,创作的底色"极其沉重",但在反思自己的知青生涯时,又"极富特色",表现出"返城后的迷惘和对农村的怀念、对土地的眷恋","一代青年悲剧式的英雄命运",以及"对民族文化源流的叩问"。③ 又如张钟等修订《当代中国文

---

① 孔范今主编:《二十世纪中国文学史》,下册,第1418—1428页。
② 陈思和:《中国当代文学史教程》,上海:复旦大学出版社,1999年,第367—371,374—377,317—319,64—67页。2001年,此书再交由台湾联合文学出版社出版,内容有所修订,改题为《当代大陆文学教程》。
③ 杨匡汉、孟繁华主编:《共和国文学50年》,北京:中国社会科学出版社,2007年,第100页。

学概观》而成的《中国当代文学概观》(2002年出版),将张承志、梁晓声和张炜同列于"知青作家的小说创作"一节,并说明三人不同的风格:张承志以"对草原母亲——人民的礼赞作为自己小说的重要主题",并从"知青视角"逐渐转为"牧民视角",但由于不是"太重视理想的结果"的"理想主义者",所以在《金牧场》《心灵史》中追坚持寻理想的精神家园,甚至偏执,"拒绝此岸的世俗性而一再颂扬彼岸的超世俗性"。梁晓声则"常常把人物放到与自然环境和社会环境的尖锐对立中展现主人公的意志力和心灵世界,在具有悲剧性的情节里颂扬主人公的英雄气概和道德坚守"。张炜的短篇小说"写人与人之间的友爱、互助、关怀,写青年的爱情与人性的觉醒",异于当时充满愤怒、控诉、哀伤和泪水的伤痕反思文学,而长篇小说的内涵更丰厚,由对具体社会历史的思考走向世界对人类生存的形而上的思考。①再如李平和陈林群合编的《20世纪中国文学》(2004年出版),将张承志和梁晓声称作"红卫兵—知青作家",又指出二人书写上的异与同。其异处在于小说的主人公,由张承志写来总是痛苦地从红卫兵变成知青,再变成地道的牧民,但在梁晓声笔端则多保留红卫兵固有角色特征,且将其"造反精神变成改天换地的豪气"。至于共同点,则是张承志表现出对大西北地域和文化的留恋,旨在"强化他对'红卫兵—知青'精神的迷恋",而梁晓声亦清楚认知北大荒只是知青们"施展革命豪情的场所",小说要歌颂的并非农村和农民,而是知青自己。②

五 回到选择性展示鲁籍作家身份的经典化个案

必须指出的是,尽管有以上两个可以展现鲁籍作家群体性的时间点,"鲁籍作家群落"迄今仍然未获正名。不仅如此,群落成员的组合或配搭亦多游移不定,变化由人(即文学史家),令读者难以把握。

试看梁晓声、张承志、张炜和莫言如何在文学史中游离,即知其在

---

① 张钟等:《中国当代文学概观》,第283—285,289—292页。
② 李平、陈林群编:《20世纪中国文学》,上海:三联书店,2004年,第413—414页。

凝聚性上所面对的挑战。这四家当中。洪子诚《中国当代文学史》独取梁晓声以代表"写作知青的小说家",高度赞赏其《今夜有暴风雨》和《雪域》能"持续地保持一种分明的道德立场,和悲壮的浪漫风格",维护知青的青春年华和献身精神。另将莫言搭配以"商州系列"著称的陕西作家贾平凹(1952—),归入"乡土—乡情"的范畴去讨论。至于张炜和张承志,则并入韩少功(1953—)、阿城(1949—)和史铁生(1951—2010)一组,给予颇为含糊的命名:"其他重要小说作家。"①

洪子诚曾为如此之归纳作出解释。在其看来,这些鲁籍作家在八九十年代的"评论和文学史叙述中,常有多种'归属'。他们有时会被放进'知青作家'的行列,有的则曾在'寻根作家'名下生存一段时间"。进入 90 年代的文学语境中,"他们创作的倾向的某些相似点又会被突出,为有的批评家看作追求和捍卫精神性理想的一群"。② 笔者就此补充,即使是在新千年以后,文学史家因为自身不同的学养训练与审美经验,对同样的一批作家亦仍然各有观察,殊于叙述。如王庆生主编《中国当代文学史》,在叙述 70 年代中期以后的文学发展时列张承志、梁晓声于"知青作家和知青小说"阵前,置张炜于"乡土小说"派中,立莫言于"先锋作家和先锋小说"麾下。③ 董健、丁帆、王彬彬主编的《中国当代文学史新稿》同样按文类张举纲目,却对鲁籍四家进行不同的分类。在"知青小说"部分近乎洪子诚《中国当代文学史》,只选梁晓声一人,指出其创作"着重于对'知青'生活命运从审美视角把握,突出信仰的价值和理想的意义",因此在新时期的"知青小说中格外引人注目"。另将张承志纳入 80 年代文化寻根的一节中,强调其小说的基本特征在于"强烈的风情、音乐般的旋律、油画般的意象",而到了 90 年代的部分,又先将其长篇《心灵史》与张炜的《九月寓言》并列讨论,认为同样能在急剧商业化社会的历史语境中"指示着一种对现实的超拔与抵抗的精神向度",再将其散文与史铁生、周涛的作品归在一组,显示既有

---

① 洪子诚:《中国当代文学史》,第 269,326—330,347—350 页。
② 同上书,第 347 页。
③ 王庆生主编:《中国当代文学史》,第 378—382,336—343,403—406 页。

对现实人生的批判,亦富于地域的美感色彩。① 刘勇主编《中国现当代文学》,也是另持准则,"心思别裁"。在"新时期"的章节里,把张炜的《古船》和蒋子龙(1941—)、高晓声(1928—1999)及贾平凹的作品视为"改革小说",把莫言《红高粱》、张承志《北方的河》和汪曾祺、阿城的作品当作"文化小说"一起来分析。进入90年代,则宣称张炜《九月寓言》和陈忠实(1942—)、王蒙(1934—)、王安忆(1954—)的作品共同代表了当时"现实主义主潮的再次勃兴",并再次叙述莫言,以其小说《檀香刑》展示出"审丑倾向及独特的语言风格",乃与王朔(1958—)、王小波(1952—1997)及韩少功一同浮现于"不断渗入的现代主义思潮"中。②

　　作家群落组合的不稳定性使我们必须回到新近的经典化个案中去寻找鲁籍作家与山东地域之间的意义关联。在这方面,莫言是最佳的例子,因为众所周知,其生产文学或接受访问都离不开高密东北乡的话题,笔端纪实与虚构的始终是个人与齐鲁大地的灵肉牵扯。

　　颇多文学史家在叙述莫言时选择提醒读者上述的特点。如陈思和主编的《中国当代文学史教程》,即是在确认莫言的"民间立场"的框架中去阐释《红高粱》,指出小说不但叙述"发生在高密东北乡这个乡野世界中的各种野性故事",而且通过"叙述者"发现"高密东北乡的英雄剧全都上演在已经逝去的时间中",为此感到遗憾与感慨,"反而又强化了对曾经存在过的民间自在状态的理想化与赞美,从而使其呈现出了更为灿烂夺目的迷人色彩"。③ 洪子诚在《中国当代文学史》中评论《红高粱家族》《丰乳肥臀》等小说,则是从莫言"也要如福克纳那样"的视点,说明莫言"不断叙述他所建造的'高密东北乡'的故事。这些图景,来源于他童年的记忆,在那片土地上的见闻,以及他的丰沛的感觉和想象。他把笔伸向'历史',在这片充满野性活力的生活场景上,

---

　　① 董健、丁帆、王彬彬主编:《中国当代文学史新稿》,第428,613—617,639—647页。
　　② 刘勇主编:《中国现当代文学》,北京:中国人民大学出版社,2006年,第359—365,371—374,446—450,459—465页。
　　③ 陈思和主编:《中国当代文学史教程》,第317—319页。

叙述先人在过去年代的生活"。① 张钟等编撰的《中国当代文学概观》指出莫言的小说"从观念到形式都具有探索性",其中书写"作家的生活记忆"的一类表现作者因为年少劳作于高密东北乡而"对那块土地充满仇恨"的记忆,"构成了一种低压的色调";书写"传说记忆"一类则充满激情,通过祖父母一辈人的传奇生活来反拨父母一辈人艰难麻木的生活,呼唤原始生命力,认同民间文化中的反抗性。② 李平、陈林群编的《20世纪中国文学》视莫言为"新历史小说的代表作家",因为其书写"农村别具一格,不是高晓声笔下阿Q似的陈奂生的农村,不是贾平凹描写的历史文化底蕴深厚的商州山村,不是阎连科展示的自然环境与人文环境都残酷至极的'耙耧'乡村,而是豪气干云原始生命力旺盛的山东高密乡","意图决不仅仅是还原历史,而是在张扬生命激情"。③ 又如陶东风、和磊合著的《中国新时期文学30年(1978—2008)》,为了形容《红高粱家族》中所寻找、赞美和推崇的不可遏止的生命活力,索性把刘罗汉在惨遭凌迟时的血性表现称为"高密东北乡红高粱式的刚勇"。④

当然,也有不少文学史家倾向不张扬,甚至消减莫言的"山东性"。如唐金海、周斌《20世纪中国文学通史》讨论莫言,虽然提及其"山东高密"籍贯,但整个论述并不以此为出发点或焦点,而是侧重突出莫言创作《红高粱家族》具有超越地域、更广泛的动机:一则"还原人","通过生命情态的夸张式刻画,把历史的人从阶级论和革命论的长期囚禁中解救出来,还单面的人为复杂的人";一则"还原历史","用具有复杂性的人的活动来回答什么是历史的真正驱动力"。⑤ 又如王庆生主编的《中国当代文学史》,把莫言编制在先锋作家队伍中;基于这样的考量,评论莫言的焦点乃大多放在显示其前卫的小说艺术上,即使提到

---

① 洪子诚:《中国当代文学史》,第330页。
② 张钟等编撰:《中国当代文学概观》,第298页。
③ 李平、陈林群编:《20世纪中国文学》,第468—471页。
④ 陶东风、和磊:《中国新时期文学30年(1978—2008)》,北京:中国社会科学出版社,2008年,第240—241页。
⑤ 唐金海、周斌:《20世纪中国文学通史》,第361—362页。

"高密东北乡",关注的也并非其作为山东地理或文化空间的特点,而是作者的种种营造手法。① 再看董健、丁帆和王彬彬主编的《中国当代文学史新稿》,因为莫言对小说叙事探索的贡献,而将其归入中国式的现代主义写作行列。就这一点展开来,指出《红高粱家族》既营造出"奇妙的'多声部'叙事效果,使小说的意义变得更为丰满",又"通过不同的人物心理与人物视角来分别叙述同一个故事,在每一次叙述中都各有侧重","构成了一个类似福克纳《喧哗与骚动》式的立体叙事结构",更"在写实中融入大量奇异的想象与怪诞的色彩","在结构上表现非线性、非逻辑的时空形态,是有意为之的现代意识"。② 叙述中虽提到红高粱象征"中国北方农民"的"民族精神和生命意识",但亦属于泛指,没有意愿要突出山东地域与文化的独特性与重要性。这其实也是没收了莫言的鲁籍作家身份证。

六 结 论

浏览20世纪,从"现代"到"当代",从"三个十年"中遗失地域身份的经典化个案到出自山东本位的整体形塑,到两个高峰期内或隐或现的作家群落,再到新近选择性展示地域身份的经典化个案,本文所勾画出来的文学图景显示,在历史长河中取得定位,甚至走向不朽的并非现实历史中的鲁籍作家,而是"经由叙述的鲁籍作家",被选择、被想象的书写个体与共同体。

身为鲁籍作家,自然会生产出富于山东地域色彩,能展示其鲁籍身份的文学,这或许是发生过的事实,但在文学史中不一定会获得印证。不同的文学史家有不同的叙述意愿,不同的文学史有不同的价值判断框架,在这种情况下展示出来的鲁籍作家,只是各"适"其位,并非各"在"其位。

是故,回顾文首所引述朱、李二位学者的话,应该有新一轮的体会

---

① 王庆生主编:《中国当代文学史》,第403—406页。
② 董健、丁帆、王彬彬主编:《中国当代文学史新稿》,第458页。

与解读。无论是"在齐鲁文学史上占有极其重要地位的作家,也在中国文学史上占有极其重要的地位",抑或"许多文学史书写都不吝笔墨,以专节等形式给予了深度的书写,也取得了学术上的重大突破",其实在在说明鲁籍作家的被动性。经典化是文学传承中必然且必需的现象。只有被叙述,才存在。至于被叙述背后更详细的社会政治等因素,则可以放到场域的概念中去理解。不过,这已超出本文的讨论范围,只能留待另文处理。

第二章 西方主义
——郭沫若、郁达夫早期小说的西方想象

一 绪 言

中国现代文学起始于19世纪末20世纪初中国知识界对于现代性的渴望与追求。晚清民国知识分子不满于国家的政治颓势和文化困局,因而向往西方文化,积极参鉴与纳用,希望借此改革中国文学,使之摆脱古典传统封滞僵朽的窠臼,迅速提升到一个焕新勃发的层面,赖以启迪和强化国民心理,直探和解决中国当时所面对的种种政经社会问题。

将此理想付诸实践,不管是阐扬新理念,抑或生产新文学,多采用李欧梵所说的"时间意识新模式"(new mode of time consciousness),从历史进化的角度出发,对西方的现代性进程与理论做出一番想象。①在新旧对立、越洋跨界的想象之下,小说这种文类所经历的变革最为巨大,从文体地位到书写模式,从审美要求到应用范畴,出现了翻江倒海的新局面。梁启超(1873—1929)虽然对小说并无真兴趣与真热情,但是在放眼西方时,却从欧陆文化中看到此一文类具有启蒙民众及革新政治的功能,因此积极地将"出于稗官,街谈巷语,道听途说"②的中国说部拔擢到前所未有的高度,赋予一新国民道德、取决国家兴亡的群治

---

① Leo Ou-fan Lee, "Incomplete Modernity: Rethinking the May Fourth Intellectual Project," in Milena Dole elová-Velingerová & Oldrich Král eds., *The Appropriation of Cultural Capital: China's May Fourth Project* (Cambridge, Mass.: Harvard University Asia Center, 2001), p.32.

② 班固:《汉书》,北京:中华书局,2006年,《艺文志》10,第6册,第30卷,第1745页。

使命。① 鲁迅（1881—1936）则领先众人而"拿来"西方短篇小说的技法，深度书写受传统社会宰制与迫害而产生的卑屈悚怖的民族心理，呼吁读者关注和拯救在那千年礼教铁屋中非死即狂的可怜他者。②

相对于前二家，紧随在后崛起于五四文坛的郭沫若（1892—1978）与郁达夫（1896—1945）虽然也为中国小说开辟了新天地，然而所发挥的现代性想象却较少受到学界的正视，即使有所触涉，亦多笼统归纳到西方文化或日本私小说影响的范畴中去讨论，难以察见其真实面目与本质。本文尝试取用新的理论视点——西方主义——深入观察和阐述这创造社二员大将是如何有意识地在其早期小说（以留日时期的作品为主）中想象和经营西方，以应对现实与文学的需求。借此观察与阐述，论证郭、郁之想象和经营西方具有本位思考的特质，在中国小说现代性的建构过程中起着重要的作用。

二 西方主义的启迪

笔者对于"西方主义"一词的认知，始于翻译美国学者陈小眉的英文著作 Occidentalism: A Theory of Counter-Discourse in Post-Mao China（《西方主义：后毛泽东中国的反话语理论》）。③ 此书以中国20世纪80年代的文学和媒介话语作为主要研究对象，梳理、归纳出后毛泽东时期（1978—1988）基于特殊历史语境而建构起来的三种主要话语：一则官方西方主义话语，通过阐释西方来巩固国家政治话语；一则反官方西方主义话语，虽然也阐释西方，但却是借此阐释和前者相抗衡，强化

---

① 梁启超：《论小说与群治的关系》，梁启超著、吴松等点校：《饮冰室文集点校》，昆明：云南教育出版社，2001年，第2集，第758—760页。

② 夏济安著、林以亮译：《鲁迅作品的黑暗面》，收入《夏济安选集》，沈阳：辽宁教育出版社，2001年，第21页。王润华：《五四小说人物的"狂"与"死"反传统主题》，王润华：《鲁迅小说新论》，台北：东大图书，1992年，第27—49页。

③ Xiaomei Chen, *Occidentalism: A Theory of Counter-Discourse in Post-Mao China*, Lanham, Boulder, New York & Oxford: Rowan & Littlefield Publishers, 2002. 笔者获陈小眉与上海某出版社授权将此书译成中文。按计划，译稿原应纳入其"海外中国现代文学研究译丛"第三辑。不料笔者将书译罄后，作者和出版社却因为无法达成协议而将译稿搁置，不了了之。

民间自我的声音；一则由反官方西方主义和后毛初期政权的官方西方主义进行合作，形成东方主义和西方主义之外的"中国西方主义"话语。① 陈小眉洞见特殊时期之所谓"据为己用"（self-appropriation，又译作"挪用"），绝非简单、全盘地搬"用"所"据"者，而是"据"政治现实的需要去修改所"据"者，旨在成全"用"者，符合"用"者的利益。职是之故，乃在书的"导言"中开宗明义地提出个人立论的理据：

> 论者尽可辩称……现代中国所有反传统主义的精英话语在很大的程度上都被极度地东方化了。……不过，如果基于以上种种缘故而认为中国政治与思想文化充其量是未经思考，复制西方思想的前哨站，则是不准确的说法。不管这些"中国人"的想法原初是多么的西化，一旦仅仅表述于非西方语境时，都免不了要在形式、内容上进行修饰，这是不容置否的。在对西方马克思主义思想的修饰中，我们看到中国或其他地方有许多案例，说明与东方主义同时并存，可以称之为"西方主义"的现象。西方主义这种论辩实践通过建构其西方他者，使东方得以积极参与为其挪用的过程，甚至在被西方他者挪用和建构之后发挥本土的创意。经常修改和操控所强加的西方理论与实践，导致中国东方产生了一种崭新的话语，其特色是结合西方对中国的建构和中国对西方的建构，使这些组合元素彼此交流，互相渗透。②

就此理据搭建起来、支撑全书的"中国西方主义"理论框架，则是陈小眉阅读和反思近半世纪以来深深影响着东西方学界的东方主义学说，与之交流和对话的成果。东方主义是一种结合文学、历史与政治分析以解释东西方长期处于不平等地位的学说，初见于爱德华·萨义德（Edward Said, 1935—2003）在1978年付梓的划时代著作《东方主义》（*Orientalism*）。这位巴勒斯坦裔美国学者在书中尖锐地指陈和批评了东西方（主要是西欧与中东）文化交流中一个极为吊诡的核心现象——东方并非一种自然的存在，而是经由西方有意识、有计划、长时

---

① 见 Xiaomei Chen, *Occidentalism*, pp. 20, 43-58.
② Xiaomei Chen, *Occidentalism*, p. 2. 本章引用陈著，译文皆出自笔者之手。

第二章　西方主义

间地建构出来的。① 在萨义德看来,西方人对东方人心存偏见,早在古希腊史诗《伊利亚特》(*Iliad*)中已露端倪,其后历经了基督教和伊斯兰教势力的往复较量,拉锯消长,更在18世纪以前变得根深蒂固,蔚为西方人必优越理智,东方人必低劣野蛮的表述传统。自18世纪末叶下迄20世纪70年代,这种二元对立的表述又随着三阶段的帝国主义和殖民主义扩张而进一步体制化,置诸庞大严谨的东方研究学术机构网络中去经营,赋予合法性与权威性。② 萨义德因此感叹:

> 东方人在西方的知识形成过程中,从来没有被征询过,最多只被当作形成文本之前的"前文本",且不是文本,而所谓知识的功用,是以欧洲人的观点来评价,而不是当地人的观点。在文本形成的过程中,西方人往往感受自己是一个掌控东方历史、时间和地理的欧洲人,他可任意形成新的专精领域,建立新的学科……把真实的东方变成一套文本。
>
> ……
>
> 这种文本一旦产出,就无法轻易消失。因为专业知识可以归诸它,学院、机构、政府的权威也可以归源于此,以致于其文本的权威荣耀,往往超过它实际上所能保证的。最重要的,这样的文本,不只能够创造知识,而且可以创造出其所描写的实在。③

权力召唤知识,而知识召唤更大的权力。萨义德借用法国社会学者米歇尔·福柯(Michel Foucault,1926—1984)关于知识与权力的说法,将两个世纪以来的"东方主义话语"一一解构,说明其具有政治策略性、历史连贯性和体制连锁性的特质,揭橥西方是如何以强大的政治与经济势力作后盾,再通过霸权话语来"生产"东方、宰制东方,藉此维持对后者的领导地位和利益。

---

① Edward W. Said, *Orientalism*, New York: Vintage Books, rpt. 2003.
② 自1789年至1869年以英、法为主的西方列强开始渗透伊斯兰世界为第一阶段,自1869至1945年西方将东方世界殖民化为第二阶段,自1945至1970年代美国发挥其全球性霸权为第三阶段。蔡源林:《萨义德与〈东方主义〉》,见萨义德著、王志弘等译:《东方主义》,台北:立绪文化,1999年,第7—8页。
③ Edward W. Said, *Orientalism*, pp. 86, 94;王志弘等译:《东方主义》,第122—123,135页。

萨义德的东方主义学说虽然精辟尖锐,自成体系,但亦存在着盲点,例如求"全"忘"偏",过分地倚赖其"非常总体的……全球化的西方殖民(或后殖民)势力对东方世界的权力支配及知识再生产的霸权架构",而忽略了个别国家"个体化的、局部化的、体现于日常世界的权力与知识的支配关系"。① 陈小眉即是在这骨节眼上获得启示,因此在构思其"中国西方主义"的理论框架时强调:

> 把西方主义看成环球性的"中心"话语或许是正确的,但我认为它有时也会被当作一种被边缘化的本土话语来使用,以反抗某一文化中的内部主导势力。在这些特别情况下,如果还坚决反对国际场域里的文化帝国主义,就政治而言是危险的,因为不管是有意或无意,它都无从避免支持某一执政意识形态下的现状,而执政意识形态如当代中国者就把西方他者视为和国内反官方势力联合起来的强大准盟友。②

此外,陈小眉还发现东方主义理论无法解释的现象,即后毛泽东时代的中国知识分子和戏剧界并非被动地服膺于"官方西方主义",而是竭力摆脱其嵌制牵绊,利用"西方"去建构一种对立性的话语系统:

> 中国西方主义绝不局限于官方用途。我们即见与官方用途并存的案例,可以称之为"反官方西方主义",因为这些案例的制造者并非国家政府或党机器,而是这些机构组织的敌对者,尤其是来自具有歧见,更多时候和它们发生利益冲突的不同知识分子团体。这种西方主义是当代中国社会文化和社会特性的产物,可以被理解为一种强有力的反官方话语,它以西方他者为政治解放的隐喻,去反抗中央集权社会里的意识形态压迫。我正是在这一点上和萨义德以及受其经典理论启发的后殖民主义者分道扬镳,另辟蹊径的。③

---

① 此处反用蔡源林称赞萨义德的话。见王志弘等译:《东方主义》,第6—7页。
② Xiaomei Chen, *Occidentalism*, pp. 5-6.
③ Ibid., p. 5.

陈小眉自成一家言,其价值在于"既为非西方的他者说话,也以非西方的他者身份说话,将能帮助我们以一种比东方主义话语更具挑战性,更少简约性的方式去应对跨文化理解上的复杂性"。① 笔者受陈著的启发,在审视中国现代文学时发现早在五四初期,即存在着另一种西方主义话语。这种西方主义话语同样据西方为己用,但却不似80年后所出现的话语那般具有官方与非官方之分,而是和当时的主流书写进行对抗的一种新兴表述方式,主要集中体现在郭沫若和郁达夫的早期小说中,所呈现出来的是异于其他作家的现代性,是另一种文学特质与风貌,值得我们去重视和研究。

三 对于西方的中介想象

中国知识界之想象西方,自非始于郭沫若和郁达夫。明末欧洲传教士与商贾东来,清初笔记文类如赵翼(1727—1814)的《檐曝杂记》已有记载。鸦片战争爆发后,魏源(1794—1857)在地编著《海国图志》,王韬(1828—1897)出洋归来撰写《漫游随录》《法国志略》等书,亦为中国读者勾勒出西方地理人文风情轮廓。清末民初,翻译西方书籍大行其道,译者如林纾(1852—1924)玩索发挥原本,以文言旧小说之技法变西方茶花女为中国仕女,竭力经营的是中国旧文人的审美情趣,其悖离西方,犹如天渊。②

真正开始在自创小说中想象西方的,是笔出鸳鸯蝴蝶的"礼拜六作家"周瘦鹃(1894—1968)。其《行再相见》发表于民初时期,写19岁中国少女桂芳和每日路过家门的上海领事署洋人秘书玛希儿弗利门相恋,后来得知恋人竟是旧日的杀父凶手,痛苦万分之下毒死对方以报不

---

① 译自张隆溪推介陈著之语,见牛津大学出版社网页,http://www.oup.com/us/catalog/25027/subject/WorldLiterature/? view=usa&ci=9780195085792。
② 关于民国以前中国知识界对于西方的想象,孟华等《中国文学中的西方人形象》一书中有详细的探讨。见孟华等:《中国文学中的西方人形象》,合肥:安徽教育出版社,2006年,第1—31,42—167页。

共戴天之仇。① 小说对于弗利门的刻画平平无奇,止于"他是个外国人"的单一概念,横竖是英国小说家及评论家佛罗斯特(E. M. Forster, 1879—1970)之所谓"平板人物"(flat character),②值得注意的倒是作者不曾踏足欧洲,却在中国土地上想象西方人,呈诸说部,笔者姑且称之为"隔地想象"。另一类想象则源自作者居旅欧洲的经验,在西方亲身观察、实地取材,就此想象西方,可归纳为"处地想象"。徐志摩(1897—1931)作于1925年、收入1930年小说集《轮盘》的《肉艳的巴黎》,以及老舍(1899—1966)完成于1926年初的《二马》,皆属此类。前者写巴黎一人体画家,虽然生活清贫,但精神丰富,每日画人体画,做着"最荒唐,最艳丽,最秘密的梦"③。后者以英国伦敦为背景,塑造西方人主要是为了和徙居当地的中国人比照,反映西方人对中国人的种种偏见,表现中国移民的悲哀,演出王德威在评论中所说的"荒谬的喜剧"。④

不管是周瘦鹃的"隔地想象",抑或徐志摩与老舍的"处地想象",由于并非出于对抗当时的主流书写模式而挪用西方,故不在笔者所借用陈小眉对立话语意义下的西方主义之列。郭沫若和郁达夫可说是最早先发挥西方主义的现代小说家,其想象西方的情况与前述二者不同——作者或在日本想象西方,或通过中国人主人公在日本想象西方,这种通过第三地的想象,可以称为"中介想象"。郭、郁的早期小说甚受日本私小说的影响,大量书写个人在日本的身边题材,此乃不争之事实,然而论者罕有注意的是,二人在这书写中却频频运用"中介想象",发挥西方主义。笔者认为这对郭、郁建构其独特的小说现代性极具关

---

① 范伯群、范紫红主编:《哀情巨子周瘦鹃代表作》,南京:江苏文艺出版社,1996年,第204—212页。范伯群认为周瘦鹃此作将哀情与"爱国、伦理等题材交错纠结,显示了很复杂丰满的内心世界"。见范伯群:《中国现代通俗文学史》,北京:北京大学出版社,2007年,第177页。

② E. M. Forster, *Aspects of the Novel*, New York: Harcourt, Brace & Co., 1927, pp. 103-104.

③ 徐志摩:《肉艳的巴黎》,《徐志摩全集》,香港:商务印书馆,1983年,第2集,第51—61页。

④ David Der-wei Wang, *Fictional Realism in Twentieth-Century China: Mao Dun, Lao She and Shen Congwen*, New York: Columbia University Press, 1992, p. 125.

第二章　西方主义

键性,且成因有三,不容忽视。

日本学府在20世纪初所提供的西方语言教育为郭、郁的"中介想象"提供了一个别无仅有的基础空间,此其一。郭沫若和郁达夫东渡日本求学,前者自1914年1月至1924年10月,主攻医学,后者自1913年11月至1922年4月,获取经济学位,皆达十载之久。根据当时中日两国政府的教育协议,中国留学生凡考上东京第一高等学校等五校者,须先修读一年预备班,之后分发至八所高等学校与日本学生一起上课,三年毕业再入大学。① 关键是日本向往欧美,高校以上的教育尤其强调学习西方语言如德文、英文和拉丁文,两人自入读东京一高伊始,便接受了这方面的严格训练。郭沫若在《创造十年》中回顾当时学习外语的情况时指出:

> 准备学医的人,第一外国语是德语,日本人教语学的先生又多是一些文学士,用的书大多是外国的文学名著。例如我们在高等学校第三年上所读的德文便是歌德的自叙传《创作与真实》(Dichtung und Wahrheit),梅里克(Morike)(笔者按:当作 Mörike)的小说《向卜拉格旅行途上的穆查特》(Mozart auf Reise nach Prague,按:德文当作 Prag)。这些语学功课的副作用又把我用力克服的文学倾向助长起来了。②

环境使然,浸濡有功,其好读德国的歌德(Wolfgang von Goethe,1749—1832)和海涅(Heinrich Heine,1797—1856),英国的雪莱(Percy Bysshe Shelley,1792—1822)和叶芝(William Butler Yeats,1865—1939),美国的惠特曼(Walt Whitman,1819—1892),手不释卷;虽然不谙法文,亦嗜读英译或日译的魏尔伦(Paul Verlaine,1844—1896)与波德莱尔(Charles Baudelaire,1821—1867),皆能与之精神交接。③ 较诸郭沫若,

---

① 曾华鹏、范伯群:《郁达夫评传》,天津:百花文艺出版社,1983年,第17页。
② 郭沫若:《创造十年》,《郭沫若全集·文学编》,北京:北京人民文学出版社,1992年,第12卷,第51,66页。
③ 郭沫若:《致陈建雷信》,见阎焕东编著:《郭沫若自述》,太原:山西教育出版社,1986年,第88—89页。

郁达夫对西方文学的吸收有过之而无不及。其《五六年来创作生活的回顾》一文忆述考入东京一高预科时说：

> 这一年的功课虽则很紧，但我在课余之暇，也居然读了两本俄国杜儿葛纳夫的英译小说，一本是《初恋》，一本是《春潮》。和西洋文学的接触开始了，以后就急转直下，从杜儿葛纳夫到托尔斯泰，从托尔斯泰到独思托以夫斯基，高尔基，契珂夫。更从俄国作家，转到德国各作家的作品上去，后来甚至于弄得把学校的功课对开，专在旅馆里读当时流行的所谓软文学作品。……在高等学校住了四年，共计所读的俄德英日法的小说，总有一千部内外，后来进了东京的帝大，这读小说之癖，也终于改不过来……①

杜儿葛纳夫即俄国作家屠格涅夫（Ivan Turgenev，1818—1883），郁达夫自称"开始读小说，开始想写小说，受的完全是这一位相貌柔和，眼睛有点忧郁，络腮胡长得满满的北国巨人的影响"。② 值得注意的是，郁达夫所受的影响主要来自"软文学作品"，这和郭沫若的专拣重量级作家经典来阅读有所不同。如嗜读德国19世纪末不甚知名的鲁铎夫·林道（Rudolph Lindau，1829—1910），爱其简练但付与充分情绪的文字、沉静的笔调、轻描但深刻的人物性格。③ 此外，亦倾心、推崇一群英国"黄面志（*The Yellow Book*）作家"如恩纳斯·道森（Ernest Dowson，1867—1900）、约翰·戴维森（John Davidson，1857—1909）和佐治·吉辛（George Gissing，1857—1903）等。④ 由于留日期间在德文和英文方面打下稳固的基础，郭沫若、郁达夫乃有能力阅读大量的西方文学作品，深入了解西方精神世界。此后书写小说时，也往往以西方专家自

---

① 郁达夫：《五六年来创作生活的回顾》，《郁达夫全集》，杭州：浙江大学出版社，2007年，第10卷，第310页。
② 郁达夫：《屠格涅夫的〈罗亭〉问世以前》，《郁达夫全集》，第11卷，第89页。
③ 郁达夫：《林道的短篇小说》，《郁达夫全集》，第11卷，第171页。曾华鹏、范伯群：《郁达夫评传》，天津：百花文艺出版社，1983年，第33页。
④ 刘久明以Ernest Dowson和John Davidson为中心，讨论19世纪末群集于英国《黄面志》杂志的作家对于郁达夫生活及创作的影响。刘久明：《一群"薄命的天才"：论英国"黄面志"作家及其对郁达夫的影响》，见李杭春等主编：《中外郁达夫研究文选》，杭州：浙江大学出版社，2006年，下册，第422—432页。

第二章 西方主义

居,引经据典,如数家珍,如置西方世界于读者目前。

寓居日本时所感受到的普遍歧视催化了郭、郁小说的西方想象,此其二。郭沫若、郁达夫所亲眼目睹的日本,已是明治维新以后因奋力学习西方而成功地现代化的强国。反观中国,却是丧权失地,萎靡不振,与日本形成鲜明的对比。在远比中国小得多的日本土地上,中国留学生普遍遭受歧视,弱国子民之哀痛更为深切。郁达夫在《忏余独白》中谈及小说《沉沦》的创作时透露:

> 人生从十八十九到二十余,总是要经过一个浪漫的抒情的时代的,……我的这抒情时代,是在那荒淫惨酷,军阀专权的岛国里过的。眼看到的故国的陆沉,身受到异乡的屈辱,与夫所感所思,所经历的一切,剔刮起来没有一点不是失望,没有一处不是忧伤,同初丧了夫主的少妇一般,毫无气力,毫无勇毅,哀哀切切,悲鸣出来的,就是那一卷当时惹起了许多非难的《沉沦》。①

在日十年,屈辱和压抑导致郭沫若、郁达夫在书写小说时将目光转向曾经启发日本现代化的西方,通过中介想象来寻求心灵上的慰藉和平衡。

再者,二人初涉文学时虽在东瀛,但却十分熟悉隔海的中国文坛,十分不满国内当时的主流书写。郭沫若的《创造十年》如此回顾:

> 我是三年没有回国的人。又住在乡下,国内的新闻杂志少有机会看见,而且也可以说是不屑于看的。那时候我最不高兴的是商务印书馆出版的《东方杂志》和《小说月报》,那是中国有数的两大杂志。但那里面所收的文章,不是庸俗的政谈,便是连篇累牍的翻译,而且是不值得一读的翻译。小说也是一样,就偶尔有些创作,也不外是旧式的所谓才子佳人派的章回体。报章的乱七八糟,就在今天也还没有脱出旧态,那可以不用说了。②

郭沫若、郁达夫在东京和成仿吾(1897—1984)、张资平(1893—1959)、

---

① 郁达夫:《忏余独白》,《郁达夫全集》,第10卷,第499页。
② 郭沫若:《创造十年》,《郭沫若全集·文学编》,第12卷,北京:人民文学出版社,1992年,第451页。

田汉(1898—1968)、郑伯奇(1895—1979)等一起酝酿、成立创造社,即是出于振兴中国文学的宏愿;而在早期小说中想象西方,反复描摹、再现西方人物情态,勤于和西方文本对话、互涉,处处让西方介入,又处处介入西方,更是一种寻求一新耳目的尝试,希望藉此颠覆当时以鸳鸯蝴蝶派为代表的主流书写模式,建构中国小说的现代性。

四　从拒绝日本出发

众所周知,郁达夫之初入中国小说界是极具震撼性的。1921年杪,其处女小说集《沉沦》由上海泰东书局出版,甫一面世即吸引青年读者蜂拥购买,迅销两万多册,但与此同时,亦招来社会上的无数批评与非难,"诲淫""造作"之痛骂声此起彼落。爱憎之落差如此巨大,自然是因为书中披露情欲,大胆叛逆①之程度前所未见的缘故。学界议论郁达夫之打破文学传统,或追溯其成因,或探勘其内涵,或剖析其技法,颇多发见,却罕有注意到郁达夫通过想象西方来追求现代性,正是其小说在当时之所以"新"的原因之一。

《沉沦》共收《沉沦》《南迁》与《银灰色的死》三个短篇,大致完成于1921年上半载,亦即郁达夫就读于东京帝国大学经济学部期间。同样是书写中国留学生在日本际遇遭迍、情绪苦闷的题材,这三个短篇不仅奠定了郁达夫小说的风格基调,更体现了作者运作西方主义以颠覆旧叙事传统,借此崛起于五四文坛的写作策略与姿态。

《银灰色的死》最早脱稿,是郁达夫公开发表的第一篇小说。小说写留日中国学生Y君因新婚妻子在家乡病逝,心中苦痛无法排遣,便到东京各处的酒馆买醉。在其中一家酒馆里,Y君结识了馆主之女静儿,与之成为互相安慰的朋友。无奈半个月后,得悉对方即将出嫁,Y君不堪刺激而狂饮一番,终因脑溢血横死在路上。曾华鹏、范伯群论此

---

① 就此而言,笔者曾撰文讨论郁达夫在文字上探索的情色空间。见吴耀宗:《郁达夫的情色空间》,载《中国现代文学》(韩国)第29号,2004年6月,第101—115页。亦见本书第四章,是为修订稿。

第二章 西方主义

小说,以为"作者在这里所叙写的,却只是一个纯粹的爱情悲剧故事,他未能展现比较鲜明的时代背景,也没有深入地挖掘产生这个悲剧的社会根源,因而也就未能赋予它更深刻更广阔的社会内容"。① 许子东另有洞见,称扬《银灰色的死》"格式别致,颇讲章法",表现了"卑微者在世俗力量面前的挣扎与幻灭,而非'灵与肉冲突'的两败俱伤"。② 笔者认为这看似"纯粹的爱情悲剧故事"其实已开中国人在日本想象西方的先河,意义重大,值得关注。

作为一个中国留日学生,小说主人公 Y 君在爱情失意时,脑海中浮现的"宣情文本"居然不是家乡的心灵用语中文,亦非客地的日常用语日文,而是西方的文本用语德文——19世纪中叶威廉·理查德·瓦格纳(Wilhelm Richard Wagner, 1813—1883)歌剧《唐怀瑟》(Tannhäuser)中人物沃福兰(Wolfram)的唱词,这岂不吊诡?诚然,沃福兰唱出对心有所属的伊莉沙白(Elizabeth)的一片痴心,适用于比拟 Y 君对静儿的爱情,然而小说家刻意安排 Y 君将这唱词"唱了两句",又"念了几遍",岂非别有居心?事实上,郁达夫借此强调的,正是一个在日本落魄失意的中国人只能反复引用德文文本来表情达意,只能通过想象西方来安抚自己悲伤的心绪,可说是暗示了中国当时处在日本与西方夹缝中卑屈尴尬的地位。小说在结尾处还设计区役所在揭示场告示上胪列 Y 君的遗物,提到衣袋中有一册英国诗人道森的诗文集,不能说没有寓意。道森年少时漂泊伦敦,爱上酒馆老板娘之女,惟后者不解其深情,宁嫁庸俗之人,使道森终生痛苦,也写下许多哀伤的诗篇。以此比喻 Y 君的爱情落空,仅属表层意义,其深层意义实则指涉类似 Y 君这般的中国人,即便是博学多识,满腹西方经典,在日本终究无用,难免于穷途潦倒、终至一死的悲惨命运。

在《银灰色的死》之后,郁达夫小说中有更多的西方想象,其主人公往往是精通西文的中国知识分子,在异乡抑郁的环境氛围中援引西方文本以鸣不平,信手拈来,皆成心灵的告白。代表作《沉沦》写博学

---

① 曾华鹏、范伯群:《郁达夫评传》,天津:百花文艺出版社,1983年,第17页。
② 许子东:《郁达夫新论》,杭州:浙江文艺出版社,1984年,第59页。

的中国留日学生"他"因受日人歧视而多愁善感,甚至患上忧郁症,喜欢独自到人迹罕至的山里去顾影自怜。陈小眉认为《沉沦》的"作者把主人公置诸日本,更加突出后者身为低劣中国人的感受;他通过主人公的叙事空间,用'中国人'独有的声音(秉着反对传统的精神)去公然抗议祖国每况愈下的形势,(秉着中国民族主义的精神)去抗议种族歧视"。① 如此而言,显然注意到日本在小说中作为中国离散人的"觉醒空间"(space of awakening)的重要性,可惜没有进一步指出从这"觉醒空间"(对笔者来说是"中介想象地")中发出的"中国人独有的声音"其实是填盈着西方文本,充满了西方想象的。小说开篇即写"他"手捧威廉·华兹华斯(William Wordsworth, 1770—1850)的诗集,在稻田阡陌上散步,以逃避和日本女性交往中所受的挫折。随而回顾"他"从东京前来 N 市高校就读,在火车上是翻览海涅的诗集,在旅馆中则阅读英国小说家吉辛的作品。"他"平日好学,于西方书籍多有涉猎,包括美国作家拉尔夫·沃尔多·爱默生(Ralph Waldo Emerson, 1803—1882)的《自然论》(*On Nature*)、亨利·戴维·梭罗(Henry David Thoreau, 1817—1862)的《逍遥游》(*Excursion*)等。因为胸藏卷帙,后来在山中遇着一个农夫时,亦将自己当成是德国哲学家弗里德里希·尼采(Friedrich Wilhelm Nietzsche, 1844—1900)书中的查拉图斯特拉(Zarathustra),"把 Zarathustra 所说的话,也在心里对那农夫讲了"。遇事心中激动,脱口而出的也是英语:"Oh, coward, coward!"(你这懦夫!懦夫!),"Sentimental, too sentimental!"(感伤!太感伤了!)乍看之下,小说主人公仿佛不是寓居东瀛,而是生活在西方世界中,这正好反衬其对于异邦的憎恶和家乡的怨忿:

> 我何苦要到日本来,我何苦要求学问。既然到了日本,那自然不得不被他们日本人轻侮的。中国呀中国!你怎么不富强起来,我不能再隐忍过去了。②

美国学者邓腾克(Kurt Denton)认为《沉沦》这种通篇部署西方"文学引

---

① Xiaomei Chen, *Occidentalism*, p. 144.
② 《郁达夫全集》,第 1 卷,第 46 页。

文"(literary subtext)的做法是具有政治寄托的。在其眼中,郁达夫于征引大量西方文本的同时,又喜欢并列以一些中国文言文本,如唐人王勃和清人黄仲则的作品,甚至是主人公"他"所写的旧体诗。征引西方文本,是拒绝现实世界的表现;而征引文言文本,则是对于中国旧传统的依恋。经由这两种文本系统的对照,不仅突出爱国的主题,更书写了五四知识分子摆荡于传统和现代之间的矛盾自我。① 笔者基本上认同邓腾克的政治寄托之说,但又以为从整体表现来看,郁达夫以文言文本恋栈旧文学传统者少,以西方文本拒绝现实世界(日本)、追求心灵慰藉者多,且普遍见诸其他早期小说中,恒为西方主义之发挥。

在《南迁》中,郁达夫继续从心所欲地征引西方文本,既有之前提及的海涅和道森,又有歌德、詹姆斯·汤臣(James Thomson, 1700—1748)、亚历山大·史密斯(Alexander Smith, 1830—1867)、佐治·摩尔(George Moore, 1852—1933),甚至是圣经中的片段,纵横散布,随处可见。不仅如此,更借书写主人公伊人到东京湾东南的安房半岛上的北条医院养病,在日本土地上想象起西方地理风光来:

> 安房半岛,虽然没有地中海内的长靴岛的风光明媚,然而成层的海浪,蔚蓝的天色,柔和的空气,平软的低峦,海岸的渔网,和村落的村民,也很有南欧海岸的性质,能使旅客忘记他是身在异乡。若用英文来说,便是一个 hospitable, inviting dream, land of the romantic age(中世浪漫时代的,乡风纯朴,山水秀丽的梦境)了。

而如此所谓中世浪漫时代南欧乡村景色的想象,又是借一英国人和伊人的对话来证实正确无误的。英国人说:

> (房州)那一个地方才好呢!是突出在太平洋里的一个半岛,受了太平洋的暖流,外房的空气是非常和暖的,同东京大约要差十度的温度,这个时候,你若到太平洋岸去看一看,怕还有些女人赤裸裸的跳在海里捉鱼呢!一带山村水郭,风景又是很好的,你不是

---

① Kurt Denton, "The Distant Shore: Nationalism in Yu Dafu's 'Sinking'," *Chinese Literature, Essays, and Articles*. 14 (1992):107-125.

很喜欢我们英国的田园风景的么？你上房州去就对了。

曾华鹏、范伯群以为郁达夫"对安房半岛海滨的景色做了非常出色的描写……构成一幅诗情洋溢的风景画"；又说安排女学生 O 反复吟唱歌德的《迷娘的歌》（"Mignon"），"使作品里流动着一种忧伤悒郁的旋律"，"这种氛围对作品里悲剧性情节的发展做了有力的烘托"，显然没有观察到郁达夫"中介想象"的西方主义表现。① 郁达夫这样书写是深具反讽意味的——日本房州的风景竟然优美如欧洲，而北条医院又有洋人 C 夫人那基督教会式的管理和运作，医院中的日本青年学生们努力地使用那"舌根底下好像含一块石子"的日式英语和伊人交谈解闷，但是作为中国留日学生的伊人最终还是命丧病榻，回魂乏术，因为房洲即使再像英国，却毕竟不是英国，充其量只是个"伪英国"（pseudo-England），起不了欧洲文学中田园大自然那治疗心灵的功效。郁达夫还把《迷娘的歌》的中译附于小说后，益发凸显中国人身在日本而寄情于西方文本的徒劳和悲哀。

从出版《沉沦》奠定个人小说基调到 1922 年中离开日本回到中国期间，郁达夫继续在日本这小说场景中发挥西方主义想象。如《胃病》仿佛是郁达夫本人患病经历的实录，只不过在讲述故事时是以叙事者"我"代言，并添加了同是中国人的朋友 W 君爱上在医院认识的日本少女"伊"的插曲。小说以东京神田的 K 医院为叙事场景，借"伊"之口说明与 W 君爱情失败的原因在于后者"是一个将亡的国民"，抒发了弱国子民的愤恨。此外，安排友人 K 君（影射郭沫若）前来探病，对着"我"批评当时中国文坛的不济，说话内容和前文引述郭沫若《创造十年》的一段颇为相似。在日本的种种不平际遇，使病榻上的"我"更为抑郁苦闷，动辄征引西方文本以资宣泄。如说朋友送来英国作家麦克斯·毕尔邦（Max Beerbohm, 1872—1956）的《幸福的伪善者》（Happy Hypocrite），或自比英国薄命诗人亨利（William Ernest Henley, 1849—1903），引述其《在病院内》（In Hospital）的第一首诗，或胪列一系列名字，有英国诗人济慈（John Keats, 1795—1821）、拜伦（George Gordon

---

① 曾华鹏、范伯群：《郁达夫评传》，第 47 页。

Byron,1788—1824)、汤姆斯·乍得登(Thomas Chatterton,1752—1770)、亚历山大·史密斯、科格·怀德(Kirke White,1785—1806),有意大利诗人(Giacomo Leopardi,1798—1837),感叹"文人的悲剧……同云雀似的生命",或与 K 到医院附近散步,登上俄国教堂哥拉衣堂的钟楼时,一面想着意大利诗人兼小说家加必利耶·丹奴佐(Gabriele D'Annunzio,1863—1938)的小说《死的胜利》(*Triumph des Todes*),一面想着要跳下去寻死。

又如《空虚》,写于质夫在日本 N 市附近的汤山温泉度暑假时与当地少女邂逅,既受后者青春气息的吸引,却不敢采取行动,备受性压抑的痛苦。质夫在离开 N 市前,还到丸善书局去,虽然心情不佳,"看了许多时候,终究没有一本书,能引起他的兴味",但所浏览的仍然是"新到的英德法国的书籍……看看(英国外交官兼作家)Harold Nicolson(1886—1968)著的 *Verlaine*(法国象征派诗人兼评论家),Gourmont(Remy de Gourmont,1858—1915)的论文集《颓废派论》"。① 笔者以为,郁达夫负笈东瀛多年,对于日本文学之熟悉自不在话下,然而在早期小说中却甚少引述,即使是在《空虚》这样偶尔引用文本的篇章中,亦是选择西方作品,为的正是在日本发挥中介想象,为中国小说建构一种特殊现代性的缘故。这种西方主义在其回返中国后随着日本题材的减少出现而不复使用,再召唤西方文本入小说,就变成没有中介的"隔地想象"了。

五 背离西欧的转向

郭沫若以诗著称,在小说上的贡献往往被忽略。若按学者武继平的说法,将作于 1918 年秋冬但不获刊发的《骷髅》定为郭沫若的第一篇小说,则至 1947 年问世的《地下的笑声》为止,共著小说四十二篇,其实较诸以小说为主力文类的郁达夫亦不过五分之一弱而已。② 而这

---

① 郁达夫:《空虚》,《郁达夫全集》,第 11 卷,第 187—188 页。
② 郁达夫现存小说五十二篇,较郭沫若多十篇。

四十二篇当中,又有九篇脱稿于1924年8月至10月短短的两个月内,属于郭沫若在日本创作的早期小说,且集中体现其西方主义,可惜研究郭沫若的专家学者罕有关注。

试举这小说爆发期之代表作《Löbenicht 的塔》,龚济民、方仁念为郭沫若作传,芮效卫(David Roy)研究郭沫若早年生平思想,在撰写1924年的事迹时都略而不提。① 傅正乾讨论郭沫若自1919年至1926年的早期小说,按叙事观点及叙事者的角色归纳出三种类型,亦罔顾此作。② 武继平以"实验小说"形容郭沫若留学日本十年间的小说,但于焉未置一言。③ 笔者以为皆因未能洞察郭沫若想象西方以表现现代性的缘故。

"Löbenicht 的塔"指的是18世纪德国哥尼斯堡(Königsberg,今称Kaliningrad,是俄罗斯介于波兰与立陶宛之间的属地)廖勃尼赫特教堂的塔,哲学家伊曼奴尔·康德(Immanuel Kant,1724—1804)晚年位于公主街(Prinzessin Strasse)的住所即在附近。小说书写1787年康德极端规律化的教学和学术写作生活中的一个有趣片断,是五四时期小说中少数以西方人为主人公的作品。在郭沫若笔下,这位六十三岁但仍然单身的德国哲学家习惯每天眺望窗外廖勃尼赫特教堂的塔尖美景,一日却被邻家白杨树茁壮的树梢遮挡了视线而深感苦恼,文思塞滞,于是吩咐老仆朗培(Lampe)要求邻家斫去树梢。邻家主妇出于对哲学家的敬重而遂其愿,康德乃重获书写《实践理性批判》(*Kritik der praktischen Vernunft*)的动力,且开始构思下一部书《判断力批判》(*Kritik der Urteilskraft*)。当然,此一片断并非出于空想,而是截自德国哲学家兼哲

---

① 龚济民、方仁念:《郭沫若传》,北京:北京十月文艺出版社,1988年。David Roy, *Kuo Mo-jo: The Early Years*, Cambridge, Massachusetts: Harvard University Press, 1971, pp.108-169.

② 傅正乾把郭沫若的早期小说(1919—1926)分为三种类型:(1)作家以"我"的名义直接进入作品,但并不占据作品的中心,以"我"的所见所闻所感,为线索而开展故事情节,在表现"我"的同时,着意塑造别的人物形象。(2)带有自叙传色彩,亦即作家直接以"我"或"爱牟"的名义进入作品,并占据了作品的中心。(3)以第三人称所写的作品,作家没有以"我"或"爱牟"的名义进入作品,也没有插入什么议论,只是描绘了一幅客观的现实生活的图画。傅正乾:《郭沫若创作论稿》,西宁:青海人民出版社,1984年,第134—142页。

③ 武继平:《郭沫若留日十年》,重庆:重庆出版社,2001年,第268—305页。

学史学者卡尔·福尔伦德(Karl Vorländer, 1860—1928)的《康德生平》(Kants Leben),重新书写的结果。①《康德生平》在 1911 年出版,1921 年再版,是郭沫若在日本留学期间欲了解康德必读的书籍。福尔伦德刻画康德的部分,郭沫若当然也写了:主人公每日夜晚十时就寝,早晨五时起床。起床后先下楼盥漱,再到楼上书斋里喝两杯淡茶,吸一根烟,编写讲义。上午七时至十一时授课。亭午至四时用膳、会客,之后散步和思考。循此规律作息,数十年如一日。不过,郭沫若这东方人眼中的康德却还有其另一面。

小说先写康德于二十年前阅读卢梭(Jean-Jacques Rousseau, 1712—1778)的《爱弥儿》(Emile)一书,"几至废寝忘食,把讲义迟延了几天,把每天午后七点钟一个钟头的哲学路上的散步都中止了"。二十年后重读此书,结果又是晚睡了,早晨还想赖床,和遵照吩咐来叫醒自己的老仆"讨价还价",几乎二度破坏个人长期严守的"数学方程式一样规整的生活"。再者,写哲学家虽然已逾知命之年,但"对于女性的崇拜是没有减杀",忆想起年轻时的爱恋,以及平日与女性的交往,"红的蔷薇"的意象反复出现,象征情欲暗涌,内心骚动如旧。迨此,读者或以为小说家刻意演义传记作者所未演义——康德之"反常举止",不过是旨在使笔下的主人公更具人性,形象更为饱满,犹如郭沫若在 1937 年《创造十年续编》中所忆述:

> 作这篇文章的用意,与其说为了纪念康德,倒是想借以讽喻哲学家。尽管哲学家或思想家是怎样的冷静、超然,过着如冰霜,如机械的理智生活,但是人生的情趣终不免要来萦绕,而且在暗默中还要给他以助力。②

然而,我们只要把这些情节和康德为"讲中国的事情"而备课的描写结

---

① Karl Vorländer, *Kants Leben*, Hamburg: Felix Meiner Verlag, rpt. 1986, pp. 134-146. 亦见卡尔·福尔伦德著、商章孙、罗章龙译:《康德生平》,北京:商务印书馆,1988 年,第 108—117 页。苏联学者阿尔森·古留加在 1977 年出版的《康德传》亦有邻居循康德的要求修剪花园树木枝梢的描写。见阿尔森·古留加著、贾泽林、侯鸿勋、王炳文译:《康德传》,北京:商务印书馆,1997 年,第 174 页。

② 郭沫若:《创造十年续编》,《郭沫若全集·文学编》,第 12 卷,第 210 页。

合起来，就知道郭沫若之想象康德是别有"居心"的。历史上的康德是否曾在课堂上讲授中国，笔者并非历史专业，无力考核，但小说写其准备讲述中国人学术、孔子仁义的情况，却是出人意表的。首先，康德喃喃自问，满怀疑虑："这'仁'字怕就是我说的'善良的意志'罢？这'义'字怕就是我所说的"内在的道德律'罢？中国怕是承认着'实践理性的优越'的国家？"对于这些问题，康德"苦于无充分的考据以作他的证明"，而其书案上居然也只有"马可波罗的旅游记，福禄特尔（Voltaire, 1694—1778）的《哲学辞书》和他所译的一种元曲，另外还有些宣教师的旅行报告之类"的参考资料，末了唯有太息："嗳，关于中国的事情，便据最近旅行家的报告，连半分也不曾知道。"一个素以理性批判为毕生事业的西方哲学家，在讲授遥远的东方时却是草草应付，懵懂可笑，其东方主义式的话语何其偏执明确，郭沫若那西方主义式的嘲讽何其辛辣露骨，又岂是"使人物性格更加饱满"的简单解释所能尽道机杼的？

学者俞兆平认为郭沫若十分崇仰康德，特为后者哲学著作的酝酿、诞生而撰写了是篇小说，以示重视。① 可是《创造十年续编》中有另一段话，却透露郭沫若之所以如此"重视"康德，其实另有玄机在：

> 1924年是文艺界相当多事的一年。那年是英国诗人拜伦的死后百年祭，也是德国大哲学家康德的诞生二百年祭。这都是操觚者做纪念文章的资料。……关于纪念拜伦的文章虽然没有做，但关于纪念康德的文章却是做了的，便是《Löbenicht 的塔》。这篇小说在《学艺》杂志的纪念号上发表了。……恶魔说过："灰色是一切的理论，只有人生的金树长青。"这意思可惜没有表现十足，曾蒙受一位作家的讥评说："文艺作品是人生的反映，不是古人的形状。"是的，我本来是没有意思替康德作形状的。②

1924年4月1日，随着郁达夫为谋生计而赴北京大学任教，《创造日》

---

① 俞兆平：《创造社与康德美学》，俞兆平：《现代性与五四文学思潮》，厦门：厦门大学出版社，2002年，第167—168页。

② 郭沫若：《创造十年续编》，《郭沫若全集·文学编》，第12卷，第210页。

第二章　西方主义

与《创造》季刊相继停刊,郭沫若不得不结束在沪历时一载的文学事业,铩羽归返福冈。在 8 月 26 日创作《Löbenicht 的塔》,自然是为了供应当时上海《学艺》杂志纪念康德诞辰的专号征稿,① 然而郭沫若"生于中国而身在东瀛,身在东瀛而思接欧陆",通过中介想象所塑造出来的康德,并无应时文章必然歌颂渲染的理性和伟大,却有日常生活的琐碎烦恼,以及对于中国的平庸见识。这般逆向书写,不只是为了颠覆"操觚者做纪念文章"的主流模式,更旨在表现作者虽然困滞东瀛,却仍然坚持追求"文学再现人生,不作古人形状"的现代性书写;虽然未尝涉足西方国境,却是真正了解康德、透视西方的中国作家,有别于一般做纪念康德文章的操觚者。郭沫若正是以此西方想象,向隔洋对岸的家乡文坛喊话,重申其诠释西方的准确性与权威性。

事实上,在福冈的这一年中,郭沫若对西方的观感已有了重大的改变。写作《Löbenicht 的塔》的前几个月,即 5 月下旬,为贫困生活所迫而翻译日本马克思主义学者河上肇(1879—1946)的《社会组织与社会革命》,却被书的内容所感化,由"浪漫主义诗人"变成了"彻底的马克思主义的信徒"。7 月初旬,翻译德文版的屠格涅夫小说《新时代》(又名《处女地》),又发现"书中描绘的农奴解放后 19 世纪 70 年代的俄罗斯,很像清廷倒台后 20 世纪 20 年代的中国"②,深深感受到:

> 这部书所能给我们的教训只是消极的,他教我们知道涅暑大诺夫的怀疑是无补于大局,马克罗夫的躁进只有失败的可能,梭罗明的精明稳慎只觉得日暮途穷,玛丽亚娜的坚毅忍从又觉得太无主见了。我们所当仿效的是屠格涅甫所不曾知道的"匿名的俄罗斯",是我们现在所已经知道的"列宁的俄罗斯"。③

---

① 《Löbenicht 的塔》在 1924 年 8 月 26 日脱稿,同年 11 月 30 日发表于上海《学艺》月刊第 6 卷第 5 期。见《郭沫若全集·文学编》,第 9 卷,北京:人民文学出版社,1985 年,第 170—182 页。
② 龚济民、方仁念:《郭沫若传》,第 85 页。
③ 郭沫若:《〈新时代〉序》,转引自龚济民、方仁念:《郭沫若传》,第 85 页。

因此，在 8 月份创作的小说，其实是在这种觉识下和过去所追崇的浪漫主义西方赋别。例如在 14 日写下的《三个诗人之死》，即是象征性的告别。困居东瀛的小说主人公"我"为孩子们买来的"波斯种"母兔产下小兔，侥幸存活的三只，分别以英国三大浪漫主义诗人拜伦、雪莱（Percy Bysshe Shelley，1792—1822）与济慈来命名。讵料柔顺的兔崽终究命运乖舛——跛足的拜伦惨遭黑猫衔走，雪莱受伤毙命，济慈则不知所踪——使主人公"感受着无抵抗者的悲哀，一种不可疗救的悲哀"。小说那中介想象下的"潜台词"是：无抵抗力的浪漫主义已经不能适应残酷的现实世界了。

翌日完成的另一篇小说，题为《阳春别》，一个"别"字正好点出了前一篇小说暗藏的寓意，我们不妨视之为"再别"。所"再别"者是无望的东方和过去误解了的西方，"别"的方式是嘲讽西方，重新想象西方。小说写 1924 年中国青年王凯云在上海码头购船票时，和一个同样欲往长崎的比利时人 A. H. 攀谈的内容。A. H. 自称是 P 大的绘画教授，然而自 1917 年起就被拖欠薪水，无米为炊，妻子至死，唯有携子赴俄罗斯寻求发展。言及生活了十六年的中国，H 教授大吐苦水：

> 我要走之前，在北京开了一次个人展览会……但是中国人不行，中国人的脚是走八大胡同的，不是走展览会的。……中国人是"西班牙的村落"——莫名其妙。就譬如中国人做教授，不怕口头在反对北政府，但是教授是要做的；不怕没米下锅，但是教授是要做的。简直是莫名其妙，莫名其妙。①

当王凯云也诉苦，说到日本去谋生是因为中国容不下真正人才时，比利时人又是满腔怨愤，先讥嘲中国的精神文明是"无"的精神文明——学问总也要"无"才行，有了学问是应该吃糟粕，然后指着"楼口站着的一位红头巡捕"说：

> 那位吃英国饭的伟人，也怕在做梦，想把东方的精神文明来做全世界的救主罢？……我在没有到东方来的时候，也常常想着东

---

① 郭沫若：《阳春别》，《郭沫若全集·文学编》，第 9 卷，第 165 页。

第二章 西方主义

方的黄金国,现在我是醒了。未来的天国在北方的俄罗斯……朋友,你为甚么不到俄国去?到俄国去做工不比日本更有意义吗?①

对1924年以后的郭沫若来说,重振中国这"西班牙的村落"的希望已不在学习英法意资本主义列强,而在效尤社会主义无产政权统治下的俄国。是故,郭沫若在创作小说想象西欧时,亦往往倾向负面的叙述。如完成《阳春别》三天后写下的《喀尔美萝姑娘》,讲述一个婚外恋故事,其主人公"我"在提及倾慕的卖糖日本少女时,不仅昵称之为 Dona Caraméla(喀尔美萝姑娘)——源自 Caramelo 的西班牙女性名字,更大谈典型的西班牙女人是何其凶悍恐怖,居然把前来求婚示爱的男子鞭打得鲜血淋漓。② 小说家将如此负面的西方想象加诸其主人公所深爱的东方女子身上,恐怕不是仅仅出于婚外情的犯罪感与愧疚感罢了,其借助西方主义以建构小说现代性的微妙心理值得我们去深思。

又如作于9月19日的《万引》(日文まんびき,即小偷),索性通过一个嗜读西方文学的日本人松野去想象西方。松野尤其熟悉法国戏剧,自比艾傅雷德·迪威尼(Alfred Victor de Vigny, 1797—1863)笔下的查德曼(Chatterman)和艾蒙·罗斯坦(Edmond Rostand, 1888—1918)的德伯格拉(de Bergerac)等薄命诗人。由于阮囊羞涩,在逛书店时,连买那三十二开本 Chatterman 的六角钱也没有,复见迪威尼戏剧全集,爱不释手,竟然起了窃书的念头:

> 在平时遇着没钱买书的时候,他便厚着脸皮立读。但他今天发现了一件新的事实了。欧美的书,最新流行的装订是不加裁截。这种装订的起源大约是因为书太营销了,连裁截的余暇也没有罢。但是及到成为了一种流行,便成了一种新式的残缺美了。这种流行也渐渐传到了东洋来,《Chatterman》这书便是没有加裁截的新装订,所以松野拿着这本书便想立读也不能办到了。③

---

① 郭沫若:《阳春别》,《郭沫若全集·文学编》,第9卷,第166页。
② 郭沫若:《喀尔美萝姑娘》,《郭沫若全集·文学编》,第9卷,第213—214页。
③ 郭沫若:《万引》,《郭沫若全集·文学编》,第9卷,第187页。

同样曾经留学日本的鲁迅在1919年借《孔已己》回顾中国传统,将"窃书不能算偷"这一"读书人的事"①归因于礼教科举的荼毒。郭沫若的《万引》亦写窃书,却另造经典,在想象西方的过程中把犯罪的源头归诸西方资本主义唯利是图的经济运作。学者傅正乾把《万引》归入郭早期小说(1919—1926)的第三类中,认为是篇"以第三人称所写的作品,作家没有以'我'或'爱牟'的名义进入作品,也没有插入什么议论,只是描绘了一幅客观的现实生活的图画"。② 显然和小说之西方主义要旨擦身而过了。

如前所述,1924年8月至10月是郭沫若小说创作的爆发期,期间所作的九篇小说在翌年1月至6月间分别刊发于上海的《学艺》《东方杂志》《创造》《孤军》等杂志及北京的《晨报副刊》。1926年1月,郭沫若将其中五篇收入由上海商务印书馆出版的小说戏剧集《塔》。以"塔"命名,自有代表此一阶段小说的象征意义,借刊于书前的"前言"透露如下:

> 我把我青春时期的残骸收藏在这小小的塔里。……无情的生活一天天地把我逼到了十字街头,像这样的幻美的追寻,异乡的情趣,怀古的忧思,怕没有再来顾我的机会了。……阿,青春哟!我过往了的浪漫时期哟!我在这里和你告别了!③

往昔沉醉于浪漫主义,经历了"幻美的追求",误解西方"异乡的情趣",错发"怀古的忧思",如今信仰社会主义的郭沫若要一一告别了。此后,郭沫若在小说中发挥西方主义的次数大为递减,在其留日第二个十年(即1928至1937年)之前完成的《一只手》(作于1927年10月)中虚构了"尼尔更达岛"(nirgend:没有的地方),叙述少年工人小学罗如何参与工人暴动,牺牲性命推翻大资本家鲍尔爵爷的统治,可说是对西

---

① 鲁迅:《孔已己》,《鲁迅小说全编》,桂林:漓江出版社,2002年,第12页。
② 傅正乾:《郭沫若创作论稿》,西宁:青海人民出版社,1984年,第134—142页。
③ 转引李标晶主编:《简明郭沫若词典》,兰州:甘肃教育出版社,1999年,第147页。《塔》分两部分,小说部分收《Löbenicht的塔》、《鹓雏》《函谷关》《叶罗提之墓》《万引》《阳春别》和《喀尔美萝姑娘》,历史剧部分收《王昭君》《卓文君》和《聂嫈》。

方无产革命一次淋漓尽致的想象,但这已非笔者所谓的中介想象,且亦属于郭沫若的中期作品,不在本文讨论的范围了。

六 结 语

现代性是20世纪末叶以来中国文学研究领域中炙手可热的课题之一。就中国小说而言,李欧梵和王德威的讨论精辟入理,尤多发明。李欧梵有《现代性的追求》一书,着重五四,说明现代性的建构是一个延续未完的文化进程;王德威著《被压抑的现代性》,聚焦晚清,指出晚清小说中其实已见缤纷多姿的现代性的探求,只不过五四以后的作家们背负时代使命,独尊感时忧国的写实传统,压抑其他不同性质、色彩的现代性,终使后者发展无门而趋于隐萎。①

本文借用陈小眉的西方主义概念,在郭沫若和郁达夫的早期小说中勘寻一种罕见于其他作家笔端的现代性,以说明这些文本在"新文学"中之所以为"新"、为"前驱"的道理。这种现代性建构于小说家对西方的中介想象,既得益于日本此一特殊背景,亦为其所局限,一旦脱离作为中介的创作地或叙事场景,就失去了西方主义的特殊性,无须压抑,也自动消泯于延续未完的文化进程中。此乃是郭沫若和郁达夫的后期小说之所以丧失表现力度的重要原因之一,惟笔者将撰另文讨论,兹不赘述。

---

① 李欧梵:《现代性的追求》,北京:三联书店,2000年;王德威著、宋伟杰译:《被压抑的现代性——晚清小说新论》,北京:北京大学出版社,2005年。

第三章 郭沫若的杀子意识与小说现代性

一 杀子:由背叛开始

郭沫若是中国现代小说的开创者之一。尤其是写于1926年以前的早期小说,可谓处处新颖,频频创拓,惟其建树长期被鲁迅的光芒所掩盖,学界至今还未能给予全面的发掘与肯定,殊为可惜。如郭沫若正式发表的第一篇著作《牧羊哀话》,乃是最早以异域金刚山为叙事场景,以朝鲜民族为主人公的中国现代小说。论者归纳此作之特点时,或指其"在飘逸的意境中展开一个动人的故事……燃烧着爱国热情的火焰",恒为坚决反日的国族寓言,[①]或称之"富有异国情调的童话牧歌兴味的情绪趋向","成功地表现了浪漫主义的悠远性和哀伤的情绪美",[②]固然各有肯綮的发现,但却不曾留意到杀子意识在文本中与中国小说发展史上所具有的重要意义。

《牧羊哀话》在1919年二三月间完稿,在11月的第七期《新中国》上刊发。小说叙述朝鲜李朝子爵闵崇华的在野事迹。闵崇华因对朝廷失望而辞官,隐居于金刚山下,忘情于大自然,不问世务。无奈继室李夫人不安于室,为求归返京城享受荣华富贵,竟而勾结府中司事尹石虎谋杀亲夫。尹石虎之子尹子英既为人正直,又与闵家小姐青梅竹马,阴差阳错之下拾获谋反的密函,毅然欲晓父亲以忠诚大义,结果命丧刺客刀下,成了闵崇华的替死鬼。郭沫若通过尹石虎在接到儿子的耗闻后大呼"杀错"的情节安排,叙述奸臣误戕子嗣的惨祸,确立了个人日后小说反复表述的一个重要命题——背叛遭致灭子断根的恶果。

---

① 刘纳:《谈郭沫若的小说创作》,《中国现代文学研究丛刊》,1983年第4期,第91页。
② 朱寿桐:《情绪:创造社的诗学宇宙》,上海文艺出版社,1991年,第117—118页。

第三章　郭沫若的杀子意识与小说现代性

诚然,杀子叙述并非郭沫若首创。在其写就《牧羊哀话》的一年前,亦即1918年5月,鲁迅已在《新青年》上发表了《狂人日记》,以狂人怀疑与控诉妹妹为家族长辈所食的意识流语言揭露封建礼教杀子的罪行。不过,像郭沫若那样直接且反复书写杀子的并不多见,在中国现代小说家中可谓别树一帜。事实上,《牧羊哀话》只是启端,郭沫若在其后小说中叙述杀子意识时有更精彩更深层的表现,反映当时现代人复杂的心理与个性,对中国小说现代性的建构做出重要贡献,值得我们去关注和讨论。

二　双重性叙述:从爱的罪罚到子的负累

《牧羊哀话》中的尹子英虽然年少,毕竟已懂事,能做出全福远祸的选择,不像郭沫若之后小说中的受害者均为幼童初婴,完全没有自卫能力,更显得无辜。

1922年4月1日,身在上海的郭沫若就以留日所在地九州为叙事场景,创作了"精神出轨"的婚外恋小说《残春》。《残春》的主人公仍旧是爱牟,开篇写居于大阪的四川同乡白羊君前来博多湾,央请他齐赴门司探访跳海不遂的昔日同窗贺君。爱牟依依不舍地道别妻子晓芙和两个年幼的儿子,来到了门司的医院。首日未见贺君,却在白羊君的介绍下认识了照料贺君的S姑娘,并对这"中等身材,纤巧的面庞","眼睛很灵活,晕着粉红的两颊"的日本护士留下深刻的印象。探病结束后,爱牟到白羊君的寓所一宿,临睡前和他谈起S姑娘的身世,得悉她经常申诉"肺尖不好,怕会得痨症而死"的烦恼,于是在睡意惺忪之际,竟梦见自己和S姑娘孤男寡女同登门司市北的笔立山山顶,"在山后向着濑户内海的一座茶亭内坐下",这时"山上一个人也没有",S姑娘竟"缓缓地袒出她的上半身来",要求学医的爱牟给她诊察。就在爱牟准备"诊打她的肺尖"的时候,白羊君突然气喘吁吁地跑来,通知他晓芙在家中手刃二子的厄闻。接着,进入读者眼帘的乃是一段案发现场鲜血淋漓的暴力叙述:

我(爱牟)听了魂不附体地一溜烟便跑回我博多湾上的住家。

> 我才跑到门首,一地都是幽静的月光,我看见门下倒睡着我的大儿,身上没有衣裳,全胸部都是鲜血。我浑身战栗着把他抱了起来。我又回头看见门前井边,倒睡着我第二的一个小儿,身上也是没有衣裳,全胸部也都是血液,只有四肢还微微有些蠕动,我又战栗着把他抱了起来。我抱着两个死儿,在月光之下,四出窜走。①

值得庆幸的是,这恐怖骇人的景象原来只是一场噩梦,爱牟家中的小孩其实完好无缺,并没有被母亲杀害。尽管如此,以爱的罪罚作为主题却是明显可见的。

郭沫若曾经夫子自道,指出《残春》这篇小说的着力点不在于叙述事实,而是在于描写心理,表现为潜意识的一种流动;而论者也引述此见,认为"小说写梦,写潜意识,写一种被压抑的青春期生理欲念",②是言不虚,说明郭沫若确实运用了西方心理小说技巧,为中国小说发掘现代性的特点,但笔者又以为论者多忽略另一重要的环节,即作者使用重复格来描写两个小孩惨遭母亲杀害后的景况,其实在当时也是超前创新的小说叙述模式。郭沫若刻意经营,把"倒睡着……身上没有衣裳,全胸部都是鲜血"这句子结构近乎雷同地重复一次,引领主人公与读者先目睹长子之浴血惨死,紧接着把镜头一转,使复见次子同样浴血惨死的景象。换言之,晓芙惨无人道手起刀落,杀害二子的手法一致,死状不殊,这等于把爱牟的生命延续给灭绝了两次,给予不忠丈夫的是双重的惩罚,给予观/读者的是双重的震撼。

约莫两年后,当小说《漂流三部曲》三章中的最后一章"十字架"在 3 月 18 日脱稿时,我们再次看到郭沫若在文本中制造杀子的双重效果。这回要犯下杀子罪行却是作为父亲的爱牟。小说写爱牟阅读晓芙从日本的来信,知悉她和孩子们在福冈生活十分困苦,而弃医从文的自己又无力改善他们的生活,愈是想着爱妻为他所做的牺牲,愈是自艾自怨,感叹要放弃做艺术家。抑郁之极,竟而呐喊道:"我不久便要跑到你那里去,实在不能活的时候,我们把三个儿子杀死,然后紧紧抱着跳

---

① 郭沫若:《残春》,见《郭沫若全集·文学编》,第 9 卷,第 32 页。
② 李标晶主编:《简明郭沫若词典》,兰州:甘肃教育出版社,1993 年,第 70 页。

第三章　郭沫若的杀子意识与小说现代性

进博多湾里去吧。"仅仅在脑海中产生杀子的想法，或不容当真，但是小说在收篇处让爱牟给妻子写信表明心迹，信中言之凿凿说要回日本和他们相依为命，倘若无法忍受生活的压迫时就走上这全家殉死的末路，可见杀子意识是何其鲜明强烈。倘若说为人父者竟而提出杀害无辜小孩的想法给读者带来了首度的震撼，则小说随而将这杀子的意愿文本化，让爱牟"反反复复讴吟"成一首悲愤喷薄的新诗，给读者带来二度的震撼：

去哟！去哟！
死向海外去哟！
火山也不论！
铁道也不论！
我们把可怜的儿子先杀死！
紧紧地拥抱着一跳，
把弥天的悲痛同消。①

尽管杀子只落于言筌，尚未付诸行动，但从隐喻的层面来看，爱牟其实已经在申诉子的负累的时候重复谋害了自己的小孩。

再看于同年10月17日写就，属于郭沫若小说爆发期的作品《曼陀罗华》。② 有别于前述二作的托诸睡梦或想愿，此篇着实写孩子命丧父母之手。叙述者"我"在福冈医大的同学哈君被妻子逼着同赴日本本岛极北的A市旅行。二人带着新生的次男诺儿同行，但爱慕虚荣贪图享乐的哈夫人却以此为负累，在火车上拒绝喂奶与照料，结果婴儿患上肠内壁溃烂的疾病，回返福冈不久就一命呜呼了。从某种程度上讲，哈

---

① 郭沫若：《漂流三部曲》，见《郭沫若全集·文学编》，第9卷，第271—273页。
② 《曼陀罗华》，郭沫若原注只说"10月17日（作）"，发表于1926年。《郭沫若全集》以1925年10月为创作时间，李标晶主编的《简明郭沫若词典》和武继平的《郭沫若留日十年》皆列为1924年10月之作，但没有交代原由。参照以郭沫若在1924年6月作（自注），刊载于同年8月20日《洪水》的散文《盲肠炎与资本主义》（《郭沫若全集》第18卷改题为《盲肠炎》），与《曼陀罗华》中小孩之死于肠病的安排似有呼应，笔者赞同《简明郭沫若词典》和《郭沫若留日十年》的做法，将之定为1924年10月，亦即早期的小说。另，郭沫若在1924年8月至10月短短的两个月内共作九篇小说，占个人小说总产量的四分之一，笔者称之为郭沫若的"小说爆发期"。见本书第二章。

夫人刻意忽略孩子，任由其患病不治，等于亲手结束了小孩的性命。这一回，郭沫若以"二曝童尸"的方式来讲述这人间的惨祸。首先，他让叙述者"我"携带听诊器跟随哈君回家，发现：

> 孩子睡在前房里，脸色是惨白的，嘴唇是淡紫的，嘴角上浮着些泡沫，鼻孔里流出些血浆，微闭的眼睛已经蒙上了一层白雾。……生命已经不在这孩子身上了。脉搏没有了，心脏停止了，只有腹部还有些暖意。

作者以近乎工笔描绘的手法来曝露尸骸，但似乎意犹未尽，随即又写"我"陪同哈君领着死婴到大学医院去诊断报销，把叙述场景转至解剖室，叙述两个当值的医学士对尸体进行检查的工作。这时，郭沫若再度向读者展示被无良母亲剥夺了的可怜小生命：

> 小小的尸首睡在解剖室中的大理石的解剖台上。死后已经两天，脸上带着惨戚的土色，蒙着白雾的眼儿仍然微微开着，鼻孔里塞着两团棉花。身体各部已经现着紫色的尸斑，手脚的惨白如象羊脂玉一样了。①

如此二曝童尸，过程详尽，在视觉和精神上都给予读者的双重冲击，其实和《残春》中的写法一样直接、残酷，一样令人发指。

虽说文本是想象的产物，但字里行间流露出如此浓厚的杀子意识，不可能凭空捏造，匮缺现实的因由。事实上，郭沫若早年一直在贫穷线上挣扎。不同于徐志摩等欧美留学生，其在四川乐山的老家并不富裕。1914 年初东渡瀛州，须在神田日本语学校苦读五个月考入东京第一高等学校预科后，方获中国政府发给官费，是为此后维持留学生活的主要经济来源。1915 年中旬预科毕业，被分到冈山的第六高等学校就读。1918 年夏毕业，升入福冈九州帝国大学医科。1923 年 3 月获得医学学士学位，留学生涯乃告结束。郭沫若未至日本之前虽奉父母之命于 1912 年娶张琼华为妻，但因不满意婚姻而将她交由家人照顾，无后顾之忧，因此尽管念医科费用高，参考书昂贵，仍然可以应付个人的生活。

---

① 郭沫若：《曼陀罗华》，见《郭沫若全集·文学编》，第 9 卷，第 366—368 页。

第三章　郭沫若的杀子意识与小说现代性

然而在日本有了家室后,就常常陷入经济拮据的困境了。1916 年 8 月,因友人故到东京,与 22 岁的护士佐藤富子(安娜,1894—　)相识并堕入爱河,12 月在冈山开始同居生活。二人结合,并未获得双方家庭的认可。郭家二老严厉反对这自由的婚姻,一度与儿子断绝书信往来,不予经济支援。而出身士族的牧师佐藤右卫门更是无法接受女儿与中国人同居,毅然给予富子"破门"的处分,断绝父女关系。随着长子和生(1917 年生)、次子博生(1920 年生)、三子佛生(1923 年生)陆续出世,郭沫若每月所得三十三元官费乃不敷使用,一家数口常常因为拖欠房租而被逼迁,时时得典卖参考书,才免于断炊。这也是郭沫若的经济与心理负担要比其他留日学生如郁达夫、成仿吾等来得沉重的缘故。其后郭沫若虽然取得医学士学位,但因为耳疾而弃医,生活并无改善;1923 年携带家眷在沪鬻文为生,又一直没有固定的收入,贫困潦倒,丧失知识分子的尊严,对妻子亦颇多怨尤;为求生存,被迫将妻小送返东瀛。长期陷于这样的困境中,郭沫若内心之压抑扭曲与巨大痛苦可想而知。诉诸文字想象,在情绪强烈的书写中时而流衍成恐怖的杀子意识,使读者为之惊悚觳觫。

三　怨恨、愧疚、歆羡:作为基底的小说心理结构

从前文所讨论的双重性叙述,可见郭沫若的杀子书写乃是心思别裁,具有强烈个人风格的艺术建构。笔者以为,这艺术建构之所以不流于浮夸的伎俩,不堕入猎奇之范畴,是因为郭沫若在早期小说中设置了复杂多层的心理结构,使残杀子嗣的念头具备必要、可信的生活理据与现实逻辑。

这心理结构主要由三个层面交混而成。首先,是对于家累的怨恨。阅读郭沫若的小说,会发现主人公多兼具丈夫与父亲的身份,终日长嗟短叹,怨恨家庭所带来的沉重压力。如《鼠灾》,由耗子咬坏冬服一事触发方平甫对于家累的连串抱怨,愤诉妻子无视其福利,儿子爱扯坏其书籍,像他这样一个日本医学部的穷留学生既要读书,又得养家,"一

个月四十块钱的官费简直不够做个什么"。① 又如《未央》,写爱牟无力解决家小之温饱,其三岁大的长子因为长期挨饿以至营养不良,在外又受日本小孩的欺负,所以夜里总要哭闹几回,须由父亲伴侧不停唱歌才能入睡。有时,襁褓中的次子也加入啼哭的阵营。"天天如是,晚晚如是",爱牟开始头昏、眼花、耳鸣,濒临崩溃的地步:

> 他的"神",已经四分五裂,不在他的皮囊里面了。他自己觉得他好像是楼下腌着的一只猪腿,又好像前几天在海边看见的一匹死了的河豚,但是总还有些不同的地方。他觉得他心脏的鼓动,好象在地震的一般,震得四壁都在作响。他的脑里,好象藏着一团黑铅。他的两耳中,又好象有笑着的火焰。他的腰椎,不知道是第几个腰椎,总隐隐有些儿微痛。……儿子们的呼吸声,睡在邻室的他女人的呼吸声,都听见了。他自己就好像沉没在个无明无夜的漆黑的深渊里一样。②

如此痛苦的精神折磨使爱牟在《行路难》的上篇里如同火山般爆发了。爱牟为节省开支及方便创作小说,决定举家搬离博多湾,迁往佐贺的熊川温泉附近。偏偏去退房时自觉受了日本人的气,回到家里孩子们又向他讨"饽馅"吃,他终于忍不住咆哮:

> 饽馅!饽馅!就是你们这些小东西要吃什么饽馅了!你们使我在上海受死了气,又来日本受气!我没有你们,不是东倒西歪随处都可以过活的吗?我便饿死冻死也不会跑到日本来!啊啊!你们这些脚镣手铐!你们这些脚镣手铐哟!你们足足把我锁死了!你们这些肉弹子,肉弹子哟!你们一个一个打破我青春时代的好梦,你们都是吃人的小魔王,卖人肉的小屠户,你们赤裸裸地把我暴露在血惨惨的现实里,你们割我的肉去卖钱,吸我的血去卖钱,都是为着你们要吃饽馅。饽馅,饽馅!啊,我简直是你们的肉馒头呀!③

---

① 郭沫若:《鼠灾》,见《郭沫若全集·文学编》,第9卷,第17页。
② 郭沫若:《未央》,见《郭沫若全集·文学编》,第9卷,第36—40页。
③ 郭沫若:《行路难》,见《郭沫若全集·文学编》,第9卷,第295页。

第三章　郭沫若的杀子意识与小说现代性

通过语言暴力,爱牟再无保留地将长期郁积心中对于小孩的怨恨给宣泄了出来。

倘若小说止于书写人物一味地怨恨家累,则未免流于片面浅薄。郭沫若在表达杀子意识时,不忘现代人细腻复杂的精神状态,因此又反复叙述作为一家之主的主人公因为无法维持妻小的温饱而心生愧疚之感,是为心理结构的第二个层面。试看《漂流三部曲》的第一章"歧路",主人公爱牟送别妻小回日本后,忆想种种往事,感叹自己"逡巡苟且"的十年生涯,一事无成。曾经"做过些诗文",又自比但丁的他如今"从灿烂的土星坠落下无明无夜的深渊里",因为"他女人对于他的希望,成了他莫大的重担。他自己对于他女人的心期,又成了精卫的微石了。他的脑筋沉重不堪,心里炽灼得不堪,假如电车里没有人,他很想抱着头痛哭起来"。在第二章"炼狱"中,爱牟由于写不出长篇小说来卖钱,索性与友人到无锡去游玩,偏偏在游玩的途中又感到无限懊丧。来到惠山的假山石亭上时,见风景怡人,认为本应"坐在这台上负暄……赏月……读书……作文……和爱人暖语……和幼子嬉戏",可是现在的他只能深深懊悔:"我的妻儿们都是被我牺牲了!"愧疚至深,无从排遣,以至身在上海或无锡,都一样感觉堕入炼狱,痛苦万分。再看第三章"十字架",妻子晓芙自日本福冈来函,一再提到为了孩子的缘故而搬家花费,爱牟则在心里愧疚地回应:

> 我们在这世间上究竟有什么存在的必要,有什么存在的必要呢!我们绞尽一些心血,到底为的是什么?为的是替大小资本家们做养料,为的是养儿育女来使他们重蹈我们的运命的旧辙!①

许多时候,这种愧疚感又会在思考小孩面对的环境问题上浮露出来。如《圣者》和《月蚀》,同样写爱牟写带了孩子回上海生活,却发现上海"看不见一株青草,听不见一句鸟声……中国人的精神只是丑恶的名利欲的结晶,谁也还顾不到儿童的娱乐,儿童的精神教育上来",住在民厚里就像住在监狱一样,"寓所中没有一株草木,竟连一抔自然的土

---

① 郭沫若:《漂流三部曲》,见《郭沫若全集·文学编》,第9卷,第270页。

面也找不出来。游戏的地方没有,空气又不好,可怜我两个大一点的儿子瘦削得真的不堪回想,他们初来的时候,无论什么人见了都说是活泼肥胖;如今呢,不仅身体瘦削得不堪,就是性情也变得乖僻的了"。小孩实不适合在上海这城市成长,可是"如今是被我误了,我因为要占有他们,所以才从自然的怀中夺取出来,使他们和我同受着都市生活的痛苦"。归根究底,还是自己造的孽,因此爱牟在心里呐喊:"我是罪过!我是十分罪过!"①

在怨恨和愧疚之外,又经常表达对于稚子童心的歆羡,构成郭沫若早期小说心理结构的第三个层面。例如《圣者》,写爱牟到闸北会见朋友之后,在回家途中被"街市上送年的腊鼓声和爆竹声,叠叠地把自己的童心呼醒",于是"在一家小店里买了两角钱的花炮,想拿回家去逗引孩子们的欢心"。果然,这花炮一点燃,孩子们都欣喜万分。郭沫若着力描绘他们天真的"拍掌欢笑声,也像这火花一样顿时焕发了起来。放天旋子的时候,儿童们的心机也如天旋子一般,才在地上迅烈地旋回,又迅烈地旋到天上。放蛇箭的时候,儿童的心机更如一颗彗星,不知一直飞到哪处的星球去了"。后来孩子虽然被烟花炸伤了眼睛,但翌日即若无其事地游戏,使爱牟"感谢得想流眼泪","对着他的孩子,就好像瞻仰着许多舍身成仁的圣者"。② 在《漂流三部曲》的"十字架"一章中,则通过爱牟妻子之口,叙述从上海回返日本后生活十分穷困,感叹"还是只有孩子们好,无论走到什么地方,都没有不安的心事"③。又如《行路难》下篇,爱牟一家五口乘火车去佐贺市北的熊川温泉,和一对衣着华奢的中年夫妇乘客同一车厢。爱牟自觉形秽,尴尬苦闷,突然又发现自己太软弱,还不如他的几个孩子"自从上了车便跪在车座上贪看车外的景色",他们欢呼、歌唱、争论,"他们的意识中没有什么漂流,没有什么贫富,没有什么彼此。他们小小的精神在随着新鲜的世界盘旋,他们是消灭在大自然的温暖的怀抱里。他们是和自然一样地

---

① 郭沫若:《圣者》《月蚀》,见《郭沫若全集·文学编》,第9卷,第60—61,41,61页。
② 郭沫若:《圣者》,见《郭沫若全集·文学编》,第9卷,第56—58,63页。
③ 郭沫若:《漂流三部曲》,见《郭沫若全集·文学编》,第9卷,第268页。

第三章　郭沫若的杀子意识与小说现代性

盲目的,无意识的。他们就是自然自身,他们旁若无人"。从新屋旅社迁至熊川村边的临水楼房时,爱牟因为书斋窗口对着楼下房主人的尿缸而生气,三个孩子却因为有柿子吃而十分开心。爱牟发现"孩子们是最宽容的,他们就搬到这里,也觉得什么都有趣味。他们没有经济的打算,也没有故作的刁难。他们是泛美主义者。在他们心中的印象一切都是新鲜的,一切都是有趣的。他们的世界是包藏在黄金色里的世界。他们的世界是光,是光,是光,是色彩,色彩,色彩"。稍做比较,乃见为人父母者在沉耽于报复爱的背叛或剔除生的负荷时(如《残春》等),手中利刃成了狂饮稚子之血的凶器,但在歆羡童心之际(如《行路难》等),刀却是用来替小孩剥柿子,表现家庭温馨、亲情洋溢的工具。郭沫若反复强调和歌颂稚子的天真无邪、烂漫活泼,既突显他们沦为父母与现实世界的牺牲品的无辜无助,亦对照出成人内心深处的阴鸷黑暗。

以上三个主要层面交混运作,既互相矛盾又彼此照映,组合成郭沫若的小说心理结构,为其杀子意识提供了厚实基础与丰富底蕴,赋予这种残暴叙述前所未见的深度与厚度。

四　异源殊途:对中国小说现代性的追求

本文在开端已指出,郭沫若书写杀子要稍晚于鲁迅。必须进一步说明的是,郭沫若通过杀子叙述来建构中国小说的现代性,与鲁迅所代表的一脉是泾渭不同的。

鲁迅在《狂人日记》中如此建构中国礼教制度源远流长的"食统"(吃人传统),首开中国现代小说书写杀子的先河:"从盘古开辟天地以后,一直吃到易牙的儿子,从易牙的儿子,一直吃到徐锡林;从徐锡林,又一直吃到狼子村捉住的人。"究竟中国人在易牙之前如何吃人,我们不得而知,但春秋时代齐国的厨师易牙为献媚求宠而烹杀亲生子以飨桓公一事,却是见诸《管子》之"小称"篇,可资参考。[①] 尽管鲁迅为了

---

① 《管子·小称》,见黎翔凤:《管子校注》,北京:中华书局,2004年,中册,第608页。

表现狂人"语颇错杂无伦次"的精神状态而刻意写出"易牙蒸了他儿子,给桀纣吃"这样时代错乱的字句,其杀子叙述之源出于中国传统文化却仍是明确无疑的。①

郭沫若则不同。其杀子叙述具有的爱的罪罚的强烈意味,此乃鲁迅小说中所匮缺的,说明其来有自,并不属于包含易牙烹子传说在内的中国书写传统。试看《残春》,爱牟从爱妻手刃二子的梦魇中惊醒过来后浑身冒汗,心中暗呼:"啊! 这简直是 Medea 的悲剧了!"翌日再到医院探访贺君,又见到了 S 姑娘,一方面因为她头上簪着自己买来的红蔷薇而"感受着一种胜利的愉快",另一方面却觉得"Medea 的悲剧却始终在……心中来往",以至"不敢久于勾留",匆匆辞别二人赶回博多湾家去查看究竟。所谓"Medea",一般译作"美狄亚",乃是希腊神话中国王爱狄斯的幼女。美狄亚谙巫术,对来到国境内的英雄伊阿宋(Jason)一见钟情,不能自拔,既背叛父亲助伊阿宋取得金羊毛,又残杀自己那十岁大的弟弟亚比西托士(Absyrtus)以阻延追兵前来缉拿,更施巧计解决伊阿宋的宿敌珀利阿斯,使其顺利登上国王的宝座。然而伊阿宋后来还是移情别恋,抛弃美狄亚母子,另娶柯林斯国王克瑞翁(Creon)的女儿为妻。美狄亚为此深受打击,结果不但毒死了克瑞翁父女,更手刃自己的两个孩子。郑振铎在其编著的《希腊神话与英雄传说》中指出,美狄亚残杀稚子乃是"对于以欺诈报答她的热爱的男人的复仇的顶点。因为,自此以后没有人敢再招伊阿宋为女婿,他的一生便不再有孩子。他活得很久,但生活却很艰苦;没有温柔的女孩来看顾他,没有儿子的壮臂来保护他……他成了一个孤独,无人注意的老头子"。② 爱之既深,恨之亦切,杀子旨在使爱的背叛者堕入无尽孤苦的深渊。

在希腊神话中,杀子叙述屡见不鲜。例如与美狄亚同列于第一部"底萨莱的传说"的阿塔马斯(Athamas)故事亦颇相似。阿塔马斯为了拉拢强邻联盟,抛弃妻子涅斐勒(Nephele),另娶底比斯国王的女儿伊

---

① 桀、纣和易牙生于夏、商、春秋不同时代,鲁迅把三人错配在一起,显然是为了表现狂人错乱的精神状态。见《鲁迅全集》,第 1 卷,北京:人民文学出版社,2005 年,第 452 页。

② 郑振铎编著:《希腊神话与英雄传说》,上海:世纪出版集团、上海书店,2006 年,第 65—100 页。

诺(Ino)。伊诺企图铲除丈夫和前妻生下的儿子菲里克苏士(Phrixus)、女儿赫勒(Helle),但奸计只得逞一半——赫勒溺毙,差一点被献作宙斯祭礼的菲里克苏士死里逃生;反而是自己所出的两个男孩无一幸免,双双命丧于亲生父母之手——阿塔马斯在打猎时突然发疯将长子射杀,而伊诺则抱着次子投海自尽。① 又如第六部"雅典系的传说"中关于特洛士(Tereus)的记载。特洛士娶了雅典公主柏绿克妮(Procne)为妻,但又垂涎于妻姨斐绿美拉(Philomela)的美色,不仅强奸了后者,还割其舌头,使其无从指控自己的罪行。柏绿克妮知悉此事后,毅然携子伊堤斯拉(Itys)进入森林,与妹妹合力杀之,并将尸体放入铜釜中烹煮,供特洛士宴食。② 郑振铎在转述这两个传说时阐明:"为了她(指伊诺)是赫勒溺死的原因,她便也溺死了她自己的孩子",而"他(指阿塔马斯)对于涅斐勒的负心终于得到了恶报"。③

由上述神话传说,可知杀子在西方文学传统中被视为对背叛爱情者的至高惩罚。笔者以为,这种指喻关系不见于中国古典文学传统,因为在中国文献中,杀子既不涉及爱情,亦不发挥惩罚负心人的隐喻功能,许多时候纯粹是出于政治利益的考量而做的抉择举措,如易牙烹子献君即是。因此,尽管郭沫若在1922年11月7日写成的《神话的世界》一文中,认为"人类的感受性与表象性相同……所以各国古代的神话传说多有相似之处",④但当他需要书写美狄亚式的惩罚性杀子行为时,就无法再仰赖中国传说,而必须求诸一己在日本留学时所累积的西方文学学养了。这种取源于希腊神话传说、移植爱的罪罚的做法,赋予中国小说中的杀子叙述一种崭新的寓意和表现力度,建构了中国小说现代性。

再者,郭沫若小说借杀子来表现子的负累,此亦不见于鲁迅及其继承者的沉痛寓言中。20世纪初,鲁迅在《狂人日记》中通过说话错乱无

---

① 郑振铎编著:《希腊神话与英雄传说》,第36—42页。
② 同上书,第418—426页。
③ 同上书,第36—42页。
④ 如举例指出中国"有人神化生宇宙之说,而印度也有;又天狗食日月之说,而斯干底那维亚半岛也有。有人是粘土造成之说,而希腊也有"。郭沫若:《神话的世界》,见《郭沫若全集·文学编》,第15卷,北京:人民文学出版社,1990年,第286页。

序的狂人,从历史的"字缝里看出字来,满本都写着两个字是'吃人'",听"大哥说爹娘生病,做儿子的须割下一片肉来,煮熟了请他吃,才算好人;母亲也没有说不行",发现"一片吃得,整个的自然也吃得"的杀子罪行。在1919年4月写下的另一个短篇《药》中,则叙述夏三爷冷酷不念亲情,到官府告发侄子夏瑜参与革命,以致后者被处死;华老栓不使患痨病的小栓就医,而以血馒头作药引,终至儿子丧命,这些都是封建传统杀子的具体表现。到了30年代,巴金(1904—2005)继承鲁迅批判中国旧礼教文化的精神,写下长篇小说《家》。巴金设置了高公馆这样一个被黑暗所统治、"狭的笼"般陈旧闭塞的空间,来叙述象征着不合理封建制度的祖父及父辈为了维持旧秩序与尊严,如何向子孙如高觉新等人伸出专制与迫害的魔爪,摧残、扼杀青春之子的生命。其后,张爱玲(1920—1995)在40年代完成的中篇《金锁记》里,塑造了一个与鲁迅的"狂人"本质相似,但又有所发展的疯子曹七巧。曹七巧受到中国传统父权社会婚姻买卖的迫害,走上爱、欲无望的绝路,和狂人一样是被"杀"(吃)之"子"。待其分家自立门户,性别错置地身代父职之后,竟也摇身一变为"杀子"之"父",在三十年里"戴着黄金的枷","用那沉重的枷角劈杀了几个人",极其变态地从精神与肉体上摧毁子女长白和长安的幸福。

从鲁迅到张爱玲,中国现代小说家在表现杀子命题时,多聚焦于讽刺与控诉封建"父"文化如何残暴地以强抑弱,如何扼杀青春萌发的"子"文化。郭沫若在建构小说的现代性时,则另辟蹊径,不把笔锋指向鲁迅一脉所针对的封建父权,而是选择叙述"子"的负累,来反映20世纪初现代社会对知识分子的压迫,逼使这些贫弱无助、苦闷不堪的"子"登涉疯狂的杀子之路。从另一个角度观之,鲁迅在《狂人日记》中还期盼曙光,呼吁"救救孩子",郭沫若创作小说,却要冷血地终止孩子的性命,中断现代知识分子生命的延续,这是否意味着现代社会的逼害未必亚于中国五千年吃人的封建礼教?也是值得我们深思的问题。

第三章　郭沫若的杀子意识与小说现代性

五　重读郭沫若小说：由杀子意识开始

郭沫若膝下共十一人，子嗣颇多。① 其小说亦多以主人公的家庭生活为叙述主体，频频刻画父母与稚子的亲密互动。职是之故，不管是将之比作身边小说，或称为中国式的私小说，学界过去只注意到郭沫若笔端充满亲子之间的喜怒哀乐，却忽略其时时流露出恐怖骇人的杀子意识。学者武继平尝言："郭沫若是个浪漫诗人，但同时他也以现实中阴暗的私生活为题材写小说。而他这种小说所具有的主题格调沉闷阴暗的性格正好跟他的诗歌的豪放明朗的性格形成鲜明的反衬。"②郭沫若早期小说反复书写杀子的冷血场面，恰恰印证了这阴暗的主题格调的说法。

让我们再看《残春》。爱牟目睹两个孩子惨遭妻子杀害，忍不住厉声责问。这时，晓芙回答道："你这等于零的人！你这零小数点以下的人！你把我们母子丢了，你把我们的两个儿子杀了，你还在假惺惺地作出慈悲的样子吗？"说着就把手中鲜血淋淋的刀子向丈夫投去，爱牟当场毙命。如此在噩梦中与稚子一同横死刀下的结局，或许不仅仅是对于养家无方又背叛情爱的主人公的当头棒喝，暗示现代知识分子的绝无出路，同时亦提醒我们必须重新解读和认识郭沫若的小说。就这一层面而言，研究其杀子意识只是个开端。

---

① 郭沫若先与佐藤富子生四男一女：和夫、博生、佛生、志鸿、淑禹；再与于立群生四男二女：汉英、庶英、世英、民英、平英、建英。其子嗣共十一人。
② 武继平：《郭沫若留日十年》，重庆：重庆出版社，2001年，第154页。

第四章 从私密到公共
——郁达夫的情色空间

一 绪 言

郁达夫(1896—1945)是中国现代文学史上一个备受争议的名字。20世纪20年代初,他从日本学成归返中国,即颠覆旧往的书写传统,以惊世骇俗的自我暴露之笔直闯中国文学殿堂,留下了引人侧目的叙事文本和充满争议性的作者身影。争议的关键在于郁达夫的情色表述(erotic expression)一反过去的传统,摒弃客观间接的叙述方式,改而实践"文学作品都是作家的自序传"的个人主张,处处出之以自身写照和忏悔,其突破传统道德禁区的大胆程度在中国文学史上乃是前所未见的。其后,论者或根据日本私小说传统的影响来考察,或通过心理学的视角来解读,或按照颓废诗学的特征来论述,虽然分别追溯了郁达夫情色书写的源头,却不曾直探其根本特质。笔者以为,空间与情色的紧密关涉才是郁达夫的文学聚焦,因为他在创作时常常把自己和书写的对象放置到一特殊的空间里去观照和剖析,反复表现生命的性苦闷和悲情,借此公开演出私密情绪,将内心最隐秘的部分展露于读者眼前,既满足读者的偷窥欲,也重构其时代男性的主体性。

二 情色:郁达夫文学的聚焦

据郁达夫回忆,个人首部小说集《沉沦》由泰东书局在1921年10月15日出版后,立刻被视为"畸形的新书",迎来"不知有几十百次"的

第四章 从私密到公共

"讥评嘲骂",使其背负着"诲淫"和"造作"的"冤罪"。① 但另一方面,却也有论者挺身而出,代为申辩驳斥。周作人(1885—1967)就曾署名"仲密",撰文确认《沉沦》是"一件艺术的作品":

> 这集内描写的是青年的现代的苦闷,似乎更为确实。……我们鉴赏这部小说的艺术地写出这个(灵肉的)冲突,并不要他指点出那一面的胜利与其寓意。他的价值在于非意识的展览自己,艺术地写出升华的色情,这也就是真挚与普遍的所在。至于猥亵的部分,未必损伤文学的价值……②

而创造社同仁成仿吾(1897—1984)也认同这"新文学运动以来的第一部小说集"所具有的"惊人的取材与大胆的描写"的价值,进而标举其所表现的"主要色彩"乃是爱的要求或求爱之心的受挫:

> 肉的要求在《沉沦》各篇里面,差不多是一种共同的色彩。……肉的满足,我们的主人公并不是绝对的没有;他每闻到"肉的香味",就要"不知不觉把这气息深深的吸了一口"才肯舒服,然而从这一阵气味的压迫,恢复了他的意识的时候,他每觉得画虎不成,反得一犬,便早悟到"我所求的爱情,大约是求不到了"。③

显而易见的是,不管是批评"诲淫",或称扬"升华的色情",或解释"肉的要求",文本受众的褒与贬俱是针对小说中的情欲表述而发的。从1922至1924年,亦即书付梓后的两三年间,《沉沦》"竟受了一班青年病者的热爱,销行到了贰万余册"。④ 此书之风行使郁达夫在五四文坛名声大噪,但更重要的是确立了个人文学创作的基本风格。自此,郁达夫经营小说或散文,也总是以情色(eroticism)作为其书写的聚焦,遂成典范。

---

① 郁达夫:《〈鸡肋集〉题辞》,见王自立、陈子善编:《郁达夫研究资料》,上册,天津:天津人民出版社,1982年,第196页。
② 仲密:《〈沉沦〉》,见王自立、陈子善编:《郁达夫研究资料》下册,第307页。
③ 成仿吾:《〈沉沦〉的评论》,见王自立、陈子善编:《郁达夫研究资料》,下册,第313页。
④ 郁达夫:《〈鸡肋集〉题辞》,见王自立、陈子善编:《郁达夫研究资料》,上册,第196页。

三　空间:一个被忽略的课题

对于郁达夫嗜爱"情色"这个易惹非议的书写聚焦,学术界尝试从不同的角度来理解。在中国大陆方面,20 世纪 80 年代初有张恩和抱持阶级观点,认为郁达夫之所以注重情欲描写,是为了表现一批生命力旺盛,却因社会压迫、种种诉求落空而转向发泄情欲的"小资产阶级青年知识分子"的心态。① 其后,许子东提出三个看待问题的视角:首先,郁达夫用力于"色情"(许子东语)的铺叙,是旨在"证实、并讨论人的自然天性的一种尝试";其次,如此书写其实"具有一定的社会性";再次,郁达夫笔下的情色具有相当复杂的美学效果。② 张、许二人评论的共通之处,在于注重文学的社会性,借此肯定郁达夫的情色书写。

另外,一些学者则通过文类(genre)特质的比照和联系来考量情色的问题。贾植芳(1915—2008)指出郁达夫的文学其实植根于"极端个人""自我满足"的日本私小说(shishōsetsu)传统。③ 此说获得钱理群、温儒敏和吴福辉的呼应,并进一步拓展,强调郁达夫是在日本私小说的"颂欲"思想和手法,以及西方人道主义"返归自然"精神两者兼具的影响下,才会"大胆地以自身为对象,在作品中通过直接写'性'包括'性病态'和'同性恋'的生活,来诠释爱恋生死的主题"。④

至于着重挖掘心理层面的,则有南京(今已移居澳门)的朱寿桐和香港的曾焯文。前者认为郁达夫那些"性苦闷和变态发泄的描写",恰恰表现了其人一贯的"自我失落和孤冷情绪",重复相同的情绪主题。⑤

---

① 张恩和:《郁达夫小说欣赏》,南宁:广西人民出版社,1983 年,第 13 页。
② 许子东:《郁达夫新论》,杭州:浙江文艺出版社,1984 年,第 171—179 页。其实,介于张恩和与许子东之间尚有辛宪锡的《郁达夫的小说创作》一书,然而却完全避开了情色书写的话题不论。见辛宪锡:《郁达夫的小说创作》,北京:北京出版社,1986 年。
③ 贾植芳:《中国现代文学的主潮》,上海:复旦大学出版社,1990 年,第 17—21 页。在对郁达夫的回忆中,郭沫若曾把日本私小说称为"当时流行的软文学作品"。
④ 钱理群、温儒敏、吴福辉:《中国现代文学三十年》,北京:北京大学出版社,1998 年,第 75 页。
⑤ 朱寿桐:《情绪:创造社的诗学宇宙》,上海:上海文艺出版社,1991 年,第 39 页。

第四章 从私密到公共

而后者借用西格蒙德·弗洛伊德(Sigmund Freud,1856—1939)和梅兰妮·克莱因(Melanie Klein,1882—1960)的心理分析理论来重构郁达夫传记,则说明文学中的情色书写确实印证了作者在青春期间所经验的种种与性有关的问题,如"手淫、偷窥、没有结果的柏拉图式恋情、创伤的性启蒙,以及一段不愉快的婚姻"。①

在西方,学者倾向于借助颓废诗学(poetics of decadence)来讨论郁达夫的情色书写。夏志清(C. T. Hsia,1921—　)指出,像《沉沦》这样"露骨的自传""无非借鉴于日本和欧洲的颓废作家,和那些一向不甘与官僚同流合污,自怨萧瑟贫穷的中国诗文家"。不过,他也强调郁达夫的"颓废只是表面的,(孔教)道德方面的考虑照样很多",因此像《迟桂花》之作乃有"欲念会化除"的情节安排。② 史书美(Shu-mei Shih)则认为五四推崇颓废论者所反对的并非现代化,而是阻碍中国现代化的因素(如旧传统),至于郁达夫的颓废和在此观念下完成的情色表述,正是出于个人在国势强盛的日本留学时无法克服的弱小国族情意结(national inferior complex)。③

笔者以为,以上学说论述固然不乏真知灼见,然而却未触及郁达夫情色书写最根本的层面,即其与空间的密切关系。郁达夫其人其文皆具强烈的空间意识,然而此一意识如何形成,何时形成?究竟具备哪一些特点?如何影响郁达夫的文本以及主体的建构?这些问题都未曾获得充分的讨论。本文试图回答这些问题,以求对郁达夫的文学世界有更深入全面的认识和把握。

---

① 曾焯文:《达夫心经——郁达夫的心理分析》,香港:香江出版有限公司,1999年,第85页。

② C. T. Hsia, *A History of Modern Chinese Fiction*, Bloomington & Indianapolis: Indiana University Press, 1999, 3rd ed. pp.105-106. 亦见夏志清著、刘绍铭编译:《中国现代小说史》,台北:传记文学出版社,1979年,第130—131页。对此说法,李欧梵不表赞同。李氏认为郁达夫的懊悔和罪恶感和儒家思想的牵制无涉,最主要还是源自个人在日本留学时的劣势国族情结。见 Leo Ou-fan Lee, *The Romantic Generation of Modern Chinese Writers*, Cambridge,: Harvard University Press, 1973, p.90.

③ Shu-mei Shih, *The Lure of the Modern*: *Writing Modernism in Semicolonial China 1917-1937*, Berkeley: University of California, 2001, pp.112-119.

四 郁达夫的空间意识

"空间"一词,在不同的知识领域中有不同的界义。科学家认为空间是由点所构成的实质本体,其存在不受时间和出现之事物的影响。但在哲学家眼中,空间却有经验与知识两大领域之分,前者立足于观念,后者涉及时间(如历史)和实质空间(如地理)。地理学家视方向、距离、区位和区域等为绝对空间,人类的各种经验和关系为相对空间,由此发展出实质地理与人文地理两门学科。[①] 土木工程学界对空间又有另一番的解释:

> 任何的群体行为与个人思考都必须在一个具体的空间内才得以实践。然而空间绝对不是一个价值中立的存在或使人们活动的背景,它一方面满足人类遮蔽、安全与舒适的需求,一方面更展现了人们在某时某地的社会文化价值与心理认同。[②]

此一说法颇接近文化界对"空间"的诠释。法国哲学家加斯东·巴舍拉(Gaston Bachelard,1884—1962)倡导"空间诗学",指出客观的空间经过"心理规划、意识化、观念化",成为被感知、想象和表现的主观内在空间。换言之,诗学的过程如幻想与想象使物质的空间产生了情感与意义,转换了空间的性质。[③] 澳大利亚自然科学作家玛格丽特·魏特罕(Margaret Wertheim,1958—)在《空间地图》一书中也指出,"空间不会只是'科学'的课题,而是深具人性内涵的"。[④] 二人虽然用语不同,却表达了相似的观点,认为空间是被赋予特定意义、经验和情感的

[①] 有关各领域空间观念的评述,见陈坤宏:《空间结构——理论、方法论与计划》,台北:明文书局,1994年增订版,第3—7页。

[②] 毕恒达:《空间就是权力》,台北:心灵工坊文化,2001年,第2页。

[③] Gaston Bachelard, *The Poetics of Space*, trans. Maria Jolas, Boston:Beacon Press, 1969, pp.3-37.

[④] Margaret Wertheim, *The Pearly Gates of Cyberspace:A History of Space from Dante to the Internet*, New York:W.W. Norton, 1999, p.40. 亦见马格丽特·魏特罕著,薛绚译:《空间地图:从但丁的空间到网络的空间》,台北:台湾商务,1999年,第21页。

第四章 从私密到公共

实质环境。

郁达夫对空间的变异十分敏感,这与其内向孤僻的个性,以及曾经负笈东瀛的异乡经验关涉实深。1913年10月,十八岁的郁达夫随兄嫂离开杭州到上海,再乘船渡海赴东京,开始了在日本长达十年的留学生活。① 其后来写就的《海上——自传之八》如此记述个人离乡背井、初抵异邦时的空间心理:

> 改变了环境,改变了生活起居的方式,言语不通,经济行动,又受了监督,没有自由,我到东京住下的两三个月里,觉得是入了一所没有枷锁的牢狱……②

从自家日常熟悉的生活场域,忽然转入生活方式、言语行为、风俗习惯截然不同的异邦环境中,脆弱寡言的郁达夫不复有初次渡洋时"饱吸了几天天空海阔的自由的空气"的兴奋之情,而是觉得自己仿佛身陷囹圄,感受到东洋那陌生而闭锁之空间的压迫。在东京小石川区赁屋住下后,立即投入紧张的课业生活,苦修日语,翌年夏天,终于考入官费的东京第一高等学校。此时,兄长郁华却因一年的考察期满,必须归国。郁达夫送走兄嫂后,自觉:

> 领到了第一次的自己的官费,我就和家庭,和戚属,永久地断绝了联络。从此野马缰驰,风筝线断,一生潦倒飘浮,变成一只没有舵棹的孤舟。③

获得了官费,在中国的老家就不再给予经济资助,郁达夫嘴里说从此自立,其实是被迫独自奋斗,生活更为匮乏贫苦。他滞居东洋,举目无亲,为此深具孤舟漂泊的空间意识,每"于旅舍寒灯的底下,或街头漫步的

---

① 有关郁达夫的生平事迹,见郭文友:《千秋饮恨——郁达夫年谱长编》,成都:四川人民出版社,1996年。
② 郁达夫:《海上——自传之八》,《郁达夫全集》,第4卷,杭州:浙江文艺出版社,1992年,第366—367页。
③ 同上书,第371页。

时候",竟生出"性的要求"与"故国的哀愁"①,亦即笔者所谓的"郁达夫式的双重困顿"。试看其散文《雪夜》中的自剖:

> 最恼乱我的心灵的,是男女两性的种种牵引,以及(中国)国际地位落后的悲哀。

独在异乡为异客,又值青春韶华之年,自然更加希冀异性的关注与慰藉。可是在东京的两年里,由于性格内向、敏感和自卑,郁达夫在爱情方面交了白卷,兀自忍受着成长期间不能避免的性苦闷,此其困顿一。再者,身为当时贫弱中国的子民,在日本这强大军事帝国的霸权空间里不但抬不起头来,还不时在公众场合里遭受歧视与侮辱,此其困顿二。这双重的困顿在作者游览井之头公园而竟遭日本少女奚落时最是明显可见:

> 你若于风和日暖的春初,或天高气爽的秋晚,去闲行独步,总能遇到些年龄相并的良家少女,在那里采花,唱曲,涉水,登高。你若和她们去攀谈,她们总一例地来酬应;大家谈着,笑着,草地上躺着,吃吃带来的糖果之类,像在梦里,也像在醉后,不知不觉,一日的光阴,会箭也似的飞渡过去。而当这样的一度会合之后,有时或竟在会合的当中,从欢乐的绝顶,你每会立时掉入到绝望的深渊底里去。这些无邪的少女,这些绝对服从男子的丽质,她们原都受过父兄的熏陶的,一听到了弱国的支那两字,哪里还能够维持他们的常态,保留她们的人对人的好感呢?支那或支那人的这一个名词,在东邻的日本民族,尤其是妙年少女的口里被说出的时候,听取者的脑里心里,会起怎么样的一种被侮辱,绝望,悲愤,隐痛的混合作用,是没有到过日本的中国同胞,绝对地想象不出来的。②

1915年9月,郁达夫自东高毕业,转至名古屋第八高等学校大学预科就读。此一高校距离名古屋市中心约数里,周遭只见农舍、田地,留学

---

① 钱杏邨:《〈达夫代表作〉后序》,见王自立、陈子善编:《郁达夫研究资料》,下册,第337页。

② 郁达夫:《海上——自传之八》,《郁达夫全集》,第4卷,第371—372页。

第四章　从私密到公共

生又少,寒假时校园尤其冷清。郁达夫在此地寒窗四载,就生活在如此孤单寂寞的空间里。据《雪夜》中的叙述可知,在头一年的寒假考之后,年届二十的郁达夫既承受不住寂寞空间的压迫,又因生理的催逼,"体内发育伸张","性的苦闷,也昂进到不可抑止的地步",竟冒雪独自前往东京,在一家妓馆里"选定了一个肥白高壮的花魁卖妇",把自己的"童真破了"。①

自毁童贞之后,郁达夫虽然中心悔恨,频频大喊"太不值得了",可是在回返名古屋的途中,脑海中却"起了一种从前所决不曾有过的波浪",以致发出如此的呼诉:"沉索性就沉到底吧! 不入地狱,哪见佛性,人生原是一个复杂的迷宫。"②正是这种"索性就沉到底"的心理,使得郁达夫日后不断地出入"地狱",继续宿娼,继续书写情色,以见出人生这个"复杂的迷宫"。郁达夫在1921年用日文写下的《盐原十日记》(8月10日至18日),就坦荡荡地叙述了自己到盐原避暑,在一家旅馆泡温泉浴遇见女子,脑海里尽是浮现"赤裸裸白昼宣淫"诗句的场面。他也不讳言宿妓,不管是在异邦抑或中国。如在散文《零余者》中坦称"哭也哭过,笑也笑过,嫖赌吃着……种种行为,……都经验过了"。又如《归航》一文,也实实在在地记叙归国船只途经门司(在日本九州北部)时,自己到岸上妓馆去浏览春光的境况:

> 幸町是三弦酒肉的巢窟,是红粉胭脂的堆栈,今天正好像是大扫除的日子,那些调和的性欲,忠诚于她们的天职的妓女,都裸了雪样的洁白,风样的柔嫩的身体,在那里打扫,啊啊,这日本的最美的春景,我今天看后,怕也不能多看了。
>
> 我在一家姓安东的妓家门前站了一忽,同饥狼似的饱看了一回烂熟的肉体,便又走下幸町的街路,折回到了港口。

在1923年作于上海贫民窟中的《〈茑萝集〉自序》一文中,索性直言"清夜酒醒,看看我胸前睡着的被金钱买来的肉体",对读者摆出"追求酒色"的真姿态。

---

① 郁达夫:《海上——自传之八》,《郁达夫全集》,第4卷,第373页。
② 同上书,第374页。

至于郁达夫的小说,更是情色充盈,露骨的性欲描写和变态心理的刻画随处可见。如成名作《沉沦》写一个在日本的中国留学生,性情敏感、患有忧郁症,因为无法和异性交往而倍感压抑,遂演变成性变态,经常手淫,还偷窥房东女儿洗澡。《茫茫夜》写"性欲比人一倍强盛"的于质夫"在日本经过这种生活",回中国当教员后还是和同事一起逛娼家。《落日》写无业男子终日乘搭电车浏览女色;《冷清的午后》写二十一岁的"聚芳号"少东在友人的带领下到拱宸桥寻欢作乐,把童贞给了妓女小天王;《迷羊》写"我"逛胡同,和女伶谢月英鬼混。在这些情色空间里,处处有郁达夫自己的影子,符合作者在《五六年来创作生活的回顾》一文中所说的:"文学作品,都是作家的自叙传。"若将此言与《雪夜》中"沉索性就沉到底"的说法相参照,就更能理解郁达夫为何会比其他的五四作家来得大胆,经常闯入文学传统的禁区,作直接、露骨、暴露的情色书写。

五 私密空间里的情色之旅

私密空间(private space)的形成,是出于个人独处和确保私隐的需要。像房间和浴室这类场所,由于具有隔离的作用,能使置身其间者不受大众睽睽目光的视察与拘束,做其想做之事,因此成了私密空间。郁达夫在书写文学时,就善于利用这些私密空间,来建构其情色世界。如他在1921修撰的《沉沦》中,就有导致男主人公血脉贲张、欲火中烧的画面出现在旅馆的浴室内。主人公"他"原本呆在旅馆"空旷的二层楼上"阅读小说,忽然听见楼下传来"刹刹的泼水声",于是蹑手蹑脚地下楼,轻轻推开便所的门,顿时浴室春光乍泄:

> 从便所的玻璃窗里看去,浴室里的动静了了可见。他起初以为看一看就可以走的,然而到了一看之后,他竟同被钉子钉住的一样,动也不能动了。
>
> 那一双雪样的乳峰!
> 那一双飞白的大腿!
> 这全身的曲线!

第四章 从私密到公共

> 呼气也不呼,仔仔细细的看了一会,他面上的筋肉,都发起痉挛来了。

愚意以为,由二楼步下此一"由高趋低"的动作和位置变化其实就是"索性就沉到底"的象征。正在浴室里洗澡的是旅馆房东的十七岁女儿。浴室属私密性质,洗澡也是私密的活动,然而"他"居然可以透过玻璃窗来观赏,而且是由上而下,"了了可见",将房东女儿的肉体曲线饱览无遗。这样的书写安排,直接消除了私密空间所具有的隔离隐蔽作用,把一个充满情欲的空间完全开放给作者自己和读者参观。

在另一篇写于1922年的小说《空虚》中,郁达夫则通过旅馆房间来表现情色的主题。小说叙述男主人公于质夫到离N市不远的汤山温泉去度假,投宿于温泉场的一家旅馆。半夜时分,疾风雷雨,突然有个养病的少女闯入其室,自称怕风雨怕黑,要求同房而卧。二人闲聊至天将亮,这时,少女才疲乏不堪睡倒在于质夫身旁。"当时只有二十一岁的于质夫,同这样妙龄的少女还没有接触过",不敢有非分的举动,可是他那情欲高涨的内心却早已展开了一段"肉体的旅行",把女子的全副身段曲线浏览无遗:

> "从这面下去是肩峰,除去手的曲线,先前便是胸部,唉唉,这胸部的曲线,这胸部的曲线,下去便是腹部腰部,……"
>
> 眼看着了那少女的粉嫩洁白的颈项,耳听着了她的微微的鼾声,他脑里却在那里替她解开衣服来。

小说接着写于质夫在少女的背后睡下,可是内心交战,苦闷难当,不得已只好合拢眼睛,"但是一阵阵从她的肉体里发散出来的香气,正同刀剑一般,直割到他的心里去。他闭上眼睛之后,到反觉得她精赤裸裸的睡在他的面前"。在此,私密的旅馆房间给了于质夫近距离赏览女色的方便,尽情在其肉体上驰骋想象的可能,纵使其性欲并没有获得真正的解放,内心始终忍受着性压抑的痛苦。

郁达夫笔下备受压抑的性欲终于在1929年写成的《迷羊》这部小说中获得全面而多次的释放。小说主人公"我"和女伶谢月英初次云雨,就是在大旅馆的客房内:

> 她等茶房出去之后，才走上我身边来拉着我的手对我说：
> "这不是旅馆么？男女俩，白天上旅馆来干什么？"
> 我被她那么一说，自家也觉得不好意思，可是因为她说话的时候，眼角上的那种笑纹太迷人了，就也忘记了一切，不知不觉的把两手张开来将她的上半身抱住。一边抱着，一边我们两个就自然而然的走向上面的炕上去躺了下来。
> 几分钟的中间，我的身子好象掉在一对红云堆里，把什么知觉都麻醉进了。

因为有了这私密空间里"似梦非梦，似睡非睡的闹到天亮"的性经验，"我"后来才会义无反顾地和谢月英私奔。在走水路出奔的一节里，船一经过A城市外的横山，二人便迫不及待地在舱房里温存了起来。当时，男主人公的想法是如此赤裸裸地表述出来：

> 我只晓得手里抱着的是谢月英的养了十八年半的丰肥的肉体，嘴上吮吸着的，是能够使凡有情的动物都会风魔麻醉的红艳的甜唇，还有底下，还有底下……啊啊，就是现在教我这样的死了，我的二十六岁，也可以算不是白活。

此后小说中，这种绮靡浪漫的行为更为频密："我和她在岸上旅馆内的第一次同房，又过了荒唐的一夜"；冬天寒冷，因在旅馆里无所事事，"晚上又只好老早的上床，和她胡闹了一晚"；初到上海，吃了酒菜回到旅馆，"我"一边取笑谢月英没见过繁华世界，"一边翻身转来，压上她的身去"；由上海折返南京，在旅馆里，"我们又和上帝初造我们的时候一样，过了几天任性的放纵的生活"。旅馆这私密空间成了郁达夫在文本中释放和延续男女情欲的场域。

然而必须注意的是，私密空间虽然在郁达夫的情色书写上占有重要的位置，但使用的频率其实不比公共空间来得高，其承载的情色所带来的视觉冲击和心理震撼也不比公共空间来得大。举《沉沦》中的一节为例：主人公"他"在清晨到山上散步，无意间发现近边的苇草丛里有对男女在野合，心里虽然痛骂自己下流，却禁不住竖起一双耳朵，"一言半语也不愿意遗漏，用了全副精神在那里听着"：

第四章 从私密到公共

他忽然听见两人的嘴唇,灼灼的好像在那里吮吸的样子。
……
地上的落叶声索息索息的响了一下。
解衣带的声音。
男人嘶嘶的吐了几口气。
舌尖吮吸的声音
女人半轻半重,断断续续的说:
"你!……你!……你快……快XX吧。……别……别……别被人……被人看见了。"

有异于此前偷窥房东女儿洗澡的视觉描绘,此段文字专注写听觉。从男女接吻到落叶的声音,从男子吐气到女子急促的语调,作者对种种不同声响的模拟,把一对既大胆妄为,又害怕被发现而慌惶行事的野合男女形象给生动地刻画出来。而将整个野合事件落实到公共空间(苇草丛)里去,既挑战二人情色的合法性,也带给窃听者(主人公"他"和读者)更大的震撼和刺激。如主人公"他"一听之下,竟然脸色"一霎时的变了灰色","眼睛同火也似的红了起来","上腭骨同下颚骨呷呷的发起颤来"。性欲的催逼使他之后更觉得孤单寂寞苦闷,末了走上投海自溺的绝路。

六 公共空间里的肉体阅读

相对于私密空间,公共空间讲求共存和分享的原则,它没有了樊篱和阻隔,容许陌生人自由出入。就此而言,公共空间与寻求私密性的情色颇有抵触,若用以承载情色,自然更具挑衅和反讽现实的意味。

试看郁达夫在1921年7月间发表的《银灰色的死》,其中即有从私密空间伸延到公共空间的情色书写和肉体阅读。此篇小说写一住在日本东京上野不忍池附近的中国男子丧偶不久,为消除心中之痛,每天四处去买醉,昼夜颠倒和当垆少妇玩闹不休。尽管如此,他心里毕竟知道不宜沉溺于这荒唐的生活,于是也尝试到图书馆去看看书,消磨时间。可是"到了上灯的时候",他居然又堕入"声""色""味"俱全的情

色空间里:

> 他的耳朵里,忽然会有各种悲凉的小曲儿的歌声听见起来;他的鼻孔里,也会有脂粉,香油,油沸鱼肉,香烟醇酒的混合的香味到来;他的字里行间,忽然更会跳出一个红白的脸色来。她那一双迷人的眼睛,一点一点的扩大起来了。同蔷薇花苞似的嘴唇,渐渐儿的开放起来,两颗笑靥,也看得出来了。洋瓷似的一排牙齿,也透露着放起光来了。他把眼睛一闭,他的面前,就有许多妙年的妇女坐在红灯的影里,微微的在那里笑着。也有斜视他的,也有点头的,也有把上下的衣服脱下来的,也有把雪样嫩的纤手伸给他的。到了那个时候,他总不知不觉地要跟了那只纤手跑去,同做梦一样,走出了图书馆。等到他的怀里有温软的肉体坐着的时候,他才知道他是已经不在图书馆内的冷板凳上了。

在图书馆这种要求保持安静、正襟危坐的公众场所里,居然出现一个内心紊乱,满脑子情色意象的男人,一厢是正经高雅的事业,一厢是无耻淫乱的想象,两者并在,相互对照,尤见现实的荒谬可笑,文本因此深具反讽的力量。

在公共空间里阅读女人的肉体,也是郁达夫书写情色时最常见的一种表述。例如其 1922 年的散文《归航》,自述从日本回返中国的航途景况。途中他从甲板上望着金海岸的绿岛出神,忽然听见一等舱的船楼上有妇女清脆的说话声,抬头一看,发现是个年约十八九的中西混血儿,立在楼船的栏杆边和人说话。于此,作者用全副精神,摊开了眼中、鼻中的情色风光图,先是指出书写对象眼睛、鼻子和头发的特征,然后是:

> 她若把手与肩胛平张起来,你从袖口能看出她腋下的黑影,和胸前的乳头来。她的颈项下的前后又裸着两块可爱的黄黑色的肥肉。下面穿的是一条短短的围裙,她的瘦长的两条脚露出在鱼白的湖绉裙下。从玄色的丝袜里蒸发出来的她的下体的香味,我好像也闻得出来的样子。

这段叙述最叫人吃惊之处,不是写了"乳头"或"下体的香味",而是作

第四章 从私密到公共

者坦然呈现这些情色意象的态度。郁达夫就在甲板这众目睽睽的公共空间里公然地邀请读者"你"(不论男女)参与其创作过程,从"你"和"我"(叙述者)不同的角度来共同赏览这女体。如此一来,原本具有私密性质的情色不再私密,竟而变成当众公开的话题,被大方无私地分享和诠释。

郁达夫回到中国后写下的文本,有更多借助公共空间表现情色之处。如作于1923年的《落日》,描述无业汉 Y 初到上海求职无门,为了消磨时间,乃一天到晚地乘搭电车。他先是伏在电车头上的玻璃窗里看街市,等街市看厌了,就"把目光转到同座的西洋女子或中国女子的腰上,肩上,胸部,后部,脚趾,脚尖上去"。又如《迟桂花》(1932年),写"我"(郁达夫)到杭州探访友人翁则生,顺道游览五云山,翁则生差遣妹妹莲相陪。在上山的途中,"我"没有把目光放在大自然景色上,而是细细地打量着莲的青春躯体:

> 她的身体,也真发育的太完全,穿的虽是一件乡下裁缝做得不大合式的大绸夹袍,但在我的面前一步一步地走去,非但她的肥突的后部,紧紧的腰部,和斜圆的胫部的曲线,看的要簇生异想,就是她的两只圆而且软的肩膊,多看一歇,也要使我贪鄙起来。立在她的面前和她讲话哩,则那一双水汪汪的大眼,那一个隆正的尖鼻,那一张红白相间的椭圆嫩脸,和因走路走得气急,一呼一吸涨落得特别快的那个高突的胸脯,又要使我恼杀。

和以往不同的是,在公共场合里,作者不复邀请读者参与创作,而是从单一的视角来"异化"(de-familiarize)女体,营造情色之境。这既是一种独占的行为,也显示了一种日益孤独,性压抑更甚的心理空间。

再看郁达夫完成于1928年的散文《感伤的行旅》。在文中,作者因为在行旅之前收到了版税,口袋稍微充裕,于是就在上海的大旅馆里住了一晚。当晚从高楼上望出去,目中所见是:

> 空中还有许多同蜂衙里出了火似的同胞的杂噪声,和许多有钱的人在大街上驶过的汽车声溶合在一起,在合奏着大都会之夜的"新魔丰腻",但最触动我这感伤的行旅者的哀思的,却是在同

> 一家旅舍之内,从前后的宏壮的房间里发出来的娇艳的肉声……

众多私密空间里的情色事件不断刺激着作者这孤独的行旅者的感官。他忍耐不住寂寞和苦闷,只好离开房间,找一家长夜开炉的菜馆祭一祭五脏庙,试图以食欲替代性欲。不料:

> 开门出去,在静寂粉白和病院里的廊子一样的长巷中走了一段,将要从右角转入另一条长廊去的时候,在角上的那间房里,忽而走出了一位二十左右,面色洁白妖艳,一头黑发松长披在肩上,全身像裸着似的只罩着一件金黄长毛丝绒的 Negligee 的妇人来。

在此深夜时刻不期而遇,男女两方的反应不同。妇人是"长大了两只黑晶晶的大眼,怀疑惊问似的"对他"看了一眼,继而脸上涨起了红霞,似羞缩地将头俯伏了下去,终于大着胆子"向他的"身边走过,走到另一间房间去了"。而作者则是:

> 一个人发了一脸微笑,走转了弯,轻轻地在走向升降机去的中间,耳朵里还听见了一声她关闭房门的声音,眼睛里还保留着她那丰白的圆肩的曲线,和从宽散的她的寝衣中透露出来的胸前的那块倒三角形的雪嫩的白肌肤。

从各自房间那私密的空间里走出来(亦即"伸延"出来),陌生男女的情欲在旅馆中人皆可行的长廊上交擦而过。郁达夫笔下那"一脸微笑"和对女方美丽肉体的回忆,显示先前的性压抑获得了暂时的满足。在这一刹那,公共空间对书写者似乎发挥了前所未见的抚慰作用。

七 结 论

英国伯明翰大学文化研究与宗教学学者佳姬·巴达查雅(Gargi Bhattacharyya)在其《性与社会导论》一书中指出,在空间的概念里,性爱可以是旅途或他乡,是私密与公开的,抑或一个被主宰的地域。[①] 运

---

① Gargi Bhattacharyya, *Sexuality and Society: An Introduction*, London & New York: Routledge, 2002, p.148.

第四章 从私密到公共

用巴达查雅的观点来阅读郁达夫,笔者发现前文所讨论的文本皆具有双重意义。其一,郁达夫是有意识地从私密空间伸延到公共空间,来重构和掌握一己在东瀛独有的情色体验和记忆,借此个体生命的特定方式的回顾,深化文本中独特的主体性(subjectivity)。其二,郁达夫的情色空间直如郭沫若所评价,"对于深藏在千年万年的背甲里面的士大夫的虚伪,完全是一种风雨式的闪电,把一些假道学、假才子们震惊得至于狂怒了"。[1] 这种新颖的文学表述确立了露骨直率的自我暴露的书写内涵和形式,向道德森严的中国书写传统做出了前所未见的挑战。

中国文学自来以言志载道为典律。情色书写这一脉从最早西汉史传中《飞燕外传》的速写成帝御女景况,历经唐人小说《游仙窟》的专辟人仙艳情洞天,到明代《金瓶梅》的极力铺排渲染性爱场面,虽说其传统源远流长,但始终被目为旁支小道,实属边陲之弱响。[2] 到了20世纪初叶,现代文学以"人的发现"发端,五四作家在西方人道主义和弗洛伊德心理学说的影响下积极追求个性的解放,遂使情色抬头,成为文学书写中一个极为重要的命题。[3] 必须指出的是,当时的许多文本如鲁迅的《肥皂》、茅盾的《蚀》、丁玲的《莎菲女士的日记》,甚至是郭沫若的《喀尔美罗姑娘》虽然不乏对知识男女性压抑心理的描绘,但却无法像郁达夫那样倾注全力,把情色的命题清楚无遗地展露在读者眼前,甚至邀请读者参与其生成的过程。个中原因,即在郁达夫对于情色与空间的互动关系比他人多了一分深刻的体会、清晰的认知,以及专注的经营。正是如此的体会、认知与经营,使得郁达夫式的书写心思别裁,独具一格,构成中国现代文学史中震撼人心的一章。

---

[1] 郭沫若在《论郁达夫》一文中指出,郁达夫"那大胆的自我暴露,对于深藏在千年万年的背甲里面的士大夫的虚伪,完全是一种风雨式的闪电,把一些假道学、假才子们震惊得至于狂怒了。为什么?就因为有这样露骨的直率,使他们感受着作家的困难。"见《郁达夫资料》上册,第93页。

[2] 相关的论述,详见茅盾:《中国文学内的性欲描写》,《茅盾全集》,第19卷,北京:人民文学出版社,1991年,第114—127页;康正果:《重审风月鉴——性与中国古典文学》,沈阳:辽宁教育出版社,1998年。

[3] 陈家春:《欲臁的透视:中国当代小说与性文化》,香港:香港教育图书公司,1999年,第31—40页。

第五章 "错"译与"对"骂

——创造社人与胡适论争中的书写策略

一 绪 言

20世纪50年代是中国大陆批判胡适(1891—1962)的高潮期。郭沫若对当时受蒋介石托付而寄寓美国纽约(1949—1958)的胡适口诛笔伐,不遗余力。如1954年11月8日在和《光明日报》记者关于文化学术界反资产阶级思想斗争的谈话中,就点名批判胡适是"资产阶级的反动文人"、"最大的'武断'家";是年12月9日在《人民日报》和《光明日报》上发表《三点建议》,又称后者为"买办资产阶级第一号的代言人""头等战争罪犯"与"美帝国主义的文化走狗",毅然划清敌我界线,摆出不共戴天的姿态。如此措辞严烈而态度决绝,在1949年新中国成立后,国共隔海对峙的意识形态天空下乃是"政治正确"、自然而又必然的事。故而大陆学界也坦然承认:"由于众所周知的原因,解放后郭沫若在所写的有关评论胡适的文章中,几乎没有给胡适说过一句肯定的话。"①不过,却没有指出前者动辄抨击、抹煞后者的做法并非始见于大陆政权易手之后。事实上,早在1930年1月作《文学革命之回顾》时,郭沫若便给胡适贴上"资产阶级的代言人"②的标签;1936年9月作《斗牛国的牛》,则讥斥其"当年向日本人摇尾乞怜,今天已经受着美国人豢养",在"华北事件吃紧的时候"提倡"投降主义、秦桧主

---

① 黄艾仁:《胡适与著名作家》,合肥:安徽大学出版社,1998年,第18页。
② 郭沫若:《文艺论集续集》,北京:人民文学出版社,1979年,第86页。

义"。① 至1941年出版《屈原研究》一书,全盘否定胡适对屈原及其作品的研究,认为其"所发出的疑问均不能成立","一项也不能成立"。②1947年2月作《替胡适改诗》,复訾议胡适具奴才本性,是"只能'奉'命向前"的"过河卒子";③1948年2月作《驳胡适〈国际形势里的两个问题〉》,又是连珠放矢,说后者在外交问题上袒护美国,"已经不是'人'了,至少已经……不是……中国人的这种'人'了"。曹铁娟在撰写《简明郭沫若辞典》"人名"(现代部分)的词条时,曾将郭沫若这持之有时的"胡适批判"简单地区分为学术和政治两个阶段,认为"几十年中,他们(郭胡)由学术观点矛盾发展发到政治斗争"。④ 换言之,整个过程在曹铁娟眼中不过是从一个领域逐渐发展、伸延到另一个领域的矛盾罢了。笔者持不同见解,以为胡郭的龃龉其实自来即具政治性,早在1921年初识之日便拉开序幕,继而扩大于胡适与创造社核心成员之间的一场笔墨论争。诚然,这初始的交锋无法和50年代政治气候下文人的水火不容相提并论,但落实为有意识的争夺场域权力位置的活动,对后续的对立行为却有深远的影响,因此值得我们研究和讨论。

二 创造社人与胡适的过从

胡适和郭沫若究竟结识于何时?二者对此俱有忆述。根据《胡适日记》记载,时间是1921年8月9日星期二:

> 周颂久、郑心南约在一枝香吃饭,会见郭沫若君。

这是胡适在日记中首次提到郭沫若,可见是初次相晤。较诸胡适,郭沫若《创造十年》中的记述要详细得多:

---

① 《郭沫若全集·文学编》,第18卷,北京:人民文学出版社,1992年,第100—103页。
② 郭沫若:《屈原研究》,上海:新文艺出版社,1953年,第5—7页。
③ 《郭沫若全集·文学编》,第18卷,第100—108页。胡适原诗云:"偶有几茎白发,心情微近中年。做了过河卒子,只能拼命向前。"郭沫若在文章中冷嘲热讽,认为"倒不如把'拼'字索性改成'奉'字"。
④ 李标晶主编:《简明郭沫若辞典》,兰州:甘肃教育出版社,1999年,第319页。

> 大约是带着为我饯行的意思罢,在九月初旬我快要回福冈的前几天,梦旦先生下了一通请帖来,在四马路上的一家番菜馆子里请吃晚饭。那帖子上的第一名是胡适,第二名便是区区,还有几位不认识的人,商务编译所的几位同学是同座的,伯奇也是同座的。

《创造十年》将时间定在1921年九月初旬,并交代具体详情,谓郭沫若即将回返日本福冈、继续在九州大学求学的前几天,商务印书馆编译馆主任高凤谦(1870—1936,字梦旦)特为设宴饯行,席上认识了胡适。此一说法颇为学界所接受,如芮效卫(David Roy)研究郭沫若早年生平,即如此转述胡郭初识,①曹伯言、季维龙编《胡适年谱》,②龚济民、方仁念编《郭沫若年谱》,③皆于1921年9月初旬条下载录宴饯一事,笔者以为有待商榷。

1920年代,上海的"四马路"(即今天的"福州路")向着外滩,以排在英大马路、九江路和汉口路之后而命名,因街上多书肆、报馆、餐馆,乃成了知识分子荟萃之处。郭沫若口中的"番菜馆子",是当时一家"中菜西烧"的西菜馆,虽然没有直接点出馆名,却和胡适所说的"一枝香"基本吻合。还列明当晚宴席的主宾是胡适和他,以及"几位不认识的人",并由创造社的郑伯奇(1895—1979)与"商务编译所的几位同学"陪席。所谓"几位同学",参照《创造十年》前文,应该是指编译所庶务部的何公敢(1888—1977)、理化部的郑贞文(字心南,1891—1969)与周昌寿(字颂久),和郭沫若一样都曾负笈东瀛。问题出在胡郭二人的忆述不仅仅是简繁之别罢了,而是内容上颇有出入,如初识日期竟然相差一个月之久,宴会的目的也不同,而何人作东,何人作客,居然各执一说,无从凑合。究竟何者堪信?何者堪疑?是否记述较为详细的就镜映了事实,可做依据?

私意以为胡适的记述虽然简略,却较为平实可靠,原因有二。其

---

① David Tod Roy, *Kuo Mo-jo: The Early Years* (Cambridge, Massachusetts: Harvard University Press, 1971), p.117.
② 曹伯言、季维龙编,《胡适年谱》,合肥:安徽教育出版社,1986年,第212页。
③ 龚济民、方仁念,《郭沫若年谱》,天津:天津人民出版社,1992年,上册,第104页。

第五章 "错"译与"对"骂

一,郭沫若作《创造十年》,乃在 1932 年。照常理看,回顾十一年前发生的事,误忆的几率较高。相对而言,胡适是即日记事,并非后来补记(若是补记,胡适通常都会注明),除非他刻意造假,否则所忆述者与事实不至于差距太大。其二,按胡适写日记的习惯,每赴饭局,必言何者做东,何者为宾,所以当日若是高凤谦请客,亦必如此这般记下。但《日记》中提及和高凤谦、郭沫若同席吃饭,却是 1923 年 10 月 18 日:"到振铎家中吃饭,同席的有梦旦、志摩、沫若等",这和《创造十年》所说的 1921 年 9 月初旬的饭局既相距两年之久,且东道主亦非高凤谦,而是文学研究会的郑振铎(1898—1958),地点也不是四马路上的餐馆,而是后者的居宅。《日记》在记述和郭沫若初识的饭局时并未提到高凤谦,则高凤谦在 1921 年 8 月 9 日应该没有做东宴请胡郭,《创造十年》之所述与历史现实颇有差距。考虑以上因素,可知郭沫若那历历在目、言之凿凿的记述倒有不符事实之处,但更重要的是,倘若我们仅仅以为郭沫若是由于年岁久远,人事混杂而将 1923 年 10 月 18 日的宴饮错置为胡郭初识之日的宴饮,则不免忽视了这位记忆写手的一番苦心经营。

至于胡郭在 1922 年的一场笔战论争,所牵涉者实不止于二人,事件之来龙去脉,可大致归纳如下:

(1) 1921 年 5 月 4 日,仍在东京求学的郁达夫作《夕阳楼日记》,批评余家菊(1898—1976)翻译《人生之意义与价值》一书所犯的错误。此文在 1922 年 8 月 25 日出版的《创造》(季刊)第一卷第二期上刊载。①

(2) 1922 年 9 月 17 日,《努力周报》第二十期出版,其《编辑余谈》中载有胡适《骂人》一文,既为余家菊辩护,亦对创造社成员作出批评。②

(3) 同年 9 月 21 日,郁达夫在安庆作《答胡适之先生》,发表于 10

---

① 《创造》(季刊),第 1 卷第 2 期,2.45—49;《郁达夫文集》,香港、广州:三联书店、花城出版社,1982 年,第 5 卷,第 101—106 页。

② 欧阳哲生编:《胡适文集》,第 10 册,北京:北京大学出版社,1998 年,第 727—729 页。

月3日《时事新报》副刊《学灯》,以示回应。①

(4)胡适回应郁达夫以《浅薄无聊的创作》一文,刊载于10月8日《努力周报》第二十三期《编辑余谈》。

(5)10月3日,郭沫若在福冈作《反响的反响》,发表于12月25日《创造》(季刊)第一卷第三期上。文分四部分:其一"答《努力周报》",其二"答《文学旬刊》",其三"答一位未知的台湾青年"和其四"答程宪钊君"。"答《努力周报》"即指摘胡适误译,予以驳斥。②

(6)和郭文一并发表在同期《创造》(季刊)上批评胡适的,还有成仿吾作于10月13日的《学者的态度——胡适之先生的"骂人"的批评》。③

(7)胡适再作《译书》一文,刊载于1923年4月1日《努力周报》第四十六期《编辑余谈》中,称郭、郁、成为"一班不通英文""来和我讨论译书"的人,而他则"没有闲功夫来答辩这种强不知以为知的评论"。④

(8)1923年4月12日,刚刚自日本九州大学医科毕业、返沪十天的郭沫若作《讨论注释运动及其他》一文,刊载于《创造》(季刊)第二卷第一期上,把胡适臭骂了一顿。同期《创造》(季刊)上还有郁达夫(4月3日返沪)的小说《茑萝行》和成仿吾的编辑说明,对胡适明嘲暗讽。⑤

(9)5月13日,成仿吾在《创造周报》上发表《诗之防御战》,批评胡适的"《尝试集》里本来没有一首诗是诗……不能说是浅薄,只能说是无聊"。⑥

(10)5月15日,胡适主动致信郭沫若与郁达夫修好,说"盼望那一点小小的笔墨官司不至于完全损害我们旧有或新得的友谊"。⑦

---

① 郭文友:《千秋饮恨:郁达夫年谱长编》,成都:四川人民出版社,1996年,第423—427页。
② 《创造》(季刊),第1卷第3期;郭沫若:《文艺论集》,第239—250页。
③ 《创造》(季刊),第1卷第3期。
④ 欧阳哲生编:《胡适文集》,第10册,第730页。
⑤ 《创造》(季刊),第2卷第1期。
⑥ 《成仿吾文集》,济南:山东大学出版社,1983年,第77—78页。
⑦ 《胡适来往书信选》,香港:中华书局,1983年,上册,第199—201页。

第五章 "错"译与"对"骂

(11) 5月17日,郭沫若、郁达夫个别复胡适信,同表善意。①

(12) 5月25日,胡适访郭沫若、郁达夫、成仿吾,"结束了一场小小的笔墨官司"。

(13) 5月27日下午,郭、郁、成三人回访胡适。

及此,创造社人和胡适的纸上论争乃宣告结束。《创造十年》就双方的互访作了以下的叙述:

> 我们的回信去后,胡大博士毕竟是非凡的人物,他公然到民厚南里来看我们。……他那时住在法租界杜美路的一家外国人的贷间里,我们,仿吾、达夫和我,也去回拜过他一次。②

在文字外互访,讲和修睦,似乎很为后世所称道。如龚济民、方仁念撰写《郭沫若传》,就称言"郭沫若对于胡适本没有甚么恶感,……胡适也早对沫若瞩目……。胡适……觉得这场笔战很无聊,便主动出来求和。沫若采取与人为善的态度,复信给胡适,也表示了良好的意愿……",堪称佳话。③ 又如沈卫威作《胡适传》、朱文华作《胡适评传》,讨论胡适自1917年至1930年的学术与政治情况,完全没有提到胡郭论争。④ 陈鸣树主编《二十世纪中国文学大典(1897—1929)》,于1922年的部分亦不着一字,尽付东流。⑤ 不管是前一类的诠释,抑或后一类的失忆,仿佛都在力图印证郭沫若在《创造十年》中所说的:"《骂人》的一笔官司就像是从来没有的一样。"笔者认为,从饮宴结识到笔战到互访,从简单的记述到详细的回顾与论辩,但凡施诸笔墨,胡适和郭沫若皆有仔细的斟酌和经营,而这种斟酌和经营,正与文学场域中之斗争关涉紧密,可用法国社会学家皮埃尔·布迪厄(Pierre Bourdieu, 1930—2002)的场域理论加以说明。不过,在论述创造社人与胡适的

---

① 《胡适来往书信选》,第201—203页。
② 《郭沫若全集·文学编》,第18卷,第100—103页。
③ 龚济民、方仁念:《郭沫若传》,北京:北京十月文艺出版社,1988年,第71—72页。
④ 沈卫威:《胡适传》,开封:河南大学出版社,1988年,第68—137页;朱文华:《胡适评传》,重庆:重庆出版社,1988年,第78—159页。
⑤ 陈鸣树主编,《二十世纪中国文学大典(1897—1929)》,上海:上海教育出版社,1996年,第520—542页。

场域斗争之前,有必要先澄清两个问题:其一,在 1923 年下旬,郭沫若、郁达夫、成仿吾三人可曾再回访胡适?其二,胡郭的笔战论争,究竟有着什么样的本质?

三 三人二访胡适:不可能的任务

1923 年 10 月 11 日,亦即笔战结束五个月后,胡适在好友朱经农(1887—1951)和徐志摩(1897—1931)的陪同下访郭沫若于哈同路民厚南里。不过,当日的会晤并非想当然尔的和睦融洽。作为一个在场的旁观者,徐志摩在日记中做了如此忆述:

> 与适之、经农步行去厚民里一二一号访沫若,久觅始得其居。沫若自应门,手抱襁褓儿,跣足,敞服(旧学生服),状殊憔悴,然广额宽颐、怡和可识。入门时有客在,中有田汉,亦抱小儿,转顾间已出门引去,仅记其面狭长。沫若居至隘,陈设亦杂,小孩羼杂其间,倾跌须父抚慰,涕泗亦须父揩拭,皆不能说华语;厨下木屐声卓卓可闻,大约即其日妇。坐定寒暄而已,仿吾亦下楼,殊不话谈,适之虽勉寻话端以济枯窘,而主客间似有冰结,移时不涣。沫若时含笑谛视,不识何意。经农竟嗫不吐一字,实亦无从端启。五时半辞出,适之亦甚讶此会之窘,云上次有达夫时,其居亦稍整洁,谈话亦较融洽。然以四手而维持一日刊,一月刊,一季刊,其情况必不甚愉适,且其生计亦不裕,或竟窘,无怪其以狂叛自居。①

从这段引文可知当时会晤的气氛甚僵。在创造社那一方,田汉(1898—1968)选择先行离场,成仿吾和郭沫若则保持缄默。而胡适这一方,朱经农虽然和创造社众人一样有着留学日本的背景,却闷不吭声,徐志摩是擅长交际之人,但似乎也没什么说话,全靠胡适一人唱独角戏撑场,"勉寻话端以济枯窘"。"主客间似有冰结,移时不涣",一方面是由于郭沫若自知居宅逼仄,贫困自卑而不愿多启齿,另一方面则是

---

① 虞坤林整理:《徐志摩未刊日记(外四种)》,北京:北京图书馆出版社,2003 年,第 162 页。

第五章 "错"译与"对"骂

因为双方芥蒂犹新,未能立即消释的缘故。胡适本以为再顾茅庐,言谈必欢,讵料场面尴尬,大失所望,在辞出厚民南里后也禁不住"甚讶此会之窘"。虽然如此,他在书写日记时,并无只语片言形容讶窘失望之情,而是就另一视点轻轻施了笔墨,对郭沫若的窘迫表示同情:

> (中)饭后与志摩、经农……同去民厚里692访郭沫若。沫若的生活似甚苦。①

相映成趣的是,郭沫若在《创造十年》中召唤记忆时(误记双方"一年不见"),也强调对胡适的同情:"一年不见的他是憔悴多了。他说在生病,得了痔疮;又说是肺尖也不好。"表现同情,一于贫,一于病,凸显的其实是一己的雅量。若非陆小曼(1903—1965)所保存的《志摩日记》后来刊布于世透露实况,则容易使人以为二人在民厚南里会晤时已尽弃前嫌,平等相待。实际上,胡郭在叙述此事件时,尽管有简繁程度之分,却都同样地把自己摆放在一个优越的位置,用充满怜悯同情的目光带领读者一起去"注视"(gaze)处于劣势困境中的对方,为个人塑造了温情开通的形象,留存在历史之中。

1923年5月27日,郭沫若、郁达夫和成仿吾回访胡适,然而龚济民、方仁念《郭沫若年谱》却将此事记在同年10月12日条下:

> (郭沫若)携长子和生回访徐志摩,并赠《卷耳集》一册。徐志摩觉得"今天谈得自然的多了"。(《志摩日记》)数日后,又与成仿吾、郁达夫回访胡适,胡赠《国立北京大学国学季刊》一册。

笔者以为,创造社三巨头在1923年10月中旬再次回访胡适的说法是很有问题的。郁达夫在10月11日胡适访郭沫若的六天前即已离开上海,受聘到北京大学教统计学去,不可能在场。这也是《胡适日记》和《志摩日记》在忆述当日景况时皆未提及郁达夫的缘故。《胡适日记》10月18日条下又有"到振铎家中吃饭,同席的有梦旦、志摩、沫若等"一段话,同样没有提到郁达夫。从1923年10月19日至1925年9月30日的两年间,胡适大多时候在京不在沪。1924年4月1日,郭沫若

---
① 曹伯言整理:《胡适日记全编》,第3册,合肥:安徽教育出版社,2001年,第425页。

再赴福冈，要到11月6日才携眷回返上海。5月中旬，郁达夫回富春家中住一周，并赴上海和成仿吾玩了两天，时郭沫若与胡适都不在沪。6月，成仿吾亦离沪，赴穗应聘广东大学教授，至11月21日因扶长兄灵柩回湖南，途经上海方得以和郭沫若短聚。1925年3月，成仿吾从湖南到武昌，和一月份抵武昌大学任教的郁达夫相晤，时胡适在京，郭沫若在沪。① 由是观之，起码在1923年10月11日之后的三年间，胡、郭、郁、成四人不可能同一时间出现在同一空间里，所以说创造社三人在"数日后"同访胡适，是缺乏根据的臆测。

再看胡适这一方。在发生了为时将近两年、往复于杂志报纸间的论争事件后，倘若创造社三巨头二度回访，其意义之重大，胡适不可能意识不到，也不会不秉笔备案。然而我们只要查勘《胡适日记》，就会发现其中并无"三人二度回访"的记录，可见是郭沫若"一厢情愿"的说法。再者，胡适于日记中提到和郭沫若过从，亦是屈指可数：

(1)1921年8月9日初识郭沫若于四人饭局。

(2)8月12日，胡适到商务印书馆编译所，"朱谦之(1899—1972)与郭沫若来谈"。谈话内容似乎围绕着革命，因为胡适说"朱谦之向来希望"他"出来做革命的工作"。

(3)1923年5月15日，胡适主动致信郭沫若与郁达夫修好，说"盼望那一点小小的笔墨官司不至于完全损害我们旧有或新得的友谊"。

(4)5月17日，郭沫若、郁达夫个别复胡适信，同表善意。

(5)5月25日，胡适访郭沫若、郁达夫、成仿吾，"结束了一场小小的笔墨官司"。

(6)5月27日下午，郭、郁、成三人回访胡适。

(7)10月11日下午，与徐志摩、朱经农三人同去民厚里692访郭沫若。

---

① 宋彬玉、张傲卉：《成仿吾年谱简编》，史若平编：《成仿吾研究资料》，长沙：湖南文艺出版社，1988年，第22—23页。

第五章 "错"译与"对"骂

(8) 10月13日,"郭沫若来谈",谈话中胡适觉得自己和郭沫若、徐志摩"三个人对于诗的主张虽不同,然自有同处"。是夜"沫若邀吃晚饭",地点在"美丽川"菜馆,出席的还"有田汉、成仿吾、何公敢、志摩、楼(石庵),共七人"。胡适又记:"沫若劝酒甚殷勤,我因为他们和我和解之后这是第一次杯酒相见,故勉强破戒,喝酒不少,几乎醉了。是夜沫若、志摩、田汉都醉了,我说起我从前要评《女神》,曾取《女神》读了五日。沫若大喜,竟抱住我,和我接吻。"叙述之详细生动,不见于其余五则。

(9) 10月15日晚间,胡适"与志摩同请沫若、仿吾等吃夜饭。田寿昌(按:田汉)和他的夫人易漱瑜女士(1903—1925)同来。叔永夫妇(按:任鸿隽,1886—1961;陈衡哲,1890—1976)也来"。

(10) 10月18日,到郑振铎家中吃饭,同席的有高凤谦、徐志摩、郭沫若等。胡适认为是次饭局"大概是文学研究会和创造社'埋斧'的筵席了"。

1923年10月18日以后,《胡适日记》中再无胡郭会晤的记录。值得注意的是,创造社三人既然不曾二度回访胡适,为何郭沫若硬要编撰这样的历史记忆呢?依笔者看,他是借此记忆向文学场域的参与者(包括读者、作者、杂志报纸编者、书局出版社负责人等)发出三个重要讯息。其一,创造社三巨头并非纯为情绪左右之徒,而是懂真理、识大体,兼具理性的文学家,一起回拜胡适不单是礼尚往来,更是坚定文学立场与信心的表现。其二,强调创造社的领袖们齐心团结,行动一致,并不因为郁达夫的离沪赴京而面临分裂的危机。① 其三,郭沫若书写《创造十年》时,正值流亡日本十年(1928—1937)间,人虽不在国内文学场域中,却仍然可以通过编制创造社的历史记忆,继续发挥个人的影响力。由此可见,郭沫若比谁都清楚掌控文学场域的重要性。

---

① 当时,郁达夫为一家生计而接受北京大学的聘约,离开上海北上,创造社所受的打击不谓不大。事实上,《创造》季刊、《创造周报》与《创造日》在不久后得陆续停刊,可见其在创造社出版运作中的重要性。

四 "错"译与"对"骂

创造社人与胡适的论争始于郁达夫《夕阳楼日记》对余家菊译书的批评,在本质上是围绕着译文是否信、达的问题而展开的论辩。原书《人生之意义与价值》(*Der Sinn und Wert des Lebens*)的作者鲁道夫·克里斯多夫·欧伊肯(Rudolf Christoph Eucken,1846—1926,又译作倭铿、欧肯)是德国哲学家兼1908年诺贝尔文学奖得主。欧伊肯生于虔信宗教的家庭,毕业于哥廷根大学、柏林大学。历任瑞士巴塞尔大学与德国耶纳大学哲学教授,亦曾在美国纽约大学、哈佛大学以及英国学府讲学。他倡扬生命哲学(Philosophie des Lebens),认为西方现代社会对物质的追求导致心灵普遍空虚,因此强调人类精神生活的独立性与优越性,指出唯有投入精神生活,方能把握生命的本质,确定生命的意义与价值。

《人生之意义与价值》的译者余家菊,字景陶,湖北黄陂余家湾人。1918年武昌中华大学中国哲学门毕业。1920年春攻读北京高等师范学校教育研究科,夏天回乡任自进小学教师,后任教于湖南与河南两地的第一师范学校。1922年负笈伦敦大学,专治教育和哲学,1924年学成返国,先后执教于武昌师范大学、东南大学、冯庸大学、北京师范大学与河南大学,又任上海中华书记编审、国民政府委员、总统府国策顾问等职。1949年移家台湾。余家菊在就读北京高等师范学校时,利用课余时间翻译欧伊肯一书,即得上海中华书局列为"新文化丛书"出版。书前有"译者的短语":

> 著作者的原书是用德文写的,英、法、俄、西班牙,日本都已早有译本。我这次是根据 Lucy Judge Gibson 和 W. R. Boyce Gibson 的英文译本重译出来的。这两位是研究倭铿学说的专家,关于倭铿哲学都刊有许多出名的评述,而且他们的译文又曾经倭铿亲眼校阅参正,所以我相信英文与原著无甚出入。至若我的译本有无错误呢?却只有求阅者诸君的赐教!我很觉得哲学最难翻译,而

第五章 "错"译与"对"骂

倭铿的哲学与文体又都有特殊风味,所以每每说我不配翻译这本书!①

郁达夫在《夕阳楼日记》中声称,首先"对于译者的这几句宣言,就已经不满足了",因为原书"是用德文写成的",而余书却是根据"英文译本重译出来的"。接着"读了"余书,却"甚么也不能理会",于是对照以手头上1909年原著作者修订的第二版德文本,才晓得"德文本的文章同中文译本并无一句相同"。再把"英文本买了来一看",发现原来"英文本是从原著的1907年的旧版翻译出来",后者"在他(欧伊肯)的故国"已是"绝版的老版书",余家菊却"当作最新的新书(翻译)流布开来",②成了笑话。

为了说明余家菊的错译,郁达夫更列举了《绪论》第一页的头几句中英译文,逐句批评。郁达夫指出余家菊(一)将"In asking this question we are under no illusion"曲解为"Those who have this skepticism are ruled by no illusion",因此错译成"有此种怀疑的,并非为幻想所支配"。实则应该译作"问到这个问题,我们大家都是明白的了";(二)徒增原文所无的"我们有自知之明",错译"We know that we cannot pose today as the possessors of a truth which we have but to unfold"成"我们有自知之明,知道我们不能冒充真理的主人,不过必须从事于真理的发现而已",正确的译文是"目下我们能求那一种真理的发明的时候,我们知道我们不能装作已经是会得那一种真理的人";(三)把原文的"confront"(面临)当做了"confound"(烦扰),把"The question confronts us as a problem that is still unsolved, whilst we may not renounce the attempt to solve it"错译成"烦扰我们的,是这个未曾解答的问题,然而我们对于解答的尝试,决不可加以厌弃",此当译作"这个问题在我们的面前,还是一个未曾解决的问题,所以我们不应该把解决这个问题的尝试来拒绝了";(四)徒增原文所无的"以前各派说全无一点确实",错译"That our modern era lacks all assurance in regard to its solution is a point we shall

---

① 余家菊:《人生之意义与价值》,上海:中华书局,1920年,第2页。
② 《创造》(季刊),第1卷第2期;《郁达夫文集》,第5卷,第103页。

have to establish more in detail"成"关于这个问题的解答,以前各派说全无一点确实,往后我们要详细的指明",正确的译文是"我们现代关于这个问题的解答,还缺少种种确实的地方,这就是教我们将来不得不更加详细造就之处。"①

针对郁达夫的指摘和改译,胡适在《骂人》中认为"几乎句句是大错",且有"全不通"的地方。胡适批评郁达夫(一)错把第二句看成是承上的,且将"under no illusion"误译成"大家都是明白的了"。此句其实是启下的,应当译作"我们发这个疑问时,并不存甚么妄想";(二)错把"句末 which we have but to unfold 一个形容词的分句,搬到前面去,变成表时候的副词分句",实应译作"只须把他发挥出来就是了";(三)错译"whilst"为"所以",应当译作"虽然",整句须译为"我们虽不可把解决问题的尝试抛弃了,然而这个问题现在还只是一个未解决的问题";(四)误以"establish"为"造就",应当译作"我们这个时代对于这个问题的解答竟全无把握,这一层是我们往后要详细说明的"。

对于胡适的批评,郁达夫作《答胡适之先生》回应,但并未就前者的改译提出意见,仅仅重申了《夕阳楼日记》中对翻译所抱持的态度和观点。郭沫若倒是集中火力,作《反响之反响》一文全面反驳胡译,指出胡适(一)把英译本中意近德文"Zweifelhaft"的"illusion"误译成"妄想",实应译作"迷惘"或"惘惑";(二)错批郁译"全不通",自己却把英译本中的副句"which we have but to unfold"当成正句,"流水式的直译"作"只须把它发挥出来就是了";(三)拘于英译本"whilst"的句子语序,没有顾及正确中文表达的结构,结果译成"我们虽不可把解决这问题的尝试抛弃了,然而这个问题现在还只是一个未曾解决的问题",造成语意不通;(四)英译本将德文"zeigen"译成"establish",郁达夫和胡适又按英译本译成"造就"和"说明",离原文更远,应当译作"指明"。②除此,郭沫若还称言,虽然手头上有原书,却是1918年8月付梓的第六版,为了厘清译文的问题,便托友人觅得1907年12月的初版,核对原

---

① 《创造》(季刊),第1卷第2期;《郁达夫文集》,第5卷,第104—105页。
② 《创造》(季刊),第1卷第3期;郭沫若:《文艺论集》,第240—246页。

第五章 "错"译与"对"骂

来的字句:

> Wer heute die Frage aufnimmt, ob das menschliche Leben einen Sinn und Wert hat, der kann nicht zweifelhaft darueber sein, dass es hier nicht einen vorhandenen Besitz zu schreiben, sondern eine Aufgabe zu bezeichnen gilt, eine Aufgabe zu bezeichnen gilt, eine Aufgabe die für uns nicht gelost ist, auf deren Lösung sich aber unmöglich verzichten lasst. Dass der heutige Lebensstand uns hier keine sichere und freudige Bejahung zuführt, das wird genauer zu zeigen sein...①

郭沫若虽然"对于翻译素来是不赞成逐字逐句的直译",②但为了向胡适显示原文和英译本的巨大差异,具陈英译本的不牢靠,乃故意将所引的文字直译如下:

> 现在凡为提起这个"人生有甚么意义与价值"的问题的人,他对于下面的事理是不能疑惑的,就是此处不是在叙述一个已成的"有",是只在表示一个问题,一个对于我们是未曾解决,然而他的解决却是不容放弃的问题。现代的生活状态在此没有供给一个确切可喜的肯定的答案于我们,还是要更加详细地指明的;……③

成仿吾紧跟在郭文后发表《学者的态度——胡适之先生的"骂人"的批评》,亦采用同样的书写策略,列出德文原文,指摘胡适(一)以为第二句是启下的说法有误,因为正如德文,"英文的 this question"也"明明表示第一句第二句的关系很密切",是承上句的。此外,"In asking this question"是说明发疑问的原动力,并非叙述发疑问时的心理,不应译成"我们发这疑问时";(二)将"under no illusion"误译成"并不存在甚么妄想",应当译作"并不为幻想所驱使";(三)将"which we have but to unfold"译成"只须把它发挥出来就是了",是无中生有,根本不能吻合;

---

① 《创造》(季刊),第 1 卷第 3 期;郭沫若:《文艺论集》,第 247 页。
② 郭沫若:《答孙铭传君》,《郭沫若佚文集》上册,第 110 页。
③ 《创造》(季刊),第 1 卷第 3 期;郭沫若:《文艺论集》,第 247 页。

(四)将原文先后颠倒,重点错放在"这个问题现在还只是一个未曾解决的问题"。①

在上述部分的文字交锋中,创造社三人都能聚焦于欧伊肯一书的翻译,析词解句,指陈余家菊与胡适的"错"译,辨明问题之所在,给予胡适一顿对事不对人的"对"骂——正确的训骂。不过,真正让胡适穷于招架的,还是创造社对于"对"译——正确的翻译——一致的坚持和要求。

五 "对"译与"错"骂

余家菊的译文固然恶劣,但其最大的错误还在于草率的翻译态度,既罔顾欧伊肯不断修改、再版著作的做法,又对英译者吉布森(Lucy Judge Gibson 和 W. R. Boyce Gibson)的权威性深信不疑,未曾考核是否与德文原著有出入,就悉遵英译本来重译。郁达夫一开始即攻击余家菊此一弱点,成仿吾后来也响应声援,而郭沫若在和胡适的对骂中更是抓紧这"对"译——正确的翻译——的原则穷追猛打:

> 一切争论仅就英文的译文来你辩我驳,是没有止息的时候,因为是非不能定于一是。欲求是非定于一是,最好是把德文原文来作最好的证人。……
>
> 我们把英文和原文对读,我们最先所当感受的一个惊异,便是英文中所译成的五句,在原文中只是一句半,原文一句半所表示的意义,异常明了简核(按:赅),而英文支支离离地译成五句,颠转生出许多疑惑争辩出来,这可见翻译真是件难事,而译书是不可全靠的了。翻译的动机无论是为"糊口"起见,或者是为"介绍思想"起见,它的先决问题是要在了解原书以后,不能说是对于原书完全不了解,为糊口起见便可以随便译书,对于原书完全未了解便从事翻译,又何从把思想介绍得起呢?②

---

① 成仿吾:《学者的态度——胡适之先生的"骂人"的批评》,《创造》(季刊),第1卷第3期。

② 《创造》(季刊),第1卷第3期;郭沫若:《文艺论集》,第245页。

第五章 "错"译与"对"骂

这种坚持"原文'对'译"的要求和做法其实在之前和文学研究会关于翻译的论争中既曾提出,而郭沫若在十年后作《创造十年》忆述与胡适的论争时,仍然反对重译:

> 《人生之意义与价值》是德国哲学家威铿的著书,因此要使问题得到最后着落,就必须查看德文原本。……英译本所根据的是初版,在这儿却于不意之间得到一个重译之不必可靠的实证。便是著书本人已经废弃了的文字,在别一国的旧译里却珍重地保留着。……我们要驳倒胡大博士的《骂人》,自然又当去找寻威铿的初版。

并据此责斥余家菊"即是本无译书的能力,因投机而不负责任地乱翻","全书译不成名器",重申"原文和英译本都很有距离。……胡大博士的重译不用说和原文更隔了十万八千里了。胡大博士结果仍然是错了的"。①

值得注意的是,郭沫若、郁达夫和成仿吾之所以特别重视强调"原文'对'译",实则有其特殊的背景。三人留学东瀛,先读高等学校,复入大学。高校预科注重外语学习,医理学科更规定德语为首要外语,英语为副,拉丁文再次之。由于学习德文所占比重大,兼且教学多以文学作品为范本,故三人的德文根基深稳。郁达夫当时考外语考得最好的便是德文,程度更胜其日文;郭沫若和成仿吾亦能够随心地翻译德文书籍。德文既是三人的强项,而论争的焦点又是那源于德文本的译文,自然就会要求以德文本为根据,来讨论问题。职是之故,郁达夫在批评余译时,乃理直气壮地建议"译者何不先费一二年功夫,去学学德文";②成仿吾批评胡适时,也说"胡先生怎么不就德文的原文加以研究","何以吝啬几分钟的工夫,不把德文原本翻翻,却把本来就译得不好的英文去再把他颠倒错译呢?"③这在创造社诸人,既是翻译的准则,也是论辩的策略。

---

① 《郭沫若作品经典》,第5卷,第389页。
② 《创造》(季刊),第1卷第2期;《郁达夫文集》,第5卷,第103页。
③ 《创造》(季刊),第1卷第3期。

原著是德文,讨论问题自然要从德文本出发,这一点道理胡适不至于全无认知。只不过胡适虽长于英文,①德文却"不落肯",②所以自笔战伊始,便完全避开德文这一层不谈,只捡英文之歧义处下手,去反驳创造社人的责难。远离问题之关键,难免心虚,初作驳斥时又有病在身,急于回应的结果是仓促立论,急于争胜的结果是陷入对人不对事的"错"骂:

> 拿错误的译书来出版,和拿浅薄无聊的创作来出版,同是一种不自觉的误人子弟。又何必彼此拿"清水粪坑里的蛆虫"来比喻呢?况且现在我们也都是初出学堂门的学生,彼此之间又实在有限,有话好说,何必破口骂人?

所谓"浅薄无聊的创作",是对物而发,暗贬郁达夫那一炮而红的处女作《沉沦》。所谓"初出学堂门的学生",是对人而言,明侮当时毕业于东京帝国大学不久的郁达夫。郁达夫作《夕阳楼日记》,本旨在针砭中国滥译风气之盛,然而一举例开骂,便说"有几个人,跟了外国的新人物,跑来跑去的跑几次,把他们几个外国的粗浅的演说,糊糊涂涂的翻译翻译,便算是新思想家了",显然把矛头指向胡适,讽刺后者在1919年接待导师约翰·杜威(John Dewey,1859—1952)访华讲学、充当其翻译员一事。不仅如此,更比喻以"清水粪坑里的蛆虫……身体虽然肥胖得很,胸中却一点儿学问也没有",进行人身攻击。这使素来温文理智的胡适动了气,于是及物、及人左右开弓,也做起人身攻击的事来。

胡适的《骂人》不但是气恼郁达夫的错骂所致,亦是为余家菊出头

---

① 美国学者格里德(Jerome Grieder)考察胡适在美国求学的经验时,引用1914年 *Leslie's Illustrated Magazine*(莱斯利插画杂志)的报道,说胡适是当时康奈尔大学英语一等奖的唯一中国学生,英语胜于所有来自英语国度的学生。见 Jerome R. Grieder, *Hu Shih and the Chinese Renaissance: Liberalism in the Chinese Revolution, 1917-1937* (Cambridge, Massachusetts: Harvard University Press, 1970), pp.39-40。鲁奇译:《胡适与中国的文艺复兴:中国革命的自由主义(1917—1937)》,南京:江苏人民出版社,2005年,第32页。

② 郭沫若回忆初识之日,听胡适论及沈性仁翻译海涅的诗"Du bist ein[e]"(按:"Du bist wie eine Blume"),"才知道博士先生也懂得一些德文。但他的德文发音好像很有点'不落肯'"。见《创造十年》,第12卷,第133页;《郭沫若作品经典》,第5卷,第367页。

第五章 "错"译与"对"骂

而书。郁达夫作《夕阳楼日记》时尚在东京求学,未必晓得胡、余之间的师生关系。1920年,余家菊入北京高等师范学校念教育研究科,即是受业于胡适与来华的杜威。其在修学期间翻译欧伊肯的哲学著作,一方面是身为少年中国学会之一员,有志于推介外国思想以强国,另一方面也是受胡适影响与鼓励的缘故。胡适因倡导新文学运动而成为中国知识界的新星、众青年的学习对象,此番为自己的学生辩护,除了是出于私人感情、保育幼苗的心理,①也是为了重申一己在场域中的领导地位。

对于胡适的错骂,创造社三人轮流撰文反驳(前文已有讨论),笔者称之为"第一轮的创造攻略"。其间,胡适做了两次回应,两篇文章相隔半年,态度有明显不同。《浅薄无聊的创作》在前,回应郁达夫文,为息事宁人,乃着重辩解《骂人》中之所谓"浅薄无聊的创作","并不专指甚么人的创作",又称自己的文学作品只是"尝试","不敢自居于'创作'之列",处处谦让。《译书》在后,因为郭沫若、成仿吾的挑战而转强硬,斥诸人为"一班不通英文的人来和我讨论译书",做着"强不知以为知的评论",以此提醒读者英文乃是自己的强项,亮出留美博士头衔,正是运用了本身具有的强大文化资本来压制对手的做法。

胡适刻意标示一己在场域中的优越地位,击中创造社诸人穷困自卑的要害,但也立刻引发更强烈的"第二轮的创造攻略"。这次,创造社三巨头集中火力,在同一期的《创造》上发表文章批评胡适。依排版秩序,首先是郁达夫作于同年4月6日的小说《茑萝行》,借主人公"我"之口发了以下的怨言:

> 因为我在杂志上发表了一篇旧作的文字,淘了许多无聊的闲气,更有些忌刻我的恶劣分子,就想以此来作我的葬歌,纷纷的攻击我起来。②

---

① 胡适私下还曾帮助余家菊。如1931年,余家菊在北京师范大学任教时,有人密告教育部,欲使免其职,是时胡适任北京大学文学院长兼中国文学系主任,乃从中斡旋,保住其教授职位。

② 《创造》(季刊),第2卷第1期。

接着是成仿吾附在闻一多(1899—1946)《莪默·伽亚谟之绝句》一文后的编辑的信,用否定的语气控诉:

> (闻)一多说胡适之的希望精神尚在,我却不以为然。胡译不仅与原文相左,而且把莪默的一贯的情调,用"炸弹!炸弹!炸弹!干!干!干!"一派的口气,炸得粉碎了。①

最后是郭沫若的《讨论注释运动及其他》,直接予胡适以轰炸式的谩骂:

> 本来在这滥译横流的时代,要想出而唤起译书家的责任心,原是种干犯众怒的事情,决不是我们国内的高明人所肯担认,我们这些惯会"上当"的愚人有时到忍无可忍的时候,发出几句愤烈之谈,也势所不能避免。高明之家从而媒糵其短,谥之以"骂人"而严施教训,我们也知道这也是再经济不过的事;因为一方面可以向大众讨好,一方面更广告了自己的德操。你德行超迈高明过人的北京大学的胡大教授唷!你德行超迈高明过人的时事新报的张大主笔(按:张东荪,1886—1973)唷!你们素以改造社会为标的,像你们那样庇护滥译的言论,好是讨了,德操是诚然广告了,但是社会要到几时才能改造呢?……
>
> 个人最伤心的事体无过于良心的死灭,社会最伤心的现象无过于正义的沦亡。……你北京大学的胡大教授唷!你的英文诚然高明,可惜你自己做就了一面照出原形的镜子!你须知通英文一事不是你留美学生可以专卖的,在你的意思以为要像你留过美国的人才算是通英文么?你须知便是生长在美国的人也不能说是人人通英文呢:因为口头能说话和能读艰深的著作是两件事情。你要说别人不通英文不配和你讨论,你至少也要把别人如何不通之处写出,才配得上你通人的身份。假使你真个没闲工夫,那便少说些护短话!我劝你不要把你的名气来压人,不要把你北大教授的牌子来压人,不要把你留美学生的资格起

---

① 《创造》(季刊),第2卷第1期。

(按:当是"来"之误)压人,你须知这种如烟如云没多大斤两的东西是把人压不倒的;要想把人压倒只好请"真理"先生来,只好请"正义"先生来。①

虽然文章已流于对人不对事的意气错骂,但左一句"留过美国的人",右一句"北京大学的胡大教授",显示郭沫若念兹在兹的是胡适留美博士的资历、北大教授的身份,处处可见对彼此优劣的场域位置的顾虑。

六　场域意识与策略考量

"场域"(field)一词译自法文 *champ*,是 1970 年代法国社会学家布迪厄用来解释社会生活的轴心概念和方法。布迪厄将"场域"界义为"自具运作法则,有别于政治与经济运作法则的独立的社会空间",②并指出:

> 场(域)的原动力原则存在于其结构的形式之中,尤其是存在于彼此冲突的各种各样特殊力量之间的距离、差距和不对称性之中。……作为潜在的和活跃的力量的一个空间,场(域)还是那些保存或改变这些力量之构造的斗争的场。更主要的是,场(域)作为各种力量所处的地位之间的客观关系的一种结构,加强并引导了这些策略,这些地位的占据者通过这些策略个别地或集体地寻找保护或提高他们的地位,并企图把最优惠的等级体系化原则加强到他们自己的产品上去。行动者的策略取决于他们在场(域)中的地位,即在特殊资本的分布中的地位,取决于他们对场(域)的理解,而这种理解则取决于他们对场(域)所采取的观点,而且是立足于场(域)的内部的观点。③

---

① 《创造》(季刊),第 2 卷第 1 期。
② Pierre Bourdieu, *The Field of Cultural Production*, New York: Columbia University Press, 1993, p.162.
③ 布迪厄著、包亚明译:《文化资本与社会炼金术——布尔迪厄访谈录》,上海:上海人民出版社,1997 年,第 147 页。

将此一概念施诸文学,则见出作家的生存与文学场域的运作有着不可分割的关系。① 在布迪厄看来,文学场域绝不等同于传统理论中的社会背景或艺术环境,而是实实在在的权力场(field of power),场中权力、位置的竞争与分配,操控者与被操控者的强弱互动,不同策略的形成与使用,皆对参与者(作家)的活动与生产(作品)起着关键性的作用。参与者拥有不同的"资本"(capital),主要可分为三类:一类是"经济资本"(economic capital),如个人的财富、书店或出版社的支持等,以财产权的形式制度化,能立即、直接转换为金钱。一类是"文化资本"(cultural capital),如个人的修养谈吐、藏书、文凭、职称等,以教育资格的形式制度化。一类是"社会资本"(social capital),如身为某个团体成员所享有的声誉、良好的社会人际关系等,以高贵头衔的形式制度化。后二类又称为"象征资本"(symbolic capital),在一定的条件下也能转换成经济资本。② 参与者由于拥有不同、多寡的资本,在场域中也就占有不同的位置;拥有的资本越雄厚,所占据的位置也就越优越,在场中所发挥的影响力也越大。值得注意的是,不论是强者或弱者,都可以通过累积资本来巩固或提升其原有的场域位置,以发挥更大的影响力。拥有较少资本的作家未必永远处于劣势,只要有效地发挥个人的"习性"(habitus)如言谈方式、历经时日培养出来广为读者接受的写作风格,或具有系统性和说服力的言论主张等,亦有助于累积资本,加强一己在场域中的竞争力。

为了阐明其场域理论,布迪厄对19世纪法国现实主义小说家古斯道夫·福楼拜(Gustave Flaubert,1821—1880)的《情感教育》(*L'Éducation sentimentale*,1869年出版)进行了新的解读。③ 布迪厄认为这部以法国大革命为背景的小说其实有力地描述了当时巴黎文学场

---

① Peirre Boudieu, *The Field of Cultural Production*, pp.162-163. 有关布迪厄文学场域理论的阐析,见朱国华:《文学场的逻辑:布迪厄的文学观》,《文化研究》第4期,2003年。

② Peirre Boudieu, *The Field of Cultural Production*, p.164. 布迪厄对于资本的讨论,亦见《文化资本与社会炼金术——布尔迪厄访谈录》,第189—211页。

③ Gustave Flaubert, *L' Éducation sentimental—Histoire d' un Jeune Homme*, Paris: Garnier-Flammarion, 1969. 亦见福楼拜著,冯汉津、陈宗宝译:《情感教育——一个青年人的故事》,北京:人民文学出版社,1981年。Peirre Boudieu, *The Field of Cultural Production*, pp.145-211.

域的运作情况。作者笔下的社会空间具呈于一两极化模式中,一端是画商阿尔努(Arnoux),多与迍遭挣扎的艺术家相与过从,代表着艺术与政治的层面;另一端是银行家唐布罗士(Dambreuse),平日周旋于政、经界名人堆中,代表了金钱与生意的层面。以主人公弗雷德利克·莫罗(Fédéric Moreau)为首的六个年轻人,或具财富而缺姿容才学,或具姿容才学而缺财富,或两者兼具而匮乏成功上进之欲望和毅力,以不同的资本和习性出现于巴黎的上流社会,借助本身和阿尔努、唐布罗士所建立起来的关系(包括追求其妻或情妇),在"艺术"与"金钱"两极间的场域中摆荡浮沉。对布迪厄而言,这些人物所经历的"情感教育"即是一种尝试要协调两极关系的渐进式学习过程,反映的也正是福楼拜本人所处的文学场域的情况。

布迪厄之论文学,强调社会关系的排纳运作和资源的夺取分配,唤起了后来学者对人际网络操纵文本生产的关注。在中国现代文学的研究上,英国的荷籍学者贺麦晓(Michel Hockx)首先有系统地运用了场域理论来研究1920与1930年代中国文学团体及杂志的运作机制如何影响文学生产的问题;[1]而中国大陆学者王晓明采用同一视角跟进,深入探讨了《新青年》杂志和文学研究会的策略性结构,[2]两者皆具启发性。笔者通过布迪厄的场域视角来考察胡适和创造社人的论争,首先注意到的即是双方资本、地位悬殊的情况。

胡适在1917年回到中国时,年方二十六,在学术上拥有美国哥伦比亚大学博士学位,受聘为北京大学文学系教授,在文学上,又刚刚在《新青年》杂志上发表了划时代的《文学改良刍议》,敢为文学革命做先锋,暴得大名。进入1920年代,胡适作为新文化运动领袖的形象业已深入人心,老一辈学者如蔡元培(1868—1940)、梁启超(1873—1929)皆能欣赏其批判方法和敏锐的洞察力,同侪精英如陈独秀(三十八岁,1879—1942)、鲁迅(三十六岁,1881—1936)、周作人(三十二岁,

---

[1] Michel Hockx, *Questions of Style: Literary Societies and Literary Journals in Modern China 1911-1937*, Leiden & Boston: Brill, 2003.

[2] 王晓明:《一份杂志和一个"社团"——重评五四文学文学传统》,王晓明编:《二十世纪中国文学史》,上海:东方出版中心,2003年,上卷,第177—196页。

1885—1967)亦予推许拥戴,青年知识分子更为其身上仍散发着的某种外国的奇异魅力所深深吸引,"一提到他的大名都激动不已",迫不及待要一睹庐山真面目。① 胡适以此种种丰厚资本积累于一身,迅速崛起为中国文化界之领袖,执知识文学场域之牛耳,举凡言语行动,皆成焦点。

创造社诸人和胡适年龄相若,在 1922 年打笔战时,胡适甫而立,郭沫若、成仿吾和郁达夫依次为三十一、二十七和二十六岁。但就场域资本与位置而言,诸人却要远比胡适逊色许多。首先,他们是考获微薄官费、负笈邻国日本的穷学生,和胡适这远渡重洋、受业于名牌学府教授的归国学者无从相提并论。其次,诸人在回返中国后,并无正规职业,只能屈居于上海泰东书局编辑所,靠不固定的稿费和书局老板赵南公(生年不详,约卒于 1938 年)随意施舍的零用钱勉强糊口,这和胡适作为北大教授而备受礼遇也有天渊之别。再者,郭沫若和郁达夫虽在 1921 年分别以诗集《女神》和小说集《沉沦》崛起于文坛,赢得许多青年读者,但和业已成为文化巨星、举手投足皆成公众焦点的胡适相比较,仍然还有一大段距离。再者,创造社仅仅获得上海小资本书店泰东书局的出版支持,不及声誉弥隆的胡适有当时中国最大的出版机构商务印书馆的殷勤约聘。郭沫若在《创造十年》中回忆胡适当时的风光气派时说:

> 那时胡适大博士受了商务印书馆的聘,听说就是梦旦先生亲自到北京去敦请来的,正在计划着改组商务编译所的大计划。大博士进大书店,在当时的报纸上早就喧传过一时,我听说他的寓所就是我晚间爱去散步的那 Love Lane 的第一号,是商务印书馆特别替他租下的房子。他每天是乘着高头大马车由公馆跑到闸北去办公的,这样煊赫的红人,我们能够和他共席,是怎样的光荣呀!这光荣实在太大,就好像连自己都要成为红人一样。②

---

① Jerome Grieder, *Hu Shih and the Chinese Renaissance: Liberalism in the Chinese Revolution, 1917-1937*, p. 122. 鲁奇译:《胡适与中国的文艺复兴》,第 104—105 页。

② 《郭沫若作品经典》,第 5 卷,第 365—367 页。

第五章 "错"译与"对"骂

字里行间固然充满了讥讽的意味,但艳羡之情亦浮现纸面。正是这种身份悬殊和慕恨交杂的心理,使郭沫若编造出1921年获得商务印书馆负责人高梦旦设宴款待,列为贵宾,促成与胡适初会的光荣记忆。

值得注意的是,资本位置愈悬殊,场域意识就愈浓厚,争胜的欲望也愈强烈,这在强弱两方来说却是一样的。我们姑且先回顾胡适对1921年初晤郭沫若的记忆处理。《胡适日记》在"周颂南、郑心南约在一枝香吃饭,会见郭沫若君"之后写道:

> 沫若在日本九州学医,但他颇有文学的兴趣。他的新诗颇有才气,但思想不大清楚,工力也不好。

1919年9月,还在日本念书的郭沫若开始给上海《时事新报》的副刊《学灯》投稿,在主编宗白华的鼓励下,陆续发表了《死的诱惑》《凤凰涅槃》《晨安》《地球,我的母亲》等白话诗,直到1920年上半年《学灯》更换编辑,这"诗的创作爆发期"方告结束。郭沫若初叩诗坛大门,以狂放激情之笔开新风气;胡适必然也读过其作品,否则不会写下"他的新诗颇有才气"这样的评语。虽然如此,郭沫若毕竟尚未赢得大名,诗集《女神》在初会胡适前四天才刚刚付梓,而胡适却早在一年前即已出版中国第一部个人白话诗集《尝试集》,一直领导着新诗创作的潮流。这种高居场域领导位置的优越感影响着胡适,在记录对郭诗的印象时自然流露,使其以权威之口吻弹摘后起新秀之不足,下了"思想不大清楚,工力也不好"的恶评。至于两个月后接受郭沫若在"美丽川"菜馆的宴请时说了"从前要评《女神》,曾取《女神》读了五日"的话,恐怕是因为当晚"沫若劝酒甚殷勤",胡适"勉强破戒,喝酒不少,几乎醉了",一时的酒后戏言,不能当真。

正如前文所述,胡适的优越感在回应"第一轮创造攻略"时稍有收敛,但随后又释放出来,其场域意识之浓厚清楚可见。必须注意的是,创造社人再接再厉的"第二轮创造攻略"使胡适益发认识到,要保持自己的场域优势,除了更加强调此一优势,以挫此些新起作家的锐气外,别无他法。于是主动与郭沫若、郁达夫"修和",在去函中先辩解前此的举动并非攻击创造社成员,旋复笔锋一转,表述自己其实"最爱惜少年天才的人;对于新兴的少年同志,真如爱花的人望着鲜花怒放,心里只有欢欣,绝无丝毫'忌刻'之念",以郭沫若诸人之"新兴",来反衬自己的资深。两方在场域中身份地位的高低既是一目了然,后文便以前辈规劝后进的语气说话,贯彻到底:

> 后来你们和几位别人,说了许多文章,很有许多意气的话,但我始终不曾计较。因为有许多是"节外生枝"的话,徒伤感情与日力,没有甚么益处,我还是退避为妙。

所谓"意气的话""节外生枝",皆形容对方的幼稚浮躁;所谓"始终不曾计较",彰显一己的宽宏谦恕,孰是孰非,孰贵孰贱,清晰可判。又说:

> 至于就译书一事的本题而论,我还是要劝你们多存研究态度而少用意气。在英文方面,我费了几十年的苦功,至今只觉其难,不见其易。我很诚恳地希望你们宽恕我那句"不通英文"的话……希望你们万一能因这两句无礼的信的刺激而多读一点英文……

仍是撇开德文这一层不谈,专注于强调自己的强项英文,以"费了几十年的苦功"比照这几个未曾在西方念过书、仍须"多读一点英文"的留日学生,反复指陈后者之不足。又说:

> 你们做文学事业,也许有时要用得着考据的帮助。例如译 Omar 的诗,多用几种本子作考据,也许可以帮助本文的了解。

借力打力,用闻一多对郭沫若误译波斯诗人莪默·伽亚谟(Omar Khayyám,1048—1131)作品的批评来批评郭沫若,[①]指出后者反对重译,却又根据英译本来重译波斯文诗歌,其实和后生余家菊所犯的错误并无二致,是五十步笑百步。

郭沫若和郁达夫穷困潦倒,自卑亦自大,抗拒权威的心理原比一般人强烈,对于胡适以"高"压"低"来累积资本、巩固位置的做法,自然无法信服,亦不会缄默以对。趁对方来函修和,郭沫若乃"礼尚往来",复

---

① 闻一多:《莪默·伽亚谟之绝句》,《创造》(季刊),第2卷,第1期。

第五章 "错"译与"对"骂

信如下:

> 手札奉到了。所有种种释明和教训两都敬悉。先生如能感人以德,或则服人以理,我辈尚非豚鱼,断不至因小小笔墨官司致损及我们的新旧友谊。目下士气沦亡,公道凋丧,我辈极思有所振作,尚望明晰如先生者大胆尝试,以身作则,则济世之功不在提倡文学革命之下。最后我虔诚地默祷你的病恙痊愈。

此函并无谦让之意,反而是步步进逼。在回应胡适不想因为论争而伤害友谊此一说法上,郭沫若提出胡适必须先能"感人以德"和"服人以理"的条件。言下之意,即伤害友谊的并非郭沫若,而是胡适,因为后者既不能"感人以德",亦不能"服人以理"。接着又提出对方须"大胆尝试,以身作则"的条件,因为在"士气沦亡公道凋丧"的"目下","我辈"尚且"极思有所振作",而"明晰"的胡适在"提倡文学革命"之外,却再无其他"济世之功"。文字上说的是寄以厚望,文字外却是大表失望。信中的"如"和"尚"乃是关键词,见出郭沫若回应整场论争的位置和角度,挑战场域权威的姿态和方法明确了然,读者不可草草放过。

郁达夫亦在同一天复胡适信。其事先是否和郭沫若商量过对策,我们不得而知,然而信中措辞之相似,话语结构之雷同,却是显而易见的:

> 我们讨论翻译,能主持公道,不用意气,不放暗箭,是我们素所主张的事情,你这句话是我们最所敬服的。
>
> 至于"节外生枝",你我恐怕都不免有此毛病,我们既都是初出学堂门的学生,自然大家更要努力,自然大家更要多读一点英文。……
>
> 沫若的 Omar Khayyam 译诗,原是失于检点,他在答闻一多的评论里已经认错了,这是他虚己的态度,我们不得不表敬意的。
>
> 我的骂人作"粪蛆",亦是我一时的意气,说话说得太过火了。你若肯用诚意来归劝我,我尽可对世人谢罪的。
>
> 我们对你本来没有恶感,你若能诚恳的规劝我们,我们对你只有敬意,万无恶感发生的道理。

郁达夫反复强调"你若肯用诚意来归劝我""你若能诚恳的规劝我们"的话,和郭沫若那"先生如能……"式的表达同声同气,可见欠缺场域资本的创造社人对胡适所采取的是一致的应对策略:(一)先提出条件,暗示对方在论争中并不具备如此条件,在场域中并非真的高高在上,无所不能;(二)声明对方必须接受所提出的条件,创造社这一方才会作出相应的让步。换言之,目下并不承认对方在场域中是优异无比的。

七 结 语

从以上的讨论,可知胡适与郭沫若自初相识至挥笔相向,自鱼雁修和至登门造访,皆具强烈的场域意识,始终力争象征资本与领导位置,并未真正冰释前嫌。曾经编辑、注释《郭沫若全集》的学者黄淳浩在阐析胡郭的这段关系时,曾"盖棺定论"地说:

> 郭沫若、郁达夫的复信去后,胡适居然颇有气度,竟然放下架子,亲自到郭沫若的住地来看了他们一次,郭沫若、郁达夫和成仿吾,也曾去法租界杜美路胡适下榻处回拜,双方的一场笔墨之争也就算释然了。①

黄淳浩既不曾查究"三人二度回访乃是不可能的任务",亦没有权衡两造的场域考量,便想当然尔地下此定评,未免失之轻率。事实上,不管是"错"译"对"骂,抑或"对"译"错"骂,创造社人与胡适的论争始终是一场"场域争夺(笔)战",时时意识到形势地位的优劣,处处讲求策略的经营运用。场域斗争的经验填满了记忆库,使郭沫若在八年后(即1930年)作《文学革命的回顾》时,仍然不忘排挤对手,一笔抹杀胡适对新文学的贡献,否定其引以为豪的先驱地位:

> ……文学革命的荣冠差不多归了胡适一人顶戴。他提出了一些具体的方案,他依据自己的方案也"尝试"过一些文学样的作品。然而严正的说,他所提出的一些方案在后来的文学建设上大

---

① 黄淳浩:《创造社:别求新声于异邦》,北京:社会科学文献出版社,1995年,第60页。

第五章 "错"译与"对"骂

抵都不适用,而他所尝试的一些作品自始至终不外是"尝试"而已。譬如他说"有甚么话说甚么话",这根本是不懂文学的人的一种外行话。……"有甚么话说甚么话"的那样笨伯的文学,古往今来都不曾有,也不会有。又譬如他说的"不用典故",这也不免是逐鹿而不见山。……他的其余的方案我现在不能逐条的复核,因为我的脑中没有记忆,而他替我们所保存的"史料"——《胡适文存》——也不入我的书橱。

再隔两年撰写《创造十年》回忆论争时,更花了颇长的篇幅来批评胡适"浅薄无聊而不自觉",对后者仍然保持着个人"'女神'式的强劲与暴躁"。① 不过,在章节末尾所说的一段话,倒是值得我们深思回味:

> 我们的博士始终是一位稍稍有点常识的启蒙家,在五四运动的前后他这个启蒙家是起过相当的作用的,所以他当年骂起人来也很有使我们达夫先生想跳黄浦江的力量。但我想假如达夫现在肯来骂胡适,那或者怕会使我们的博士去跳瓦儿池罢。②

郭沫若之所以如此般臧否人物,是因为20世纪30年代的郁达夫已非吴下阿蒙,而是享誉中国的现代小说家与散文家,在文学实践上远远抛离专注于学术的胡适。十年前的胡适既然能挟盛名以问责郁达夫,十年后的郁达夫亦能挟盛名以问责胡适,这在洞烛场域利害关系的郭沫若眼中,是同样道理的事,自然毋庸赘言了。

---

① 袁庆丰为郁达夫作传,曾如此比较郭沫若和郁达夫对胡适的不同态度:"郭沫若对胡适的态度,一直保持着'女神'式的强劲与暴躁,……郁达夫之于胡适,那悲愤引发的'淡淡的春愁',却始终如雨露霜寒,挥之不去。"见袁庆丰:《欲将沉醉换悲凉:郁达夫传》,上海:上海文艺出版社,1998年,第261页。

② 《郭沫若作品经典》,第5卷,第395页。"瓦儿池",今通译为"华尔兹舞"。郭沫若自注:"德国的跳舞Waltz之音译也。"虽说音译,其实在字义上也和前文的"黄浦江"对仗,可见郭沫若在翻译上之严谨用心。

第六章　去性别叙述

——解读张爱玲《小团圆》的新视点

一　女性主义批评下的另类景象

张爱玲（1920—1995）在移居美国四十载的岁月里（即1955至1995年），花费了许多心力时间经营以个人生平为创作素材的长篇小说。先是1957至1964年间写下的三十万字两卷本英文小说：前卷题为 *The Fall of the Pagoda*（《雷峰塔》），叙述沈琵琶（Lute Shen）四岁以后的家庭生活，以其逃离父亲投奔母亲作结；后卷题为 *The Book of Change*（《易经》），续写琵琶入读香港大学至避战回沪的景况。无奈题材所限，这美国文坛的叩关之作乏人问津，付梓无门，张爱玲乃在1963年尝试翻译成中文，其后又转为中文读者而作，毅然撤换所有人物姓名，并增述女主人公返沪后的生活。书稿在1976年大致完成，但此后二十年间反复修撰，直至2009年（作者逝世十四年后）方由遗产信托人宋淇之子宋以朗交托出版社出版，是为《小团圆》。

《小团圆》打着"自传体小说"的旗号，面世后曾引发一股张爱玲热，催生出种种讨论。结集成书的就有刘锋杰主编的《小团圆的今世前生》、柯楠的《张爱玲的闺密》，乃至于陶方宣铺写痴男怨女爱恨情仇的《大团圆：张爱玲和那些痴情的女人们》。[①] 香港学者林幸谦长期致力于张爱玲研究，其《张爱玲"新作"〈小团圆〉的解读》一文继续采用

[①] 刘锋杰主编：《小团圆的今世前生》，合肥：安徽文艺出版社，2009年；柯楠：《张爱玲的闺密》，香港：哈耶出版社，2009年；陶方宣：《大团圆：张爱玲和那些痴情的女人们》，北京：世界知识出版社，2010年。

第六章　去性别叙述

女性主义视角,通过剖析《小团圆》中对于女性自身的爱欲追寻和母女堕胎的叙事铭写,指出"张爱玲很早就已经贴近她自身的身体与欲望,甚至已超越她所身处的时代意识",而这"令人'震动'的自传体小说,在两代女性现实生活中的情/欲主题上体现了女性的自信心与主体意识,为当代(女性)叙事文学开拓了新的里程碑"。① 林氏之说极具洞见,尽管在文中只是蜻蜓点水般提及埃莱娜·西苏(Hélène Cixious,1937—　),并未阐述其理论,②但所讨论者显然是建立在其"阴性书写"(écriture féminine)的概念上,借此说明《小团圆》的书写具有强烈的女性意识。

　　埃莱娜·西苏乃是法国女性主义三大巨头之一。她在 1975 年发表的经典之作《美杜莎的笑声》(Le rire de la Méduse)中,③呼吁女性通过两种方式来书写自己:一是返回自己曾被男性收缴而去的身体,一是取得女性说话的权利。西苏强调女性必须"写你自己,必须让人们听到你的身体",这是因为在男性主导、以钦羡阳具为中心的书写系统中,"几乎一切关于女性的东西还有待于妇女来写:关于她们的性特征……关于她们的性爱,她们身体中某一微小而又巨大区域的突然骚动。……关于某种内驱力的奇遇,关于旅行、跨越,关于突然的和逐渐的觉醒,关于对一个曾经是畏怯的既而将是坦白的领域的发现"。欲达成此一目的,唯有进行"阴性书写",让女性"的肉体在讲真话",让"她在表白自己的内心……她通过身体将自己的想法物质化了,她用自己的肉体来表达自己的思想",从而"实现妇女解除对其性特征和女性存在的抑制关系,从而使她得以接近其原本力量……还将归还她的能力与资格,她的欢乐、她的喉舌,以及她那一

---

　　① 林幸谦:《张爱玲新作〈小团圆〉的解读》,《中国现代文学研究丛刊》,2009 年第 4 期,第 174 页。

　　② 林幸谦在 2000 年出版的《张爱玲论述:女性主体与去势模拟书写》一书中对西苏的理论有较多的说明。见林幸谦:《张爱玲论述:女性主体与去势模拟书写》,台北:洪叶文化,2000 年,第 13,150,243,330 页。

　　③ Hélène Cixious, "Le rire de la Méduse," *L'Arc*, Vol. 61 (1975): 39-54; *Le rire de la Méduse: et autres ironies*, Paris: Galilée, 2010, pp. 37-68. 黄晓虹译:《美杜莎的笑声》,收入张京媛主编:《当代女性主义文学批评》,北京:北京大学出版社,1995 年再版,第 188—211 页。

直被封锁着的巨大的身体领域"。① 借用西苏的理论观点来阅读《小团圆》,笔者亦认同林幸谦对于九莉及其生母蕊秋、姑姑楚娣所做出的女性主义观察与解读,但与此同时又发现张爱玲在塑造盛家女仆韩妈方面,不仅没有给予女性言说身体的机会,反而处处消解其性别特质。如此判然不同的书写在女性主义批评的放大镜下展现出另一番景象,发放异彩,可惜论者未曾留意,更甭说深入的探讨。

二 审视韩妈之必要

张爱玲出身晚清名门,但幼时双亲离异,父亲张志沂秉遗少之风,耽于吹嫖,母亲黄逸梵受西学熏陶,离国出洋,皆无暇照料,以至女仆长时间陪伴其左右。职是之故,女仆不仅在张爱玲的成长岁月里扮演着重要的角色,在其自传式书写中亦往往起关键之作用。如脱稿于1993年的图文集《对照记》,在图二十五"我祖母带着子女合照"底下就提到"带我的老女佣是我祖母手里用进来的最得力的一个女仆",通过后者的口述来召唤关于家族的遥远记忆,建构对祖母李菊藕与父亲张志沂的想象。② 至于说部,女仆更是频频出入字里行间,在叙事结构上举足轻重。如《雷峰塔》虽以琵琶为主人公,却强调"老妈子们向来是她生活的中心,她最常看见的人就是她们。她记得的第一张脸是何干的"。③ 何干(Dry Ho)贯彻全书,事无大小系于一身,颇有喧宾夺主之势。

在《小团圆》中,女仆韩妈亦是吃重的角色。小说正文长三百零七页,按内容可分为四个部分:(一)第一、二两章(第18—74页,共五十六页)写女主人公九莉在香港大学就读及与同学过从的情况;(二)第三章(第75—152页,共七十七页)写九莉返沪后与父亲、继母同住,叙述在韩妈照料下的生活;(三)第四至第十章(第153—278页,共一百

---

① 黄晓虹译:《美杜莎的笑声》,第194,200—201,195页。原文见Hélène Cixious, *Le rire de la Méduse: et autres ironies*, p.45, 55, 47。
② 张爱玲:《对照记》,台北:皇冠,1994年,第49—50页。
③ 张爱玲著、赵丕慧译:《雷峰塔》,台北:皇冠,2010年,第27页。原文见Eileen Chang, *The Fall of the Pagoda*, Hong Kong: Hong Kong University Press, 2010, p.8。

第六章 去性别叙述

二十五页)写九莉与母亲、姑姑楚娣同住,交代其与邵之雍的爱恨契阔;(四)第十一、十二章(第 279—325 页,共 46 四十六页)写九莉离开邵之雍,和燕山发展一段情。就篇幅而言,第二部分仅亚于第三部分,韩妈的重要性不言自明。由早期《传奇》中诸篇可知,张爱玲刻画小说人物,擅长内外兼致,既"拿来"西方现代小说之技法,捕捉要渺幽微的心理意识,又师承中国古典说部如《金瓶梅花》《红楼梦》之工笔,雕琢缤纷迥异的形貌体态。可是下笔写起韩妈的形貌,偏偏惜墨如金,一反常态。试看第三章,九莉在中学快毕业前的一晚看见陪坐灯下的韩妈在打盹,便给她画了一张铅笔画像。张爱玲写道:"虽然银白头发稀了,露出光闪闪的秃顶来,五官都清秀,微阖着大眼睛。"[①]这是书中唯一着实描摹韩妈容貌之处,却不过二十来字,简单平实到令人难以相信是出自张爱玲之手。

然而更值得我们注意的是,所谓白头、稀发、秃顶、清秀的五官、大眼睛,如何也看不出具有社会普遍认知的女性气质,用来形容男性人物亦无不可。这种叙述与其说是女性的,不如说是无性别的,或去性别的(degender)更为恰当。再者,听听韩妈的说话声,也不具备女性气质。小说写其口操合肥话,可知是安徽人。作者特地借楚娣模仿韩妈的语调,说韩妈讲话是"拖长的'啊'字,卷入口腔上部,揿入咽喉深处粗厉的吼声,从半开的齿缝里迸出来"。[②] 如此笔墨,把区分男女差异的可能性减至最低,使人横竖听不出性别来。

按照朱蒂·巴特勒(Judith Butler, 1956—)在 1990 年出版的《性别麻烦》(*Gender Trouble*)一书中的说法,性别"是不断重复的表演。这重复既是重新诠释,同时也是重新经验已经在社会中确立了的一套意义;它是这些意义得以正当的世俗形式以及仪式化的形式。……表演的实践有着策略性的目的,亦即将性别维持在一个二元的架构里"。[③] 长久以来,人类社会引用文化规则习俗来生产和再生产

[①] 张爱玲:《小团圆》,香港:皇冠,2009 年,第 118 页。
[②] 同上书,第 79—81 页。
[③] 朱迪斯·巴特勒著,宋素凤译:《性别麻烦》,上海:上海三联书店,2009 年,第 184—185 页。原文见 Judith Butler, *Gender Trouble*, New York & London: Routledge, rpt. 2006, p.191。

性别,而以性征及阴柔气质去界定女性仍然是男性主导社会中广为遵循的价值原则和实践方式。张爱玲善写世俗男女,笔下女仆即多彰显"女性气质"。如《沉香屑 第一炉香》(1943年)提到葛薇龙姑母梁太太家里的那些"姨娘大姐们":"都是俏皮人物,糖醋排骨之流,一个个拖着木屐,在走廊上踢托踢托地串来串去",倒茶的大姐睇睇声音娇滴滴,长得"长脸儿,水蛇腰,虽然背后一样的垂着辫子,额前却梳了个虚笼笼的鬅头";睨儿也"穿着白夏布衫子,黑香云纱大脚裤……把那灵蛇似的辫子盘在头顶上,露出衣领外一段肉唧唧的粉颈。小小的个子,细细的腰,明显的曲线"。① 《金锁记》(1943年)中的姜家女佣小双具有女儿家心态,所以对自己那一身"青莲色旧绸夹袄","明油绿裤子","庄稼人似的"打扮颇有抱怨。② 《桂花蒸·阿小悲秋》(1944年)中的阿小则"是个都市女性……梳着辫子头,脑后的头发一小股一小股恨恨地扭在一起,扭绞得它完全看不见了为止,方才觉得清爽相了。额前照时新的样式做的高高的"。③ 在《郁金香》(1947年)中,遭少主人陈宝余言语调戏的金香"的确是非常的'红颜',前刘海与浓睫毛有侵入眼睛的趋势,欺侮得一双眼睛总是水汪汪的。圆脸,细腰身,然而同时又是胖胖的。穿着套花布的短衫长裤,淡蓝布上乱堆着绿心的小白素馨花"。④ 至于《半生缘》(1968年),顾曼璐留给母亲使唤的下人阿宝亦是引人注目的打扮,"脚趾甲全是鲜红的,涂着蔻丹","身上一件花布旗袍,头发上夹着粉红赛璐珞夹子",体现出前主子对她素有的"训练"。⑤

以上胪列者都花样年华,装扮自不免娇俏可人,然而我们浏览小说中较为年长的女仆,却也能立刻察觉到她们身上的女性特质。如《金锁记》中姜家的赵嬷嬷连睡觉时"髻上都还横绾着银簪"。⑥ 《桂花

---

① 张爱玲:《沉香屑 第一炉香》,《回顾展Ⅰ——张爱玲短篇小说集之一》,台北:皇冠文化,1991年,第262,300页。
② 张爱玲:《金锁记》,《回顾展Ⅰ——张爱玲短篇小说集之一》,第142页。
③ 张爱玲:《桂花蒸·阿小悲秋》,《回顾展Ⅰ——张爱玲短篇小说集之一》,第117页。
④ 张爱玲:《郁金香》,《重访边城》,台北:皇冠文化,2008年,第90页。
⑤ 张爱玲:《半生缘》,台北:皇冠文化,1991年,第35,38页。
⑥ 张爱玲:《金锁记》,《回顾展Ⅰ——张爱玲短篇小说集之一》,第143页。

第六章　去性别叙述

蒸·阿小悲秋》开端出现在丁阿小家对门的阿妈虽"是个黄脸婆,半大脚,头发却是剪了的。……耳边挂下细细一缕短发"。①《雷峰塔》中的何干即使再自抑,穿的也还是那"恋恋不忘孀居该守的分际","扎别丁的黑袄","宽袖松裤"。②就连《小团圆》中写初时照顾九林的余妈和日本人入租界后楚娣请来洗衣打扫的老秦妈,张爱玲都不忘突出她们缠小脚怕攀登的特点,③不至于像韩妈般消解了性别。经以上对照,张爱玲采用"去性别叙述"(degendered narration)来刻画韩妈,更显得别具用心,论者不宜草草放过。

三　被遗忘的性别意识

《小团圆》的第二部分亦是书中最长的一章,显示张爱玲想一口气将九莉和韩妈之间的事交代清楚,这与内容相似的《雷峰塔》刻意减速,全书各章详说细写主仆情感的做法截然不同。尽管如此,二著所贴上的"自传体小说"标签却容易使读者泥陷误区,将韩妈与何干简化为同一人物,当作现实生活中张家老女仆的真实写照。事实上,就去性别叙述的角度观之,便会发现韩妈的性别意识不彰,远不如何干。

先看《雷峰塔》第三章,写女仆秦干(Dry Chin)经常在沈琵琶、沈陵(Hill Shen)用膳时向这小姐弟俩灌输性别意识,何干则在旁附和。琵琶吃饭若快于弟弟,秦干立即训导:"男孩吃饭如吞虎,女孩吃饭如数谷。"④在女仆看来,男女不仅有别,还优劣立判。如弟弟不小心掉了筷子,秦干会说这是好兆头:"筷子落了地,四方买田地。"换成是琵琶,却说:"筷子落了土,挨揍又吃一嘴土。"⑤张爱玲在早期散文《私语》中即

---

①　张爱玲:《桂花蒸·阿小悲秋》,《回顾展 I——张爱玲短篇小说集之一》,第116—117页。
②　张爱玲著、赵丕慧译:《雷峰塔》,第67页。原文见 Eileen Chang, *The Fall of the Pagoda*, p. 43。
③　张爱玲:《小团圆》,第88,75页。
④　张爱玲著、赵丕慧译:《雷峰塔》,第42页。原文见 Eileen Chang, *The Fall of the Pagoda*, p. 19。
⑤　同上书,第43页。Ibid., p. 20。

曾记载类似的生活点滴,并如此表态:"领我弟弟的女佣唤做'张干',裹着小脚,伶俐要强,处处占先。领我的'阿干',因为带的是个女孩子,自觉心虚,凡事都让着她。……张干使我很早地想到男女平等的问题,我要锐意图强,务必要胜过我弟弟。"①《雷峰塔》中的琵琶受到性别歧视,亦不服气,立刻和秦干展开一场小辩论:

"不对,我会四方买田地。"琵琶说。

"女孩子不能买田地。"

"女孩和男孩一样强!"

"女孩是赔钱货,吃爹妈的穿爹妈的,没嫁妆甩都甩不掉。儿子就能给家里挣钱。"

"我也会给家里挣钱。"

"你是这儿的客人,不姓沈。你弟弟才姓沈。你姓碰,碰到哪家是哪家。"

"我姓沈我姓沈我姓沈!"

"唉哎嗳。"何干不满地哼了声。"别这么大嗓门。年轻小姐不作兴乱喊乱叫的。"②

男尊女卑、男贵女贱,这些根深蒂固的传统文化价值观印证了西蒙·波伏娃(Simone de Beauvoir, 1908—1986)在《第二性》(*Le Deuxième Sexe*)中所说的:"女人并不是生就的,而宁可说是逐渐形成的。在生理、心理或经济上,没有任何命运能决定人类女性在社会的表现形象。决定这种介于男性与阉人之间的、所谓具有女性气质的人的,是整个文明。"③后天的社会文化造就性别差异,配置不同特质,并代代相传,使以为自然,其实不然。在沈琵琶和秦干的对话中,何干一直保持沉默,但末了说了一句"年轻小姐不作兴乱喊乱叫的",足见其性别意识与秦

---

① 张爱玲:《私语》,见张爱玲:《流言》(台北:皇冠,1991年),第156页。

② 张爱玲著、赵丕慧译:《雷峰塔》,第43页。原文见 Eileen Chang, *The Fall of the Pagoda*, p. 21。

③ 西蒙·波伏娃著、陶铁注译:《第二性》,北京:中国书籍出版社,1998年,第2册,第309页。原文见 Simone de Beauvoir, *Le Deuxième Sexe* (Paris: Éditions Gallimard, 1949; rpt. 1976), Vol. II, p. 13。

第六章　去性别叙述

干并无二致。这一点在《雷峰塔》结尾处表现得最明白不过。何干离职归乡,琵琶在火车站与之道别时声称自己将来负笈英国归来,会工作挣钱,给后者汇款。在这骨节眼上,张爱玲毫无保留地写出何干那保守、充满性别歧视的想法:"何干一句话也不信。女孩子是不会挣钱的。珊瑚(笔者按:即 Coral,琵琶的姑姑)也去了外国,在写字楼做事又怎么样?"①

以上所见,并非女性看女性,而是女性透过传统男性的目光去凝视女性。这些情节或小插曲没有出现在《小团圆》中,不仅仅是基于篇幅上的考量,更是因为张爱玲在筛选素材塑造韩妈的人物形象时不欲彰显其性别意识,所以弃置不用。

事实上,即使书写的事件情节与其他文本中的相似,张爱玲也不改其掩抑韩妈的性别意识的做法。《小团圆》中有一段写韩妈向九莉讲述盛乃德年轻时的趣事,对照前文本《雷峰塔》,可见后文本刻意压抑消解性别意识的痕迹。先看《雷峰塔》第四章,女仆们闲聊家常,何干特地标举老太太逼儿子沈榆溪(琵琶父)穿女装一事,以说明主子治家严谨:

> "我们老太太管少爷管得可严了。"何干道。"都十五六了,还穿女孩子的粉红绣花鞋,镶滚好几道。少爷出去,还没到二门就靠着墙偷偷把脚上的鞋脱下来换一双。我在楼上看见。"她悄悄笑着说,仿佛怕老太太听见。双肩一高一低,模仿少爷遮掩胁下的包裹的姿势。"我不敢笑。正好在老太太屋里,看见他偷偷摸摸脱掉一只鞋,鬼鬼祟祟的张望。"
>
> 一听见姑爷,秦干就闭紧了嘴,两边嘴角现出深褶子。
>
> "怎么会把他打扮得像个女孩子?"葵花问道。
>
> "还不是为了让他像女孩一样听话文静,也免得他偷跑出去,学坏了。"她低声道,半眨了眨眼。②

---

① 张爱玲著、赵丕慧译:《雷峰塔》,第 341 页。原文见 Eileen Chang, *The Fall of the Pagoda*, p.286。

② 同上书,第 52 页。Ibid. p.29。

对于昔日老主人强制下的性别错置,何干记忆犹新,讲述时特别强调社会规范下的性别差异。其先指出"粉红绣花鞋,镶滚好几道"属于"女孩子",是确立界线。接着葵花提问,表示这般"打扮像个女孩子",是附和。末了何干再说"听话文静""像女孩一样",是重申既定的标准。对话始终不离社会性别配置的范畴,表现强烈的性别意识构成叙述的主要内容。张爱玲将同样的事件写入《小团圆》中,却有了不同的侧重点:

> "三小姐小时候穿男装,给二爷穿女装。十几岁了还穿花鞋,镶滚好几道,都是没人穿的了。二爷出去,夹着个小包,"韩妈歪着头,双肩一高一低,模仿乃德遮掩胁下的包裹的姿势,"一溜溜出去,还没到二门,在檐下偷偷的把脚上的鞋脱下来换一双,我们在楼上看见笑,"她悄悄笑着说,仿佛怕老太太听见。①

此处仍然忆述性别错置,但强调的并非性别差异,而是落伍过时的打扮——乃德所穿的花鞋"都是没人穿的了"。作者选择放弃《雷峰塔》中互为呼应的对话方式,为的是不再突出老女仆的性别意识,好让读者把目光集中在戏仿乃德的一举一动上。于是细腻曲折地形容——将鞋子藏在小包裹中,胁下"夹着","歪着头,双肩一高一低"遮遮掩掩,"一溜溜出去,还没到二门"就迫不及待地换鞋子——通过戏仿,使嘲笑的焦点远离《雷峰塔》中的性别差异,落在"乃德+韩妈"融合体那消融了性别、急躁鬼祟的滑稽模样上。换言之,张爱玲这回是更加尖酸刻薄,一石二鸟地讽刺了乃德与韩妈。

四 潜藏的意义:从人物到文类

如上所述,张爱玲书写韩妈之际,往往也是抽离西苏之所谓"阴性书写"的时刻。在笔者看来,其专为韩妈部署"去性别叙述",或掩抑性别意识,或消解性别差异,潜藏的意义有三。

---

① 张爱玲:《小团圆》,第120页。

第六章 去性别叙述

首先,是将韩妈锁定为纯粹政治性的人物。这使韩妈得以摆脱传统"非男即女/非女即男"二元性别结构的束缚,不像其他女仆般将生活重心摆放在男女性别的配置与价值问题上,而是以无性别的姿态穿梭于盛家众人物之间,更直接更集中地关注个人在家庭政治中的利益。

在《小团圆》中,韩妈服侍盛家三代,地位由盛而衰。第一代盛老爷好饮,五十来岁即因肝病逝世。其与元配育有一子,续弦(老太太)则生一男一女,即乃德与楚娣。自老太太执掌家事至四十九岁故去期间,韩妈深受器重,乃是家中最得力的女仆。迨盛家子女分家,各自为政,韩妈留下服侍乃德,则风光不再。乃德与瑞秋结婚,生一女一男,即九莉与九林,分由韩妈和秦妈照顾。较一般家庭来得复杂的是,乃德嗜抽鸦片逛窑子娶姨太太,瑞秋忿而陪同姑子楚娣留学欧洲,回国后夫妻关系仍无改善,终至迁出盛家并离婚。乃德另娶翠华后,韩妈只能在新旧雇主拉扯纠缠的夹缝中求存,无奈每况愈下。

在盛家,韩妈总是刻意压制女性的阴柔气质,不轻易流露真感情。三十岁时出来帮工后,就"不提做养媳妇的时候,也不提婆婆与丈夫,永远是她一个寡妇带着一儿一女过日子",唯一一次情绪失控是提及家乡的小孩时说了句"舍不得","眼圈红了",[1]除此总能坚忍自持。乃德自以为了解韩妈,曾告诉女儿"韩妈小时候是养媳妇,所以胆子小,出了点芝麻大的事就吓死了",因此和楚娣"从小喜欢取笑"她。[2]可是综观全章,却不见韩妈胆小怕事之处。韩妈并非没有主见,只是为人世故,不愿在主人面前表现出来罢了。如与李妈闲聊,讲到乃德在瑞秋迁出后所做的改变时,李妈只是感叹"二爷现在省得很",韩妈却一针见血道:"二爷现在知道省了,'败子回头金不换'哩!"[3]"败子"二字,概括了乃德曾经做过多少荒唐事,毅然在背后对主子做出了道德判断。在老太太过世而瑞秋又缺席的日子里,韩妈最懂得把握机会,显示自己在家中的重要性。每当乃德问起年常旧规,她例必回答"从前老

---

[1] 张爱玲:《小团圆》,第102页。
[2] 同上书,第101页。
[3] 同上书,第96页。

太太那时候……",①当着主人面召唤老主人,把曾经拥有过的光辉岁月召唤回来,重新建构其管治家务的合法性与权威性。不过,自从翠华入主盛家以后,形势起了变化,韩妈心知新主人不吃这一套,于是改变对策,"现在从来不说'从前老太太那时候',不然就像是怨言"。② 不仅如此,还总是催促九莉去陪伴翠华,或在九林不肯去见父亲时"发出不赞成的声音",联合翠华的陪房女佣合力拖他去。③ 即使后来翠华以九莉住校为理由辞掉了李妈,让韩妈带看九林,兼洗衣服,每月工资还扣减一半,"韩妈仍旧十分巴结,在饭桌前回话,总是从心深处叫声'太太!'感情磅礴的声气",又或"像只大狗蹲坐着仰望着翠华,眼神很紧张,因为耳朵有点聋,仿佛以为能靠眼睛来补救"。④ 为了赢取主子欢心,极力屈从讨好。如此一个"纯粹政治性"的人物,业已超出性别的二元范畴。

其二,使韩妈在性格上偏离何干,自成一独立的小说人物。

在《小团圆》中,由韩妈的"纯粹政治性"所表现出来的,是人情关系的"万转千回,全幻灭了之后也还有点什么东西在"。⑤ 这点"什么东西"即是张爱玲书写的关键命题——自私冷酷的人性。韩妈在日常生活中只考虑个人得失,罔顾九莉的信任与依赖,这和《雷峰塔》中的何干甚是殊异。二著都设置了女主人公遭后母陷害以至父亲毒打囚禁的情节。何干不时向琵琶伸出援手,如等候家中众人吃过饭后,即让琵琶独自到餐室去用膳;又大着胆子给她偷毯子御寒,甚至取来大衣和望远镜,透露门警换班吃饭的情况,有与琵琶"共谋"出逃计划之实。⑥《小团圆》中没有安排这些情节,但说九莉"乘病中防疏,一好了点就瞒着

---

① 张爱玲:《小团圆》,第 101 页。
② 同上书,第 113 页。
③ 同上书,第 114 页。
④ 同上书,第 113 页。
⑤ 在 1976 年 4 月 22 日致宋淇夫妇信中,张爱玲如此解释《小团圆》的创作意图:"这是一个热情故事,我想表达出爱情的万转千回,全幻灭了之后也还有点什么东西在。"见《〈小团圆〉前言》,张爱玲:《小团圆》,第 10 页。笔者为行文方便而断章取义。
⑥ 张爱玲著、赵丕慧译:《雷峰塔》,第 294—295,308—309 页;原文见 Eileen Chang, *The Fall of the Pagoda*, p. 246-247, 257-258。

第六章　去性别叙述

韩妈逃了出去"。在九莉受囚困的过程中,作者要读者专注看九莉如何觉悟——"自从她挨了打抱着韩妈哭,觉得她的冷酷,已经知道她自己不过是韩妈的事业,她爱她的事业"。① 同样面对严峻的家庭政治,何干的温情慈爱在韩妈身上付之阙如,韩妈有的只是自私和冷酷,就连告老还乡在静安寺电车站辞别九莉之际,亦不忘为自身利益做出最后的努力:

> 九莉顺便先到车站对街著名的老大房,把剩下的一块多钱买了两色核桃糖,两只油腻的小纸袋,笑着递了给她(韩妈)。她没说什么,也没有笑容,像手艺熟溜的魔术师一样,两个油透了的纸袋已经不见了,掖进了她那特别宽大的蓝布罩衫里面不知什么不碍事的地方。……韩妈辞别后问了声:"大姐,你学堂那只箱子给我吧?"九莉略怔了怔,忙应了一声。是学校制定的装零食的小铅皮箱,上面墨笔大书各人名字,毕业后带了回来,想必她看在眼里,与她送来的那只首饰箱一并藏过一边,没给翠华拿去分给人。②

《雷峰塔》第二十四章亦写何干离开沈家前在火车站与琵琶道别。何干一见琵琶到来,说话声也颤抖起来。两人闲聊了一阵子,琵琶问起何干家乡的情况,何干则再三叮嘱琵琶好好照顾自己。临上车,何干"开始哭泣,用手背擦眼泪",上车后,则轮到琵琶泪落涟涟。读者看到的是一幅主仆依依不舍,温情洋溢的画面。反观《小团圆》,主仆分离的场面冷漠无情,且收句下得尤其狠,令人心寒到极点:

> 九莉这两天刚戴上眼镜,很不惯……。韩妈似乎也对她有点感到陌生,眼见得又是一个楚娣了,她自己再也休想做陪房跟过去过好日子了。九莉自己知道亏负她,骗了她这些年。在电车月台上望着她上电车,两人都知道是永别了。一滴眼泪都没有。③

有论者探讨张爱玲笔下的女仆,以为"那些底层阿妈们的话与事,那些

---

① 张爱玲:《小团圆》,第131,130页。
② 同上书,第146页。
③ 同上书,第146页。

丝丝不断的温情,在感动了我们的同时,恐怕是首先感动了她",而张爱玲"用浓墨重彩去写韩妈这类仆人",为的"应当是感恩,献上一份遥远的怀念"。① 此说有待商榷。首先,张爱玲笔下的女仆是否多具温情,笔者不敢妄加臆断,但由上述引文可以肯定,连"一滴眼泪都没有"的韩妈不在此列。再者,如果"浓墨重彩"指的是工笔描绘,则论点无法成立,因为本文已指出张爱玲刻画韩妈过于简单平实的异常现象。当然,最大的问题还出在小说家为了感恩而书写韩妈的看法上。关于这一点,以上由去性别叙述至政治性人物的讨论提供了反证,而《小团圆》与《雷峰塔》不同的创作时间亦可资驳论。张爱玲起笔写《雷峰塔》于 1957 年。时移居美国不过两年,但写作事业滞阻,新婚夫婿费德南·赖雅(Ferdinand Reyher, 1891—1967)中风瘫痪,四年前父亲病逝于上海,这一年连母亲也在英国辞世。离散在外,诸事不顺,唯独回首前尘往事能慰藉心灵,故《雷峰塔》以鲜奇的儿童视角(child point-of-view)开篇,塑造何干时充满了温馨的记忆与想象。迨 70 年代中期以后修撰《小团圆》,唯一的生活伙伴赖雅也亡故已久,习惯离群索居的张爱玲冷静反复地观照前半生,多有改观,再驱笔书写时,犹如九莉戴上眼镜,眼前清晰起来的老女仆不复为当年心中温情慈蔼的何干,而是自私冷酷的韩妈,因此刻意省略了阴性书写,处处消解其性别,务必写出性格不同的人物来。其三,通过塑造韩妈这独特的人物来强化小说文本的表演性,挑战读者对"自传体小说"这一文类的误解。

  大致而言,自传体小说是以作家生平为创作基础,由此发挥想象建构出来的故事。② 由于具有在真实性与虚构性之间摆荡的特点,乃容易使读者误以叙事为本事。最早将《小团团》称作"自传体小说"的是宋淇。其在 1976 年 4 月 28 日致张爱玲信中对《小团团》书稿提意见:"这是一本 thinly veiled(笔者按:几乎不经掩饰),甚至是 patent(明显

---

① 刘璐:《一缕温情:阿妈她们的话和事》,见刘锋杰主编:《小团圆的今世前生》,第 146 页。
② 关于"自传体小说"定义的讨论,见尚晓进:《跨越真实与虚构的边界:论后现代自传体小说》,《外国文学研究》,2004 年第 6 期,第 61—63 页。

第六章　去性别叙述

的)的自传体小说"。① 因为有这文本第一读者的评语作依据,再加上小说读者喜将潜藏于文字底下的动机或元素和作者的生平事迹拼对的普遍心理,②评论界乃不乏稽考本事者,甚至还处处比附,对号入座,断定"女主角盛九莉即作者张爱玲的自我指涉,邵之雍、燕山、汝狄作为九莉的恋人或丈夫出现,影射的分别是胡兰成、桑弧、赖雅,蕊秋、楚娣、二叔、云志、翠华分别是张爱玲母亲、姑姑、父亲、舅舅、继母的化名,比比的原型是张爱玲在港大的同学炎樱,汤孤鹜、文姬、荀华则是张爱玲发表作品的杂志编辑周瘦鹃、苏青、柯灵的再现,荒木、向璟、虞克潜则是以胡兰成接触较多的池田、邵洵美、沈启无为原型的,绯雯、瑶凤、秀男、小康、辛巧玉等均以胡兰成的前妻、侄女、同居者为原型"。③ 对于这类"叙事即本事"的论述,学者已提出了质疑。④

事实上,宋淇在信中亦曾提醒作者:"中外读者都是一律非常 nosy(好管闲事)的人,喜欢将小说与事实混为一谈,尤其中国读者绝不理会什么是 fiction(小说),什么是自传那一套"。⑤ 张爱玲聪慧过人,自然明白接受者容易忽略"自传小说……也是张爱玲写作表演性的一部分"的道理。⑥ 其晚年倾注心力修撰《小团圆》,以至数易书稿,并非为了使叙述更加贴近历史现实,而是旨在加强这部"自传体小说"的表演性,因为唯有加强表演性,作者才不受历史事实与文类规则的拘束钳

---

① 张爱玲:《小团圆》,第 11 页。
② Janet Ng, *The Experience of Modernity: Chinese Autobiography of the Early Twentieth Century*, Ann Arbor: The University of Michigan Press, 2003, p.10.
③ 朱旭晨、郭小英:《隐忍的阙失与痛快的宣泄——〈对照记〉与〈小团圆〉的互文性》,《中国文学研究》,2010 年第 1 期,第 109—110 页。
④ 如止庵(原名王进文)即指出"《小团圆》中与原型对不上号的地方,譬如胡兰成去武汉是 1944 年 11 月,《小团圆》写'之雍夏天到华中去,第二年十月那次回来',提早了一年;又如电影《不了情》桑弧只是导演,《小团圆》里燕山则'自编自导自演'《露水姻缘》"。见止庵:《浮生只合小团圆》,《文汇报》,2009 年 3 月 23 日。陈晖也呼吁:"我们在引证《小团圆》分析张爱玲创作或创作心理时仍需特别的谨慎,《小团圆》首先是小说,是完全可能经过虚构和加工的文学作品,未必可以直接作为史料或书证应用于'索隐'和'考据'。"见陈晖:《证与非证:张爱玲遗稿〈小团圆〉价值辨析》,《中国现代文学研究丛刊》,2009 年第 5 期,第 173 页。
⑤ 张爱玲:《小团圆》,第 11 页。
⑥ 王德威语,见《没有了华丽苍凉　那是晚年张爱玲的"祛魅"》,《东方日报》,2010 年 6 月 11 日。

制,可以根据自己的审美意愿去书写和想象。是故,在去性别叙述当中塑造出来的韩妈无可避免地与《雷峰塔》中的何干相去甚远,这不仅推翻作者先前对同类人物的理解,更跨越了真实与虚构的边界,为自传体小说这文类的定义增添了伸缩性与复杂性。

  诚如文首所言,林幸谦的论述确实引领我们深入《小团圆》主要人物的情欲中心,揭示了张爱玲后期小说鲜明的女性主义特点。然而不容忽视的是,即使进行女性主义书写,张爱玲也仍然是复杂多变的。她在实践西苏的理论回返女性身体的同时亦勇于尝试其他实验性的文字表演,如驱使韩妈在"阴性书写"下的一众女性人物中脱颖而出。从去性别叙述的角度解读《小团圆》,这种自外于女性主义话语的叙述张力一览无遗,可为张爱玲的晚期风格作注脚。

第七章 空间反抗

—— 中国改革开放以来的苦旅小说

一 绪 言

　　文学不等同于政治,亦无替意识形态解释说项的必要。然而就中国文学而言,自先秦诗三百之赋比兴颂、合弦外交,楚骚之香草美人、怨去君侧,汉大赋之体国经野、辩论迁都,历代文士属文明志,虽亦有退隐林壑湖海,逍遥自适而超然于物外者,但更多时候却是以天下自任,不论高居庙堂,抑或屈处民间,毅然摆出介入社会、指点江山的姿态。晚清以后,社会的发展与转型又往往是政治风云动荡的结果,其左右现实人生,使汲源抽思于生活的作家无从漠视,难言超脱。1919年,反对丧权辱国的五四运动催生了白话新文学,从砍头志士的血馒头与花坟头,到悠长寂寞、篱墙颓圮、不遇丁香姑娘的雨巷,到充斥着怪现状、可怜复可悲的知识分子围城,三个十年当中源源涌出笔端的即是感时忧国的书写传统。① 1949,新中国建立,文学生产在无产阶级意识形态大旗的高举飘扬下匍匐前进,现实与革命互为训释数十年,造就不少红色经典。1976 年,"文革"告终,于是伤痕文学、反思文学应运

---

① 李欧梵认为这种"感时忧国"的主题包含了三种主要变化:(1)从道德的角度把中国看作一个精神上患病的民族,这一看法造成了传统与现代之间尖锐的两极对立,现代性意味着对传统的反抗和叛逆;(2)中国现代文学中这种反传统的立场,与其说是来自精神上或艺术上的考虑(像西方现代派文学那样),还不如说是出自对中国社会与政治状况的思考,现代文学成为表达社会不满的一种载体;(3)现代文学虽然反映出一种对社会与政治产生的极其强烈的痛苦感受,但是它那种批判观念具有相当浓厚的主观性。现实是通过作家个人的认识角度而被感知的,同时流露出一种对自我的深切关注。见李欧梵:《现代性的追求》,北京:生活·读书·新知三联书店,2000 年,第 177—178 页。

而生,满纸控诉时代的创伤,唱叹个人与共同体命运的不堪。文学与"中国之命运"的关涉互动于兹一目了然。

至于晚近三十年间,中国文学的发展依然不离政治社会的影响。总设计师邓小平(1904—1997)在1978年掀开中国改革开放新时期的序幕,继而1992年又南巡深圳、珠海特区等地,肯定路线时局,加速中国的市场经济发展和全球化趋势。中国大陆因此经历翻天覆地的变化。过去主导的意识形态解体,社会的实际运作改而依凭于物质力量。这一方面造就了脱贫离穷、日益富庶的盛世,但另一方面也助长了物欲的飞扬跋扈,忙/盲于消/浪费的风潮盛行,导致普遍的精神荒芜、扭曲的社会心理。在如此精神现状中所产生的中国文学,自然不乏迎合浅薄、了无余韵的流行作业,但执著承继感时忧国之"写统"的亦不在少,其中深度反思社会,严肃叩问生命,致力于建构"精神中国"的文字积累,又以小说的佳作迭出、震荡灵魂最给人留下深刻的印象。

王德威曾以新的主从关系词"小说中国"来论述中国现当代小说,认为"小说的天地兼容并蓄,众声喧哗。比起历史政治论述中的中国,小说所反映的中国或许更真切实在些",且其"虚构模式"往往是"想象、叙述中国的开端",因此举凡"国魂的召唤、国体的凝聚、国格的塑造,乃至国史的编纂",皆有交代;"国家、神话与史话"的互动,无不启始。① 综观80年代,小说家或纵身寻根热潮,如韩少功(1953—)、阿城(1949—)、贾平凹(1952—),或热衷于先锋试验,如马原(1953—)、孙甘露(1959—)、格非(1964—),或重新发扬现代主义,如刘索拉(1955—)、陈村(1954—)、残雪(1953—),无不努力挣脱过去僵化的书写语境,开掘新的中国想象。② 自90年代以降,则如陈晓明的观察,旨在瓦解改革开放以前革命历史的宏大叙述,而其过程之复杂主要表现在五方面:其一,从贾平凹的《废都》到陈忠实(1942—)的《白鹿原》,皆摈弃往昔的阶级斗争想象,而致力于沟通

---

① 王德威:《小说中国:晚清到当代的中文小说》,台北:麦田出版社,1999年,第3—54页。

② 关于20世纪80年代中国小说的发展概况,见孟繁华、程光炜:《中国当代文学发展史》(修订版),北京:北京大学出版社,2011年,第277—289,293—326页。

传统文化。其二，呼应"回到普通人"的新写实主义书写，以王安忆(1954—)的《长恨歌》为代表，一字一句沪上怀旧、一砖一瓦弄堂风光，家长里短地重建中国日常生活的生存根基。其三，再塑乡土中国精神，如刘震云(1958—)通过《一句顶一万句》回到农村的质朴中去，重新发现农民的孤独感和说话的欲望。其四，在与同代人的互相审视中展开自我经验，如张炜(1956—)在《忆阿雅》中反思性地凝视、穿越历史和现实的各个场景，仰赖人文地理学和自然的生存方式，叩问当代精神的走向。其五，正视20世纪国人灵魂中无法完成的赎罪，如阎连科(1958—)《四书》之横空出世，探讨50年代反右之后到三年自然灾害期间知识分子深沉的罪与罚。①

毋庸置疑，这些小说想象生活，介入社会，各有挖掘探索，均属精彩之作，足以代表改革开放以降小说叙事的关键指向。然而笔者以为尚有一些作品，或基于种种理由而未能跻身主流话语之列，但其实另辟蹊径，亦为求索"精神中国"而殚精竭虑，②其深具意义与作用，实不容草草放过。有鉴于此，本文乃专注讨论张承志(1948—)的《心灵史》、张炜的《无边的游荡》、高建群(1953—)的《古道天机》，以及北村(1965—)的《愤怒》，尝试说明这四部在1989至2009这二十年间先后完成的长篇，虽然题材不一，但在内容和结构上却具有共同点，专意书写自外于盛世的艰苦跋涉，颂扬择善固执的砥砺风节。笔者将这类作品称为"苦旅小说"，认为它们通过"空间反抗"的概念方式呈现一种悲怆人文的境界，勾勒出"精神中国"极为重要感人的一面。

二 《心灵史》：用性命反扑，在苦难中崇高

对于1978年改革开放，商品进入国民大众的视野，中国向世界展

---

① 陈晓明：《去历史化的大叙事——20世纪90年代以来"精神中国"的文学建构》，《文艺研究》，2012年第2期，第15—25页。
② "精神中国"此一概念，乃笔者在2010年10月香港城市大学召开的国际学术会议上所提出，有其特定的内涵意义，见本书第十二章。

示奋起直追资本、资本直追利润的物质新章,鲁籍回民作家张承志并不引以为豪,而是选择背道而驰,在1989年9月动笔创作《心灵史》,投入精神重塑的工程。

《心灵史》于1990年3月完稿,翌年由花城出版社付梓,较回族女作家霍达(1945—)书写三代家族兴衰与爱情悲剧的《穆斯林的葬礼》迟了两年,①但题材与焦点却截然不同,震动了中国文坛。小说讲述伊斯兰教哲合忍耶(Jahriyya,阿拉伯语,高声赞颂之意)派传入中国,自清朝乾隆至同治年间多次对抗朝廷,遭受血腥镇压,前后多达五十五万教众牺牲性命的过程。尤其是七代宗教领袖的事迹,包括创始人马明心率先殉教于兰州,第三代教主马达天殁于流放东北途中,第五代教主马化龙及一家三百余口败降诛戮,第六代教主马进城年幼阉割发配,长而卒于河南,第七代教主马元章与追随者在固原大地震中罹难,乃是按照教内秘密抄本的体例,分七"门"娓娓道来。在此之前,欲了解哲合忍耶的历史与世界是颇为艰难的,原因有二。首先,哲合忍耶历代宗师的生平言行依靠神秘性质、非汉语的文献与口述内传,长久不为外人所知。再者,《钦定兰州纪略》等官方文献虽亦有记载,但总是从清廷的正统立场出发,对这少数民族"他者"语多偏颇曲解。作为阿拉伯国家伊斯兰教派之一,哲合忍耶最初盛行于也门王国一带。公元18世纪中叶传入中土,虽然长期遭受暴力打压,但仍然坚毅地在新疆、云南各地传承下去,拥有五六十万信众,与虎夫耶、尕德忍耶、库布忍耶合称中国伊斯兰教四大门宦,成为中国八百万回民的精神核心。《心灵史》这部当代小说弥补了许多空白,直如台湾学者张中夏所言,"跨越了这个过去门宦内、外都难以尝试突破的鸿沟","借由对苏菲派哲合忍耶门宦的历史描述,及其与该派当代宗教信仰、我群认同之间所呈现的紧密关系,透过文学性的记述笔法,把这块在西北伊斯兰教文化境遇中几乎被历史遗忘的人群,赋予更为生动鲜活的'历史反思'与'认同再现'"。②

---

① 霍达:《穆斯林的葬礼》,北京:北京出版社、北京十月文艺出版社,2011年。
② 张中夏:《历史民族志、宗教认同与文学意境的汇通——张承志〈心灵史〉中关于"哲合忍耶门宦"历史论述得解析》,《青海民族研究》,第22卷,第1期,2011年1月,第7,2页。

第七章　空间反抗

当然,一切的叙述都是选择性的想象,撰写"纯历史"终究是不可能的任务。英国哲学家怀特海(Alfred North Whitehead,1861—1947)即曾指出,"历史学家在讲述过去时,要依赖自己的判断来判别诸如什么构成了人类生活中的价值这类问题",因此在交代历史事件来龙去脉的同时也反映了该时代的种种普遍观念,使其叙述变成了"双重的故事"。① 笔者无意判断亦无力核证《心灵史》是否准确无误地描绘了哲合忍耶二百多年来的历史图像,尽管张承志早年从事历史考古,确曾在数年间踏遍北中国腹地黄土高原,进行过实地调查研究。从文学的角度出发,笔者以为在解读这部"潜历史"时不应将其意义与价值完全局限在代表/替少数民族宗教信仰言说的单一层面,②而忽视其重写历史记忆其实是在进行一种"空间反抗",旨在通过多次跋涉的苦旅对淹没在物欲狂潮之下的泱泱中国发出肺腑深处的呐喊。

《心灵史》开篇,即以叙述者"我"引领读者进入非一般的空间:

> 从西安城北上,或者从套河、长城、蒙古南缘的沙漠这一系列天然边界西行,远离中亚新疆浪漫主义风土而首先映入人的视野的世界——是一片茫茫无尽的,贫瘠的黄土高原。

叙述者"我"接着论断"这种肃杀的风景是不能理解的,这种残忍的苦旱灾变是不能理解的,这种滚滚几千里毫无一星绿意只是干枯黄色的视觉是不能理解的,这种活不下去又走不出去的绝境是不能理解的",以四个"不理解"排比而下,显然是针对不谙大西北黄土高原的人(包括读者),提醒他们所进入的是个自外于盛世的全新地域。这个全新地域不仅严重缺乏物资,迎送生涯者"糠菜半年饥饿半天旱了便毫无办法",而且"统治中国的孔孟之道,在这里最薄弱",乃至于"消灭了中国式的端庄理性思维"。既然不能用汉人一贯的方式来存活,唯有另

---

① A. N. 怀特海:《观念的冒险》,周邦宪译,北京:人民出版社,2011年,第4—5页。
② 张承志在小说的《代前言》中亦有说明:"不应该认为我描写的只是宗教。我一直描写的都只是你们一直追求的理想。是的,就是理想、希望、追求——这些被世界冷落而被我们热爱的东西。……我借大西北一抹黄色,我靠着大西北一块黄土。我讲述着一种回族和各种异族的故事。但是,人们,我更关心你们,我渴望与你们一块寻找人道。"见张承志:《心灵史》,长沙:湖南文艺出版社,1999年,第9页。

觅出路,于是哲合忍耶传播开来,"在这种人世的绝境营造了精神的净土"。小说于兹定调,呼吁读者不复使用一贯的思维和眼光来看待这块自外于盛世的"圣域"。

为了说明这全新空间在精神重塑上的重要性,"我"在讲述七代宗师生平时一再提及自己如何频频往复于首都北京和雄浑苍凉的大西北之间。例如1985年春在接到宁夏西海固山里农民的来信通知后赶赴兰州,与数万名来自全国各地的哲合忍耶人同为归真二百〇四年的导师开哀悼会;1988年在宁夏川的一座清真寺住定,过着真正哲合忍耶的生活;在五年里从甘肃到宁夏,流浪般奔走于黄土荒漠之间;1989年参与访查拱北,在马莲渠畔目睹了惨遭杀害的哲合忍耶教众的白骨堆。"我"还指出:

> 当我四次从西海固、八次从大西北的旅途归来,当我擦掉额上的汗碱,宁静下来突然意识到自己正在沉思时,我觉得一种把握临近了我。我暗自察觉自己已经触着了大西北的心。

如此流动的生命状态,一来吻合张承志在"代前言"中之所言:"我放浪于广袤的北方。后来我放弃了职位薪俸,在以西海固荒山为中心的北方放浪。我一遍遍地让西北粗粝的旱风抚摩我的肌肤",行旅的艰辛不言而喻;二来启动了必要的叙述机制,使北京和大西北的地位在文本中得以颠倒互调。北京是政治首都,"我"却经常离开首都远赴边域,且没有屈服于大西北的肃杀荒凉,反而是全神投入,视之为中心,成了名副其实"从繁华向它倾倒的流浪汉"。即使回到北京,也仍然牵挂"在宁夏川、西海固、在陇东和陇南,在新疆和云南贵州,在大西北和星星点点散布半个中国的浩然大陆上,哲合忍耶就像一个巨大无形的打依尔(围坐成圈子做功修课)",听见那如痴如醉的即克尔(回民高声赞颂的念辞)"变得清晰了⋯⋯愈来愈强"。出于对这心灵声音的认同与向往,甚至以"久居信仰的边疆——北京城里的我"自居,宣称"我偏僻地远在北京"。

随着大西北从边缘变成中心,叙述者亦逐渐从外人变成这新空间的核心分子。"我"自言"首先用五年的时间,使自己变成了一个和西

第七章 空间反抗

海固贫农在宗教上毫无两样的多斯达尼(信众)"。其后,在多次大西北的苦旅中深受回民对烈士们的怀念之情的震撼,以致"我默默地立下誓言,彻底地站进了这支人道和天理的队伍当中"。在此,我们看到张承志笔下的主人公已非早期小说如《黑骏马》中那踽踽独行于草原牧场的骑手,①而是融入回族生活文化的一分子。值得注意的是,这回民的一分子尽管自外于繁华盛世,却不曾自外于中国。正如小说家本人,虽然是原籍山东济南的穆斯林,新时期首位公开宣布皈依伊斯兰教的作家,但在创作《心灵史》时,其占据主导地位的回教认同"仍然和中国认同并存"。② 小说正是在这种汉回共存的认同下,时时观照中国,处处思考中国。如借马明心之口否定乾隆盛世,指出"经济不等于时代。经济统计数字的表象,使学者变成病人,使书籍传播肤浅,使艺术丧失灵魂;经济使男人失去了血性,使女人失去了魅力",批评浩浩荡荡、无可阻挡的物质时代,强调抗衡的方法在于"以人的心灵自由为惟一判别准则、审视历史的标准","只忠心于心灵获得的感受","只肯定人民、人道、人心的盛世"。③

《心灵史》中所追求的是坚守自由纯净的心灵,其凌驾于一切之上,使毫不畏惧现实生活的种种阻碍与苦难,敢于奋力反抗于其中,乃至于以性命反扑亦在所不惜。小说指出,"缺乏宗教式的素质情感的人,他们的世界只是失去圣洁的物的堆积而已";在"没有哲合忍耶式的体验"者的眼中,穷乡僻壤的"大西北就是一片丑恶难看的弃土"罢了。但"哲合忍耶是中国劳苦底层——这片茫茫无情世界里的真正激情","深邃的哲学进入了泥屋窑洞,心灵获得的平衡,使风景柔和了,使痛苦轻缓了。饥饿的穷人一天天在精神上富有起来"。在哲合忍耶回民的天地里,"信仰是唯一的出路","穷人的心有掩护了,底层民众

---

① 张承志:《黑骏马》,香港:明报月刊出版社、新加坡青年书局,2010年。
② 龚刚在讨论《心灵史》时曾指出"张承志在与民族、国家相关层面上的身份认同,至少包含三方面内容:少数民族认同(回族)、文化—疆域认同(中国)、民族国家认同(中华民族—中华人民共和国)。在《心灵史》阶段,回族认同在张承志的民族性情结中占据了主导地位,但仍然和中国认同并存"。见龚刚:《"全球化"语境下的文化抵抗:张承志个案》,《文艺争鸣》,1999年第3期,第62页。
③ 张承志:《心灵史》,第80页。

有了哲合忍耶。穷人的心,变得尊严了"。由于贫贱不能移,所以"半饥饿状态"反而"使伊斯兰教禁食规定显得更圣洁","无水乡村窖雪度夏,而坚持宗教沐浴的回民却家家以水的清洁为首要大事",将匮乏的物资用于追求美好精神境界,这些行为都是"那些盛一瓢泥汤脏水下锅的汉族人不能理解"的。由于威武不能屈,所以回民敢于抛头洒血,不畏惧牺牲。小说批评中国人多以苟存为本色,进而通过不断苦旅的叙述者来虚构处于体制边缘的"几十万哲合忍耶人的直觉和心情",刻画这"牺牲者集团"在朝廷武装打压下形成一种前仆后继地殉教的悲剧性格,说明"既然哲合忍耶已经不可消灭,那么中国便有一种精神和血性不可消灭"的道理。

毋庸置疑,张承志"对苦难有一种崇高的认同感",[1]其《心灵史》中的众多人物亦在磨砺肉体与灵魂的苦难中崇高起来。从"我"的不辞劳苦跋涉于"东半个甘肃。南北全部宁夏——银色大川和西海固山地。青海一角和天山两麓的大半新疆绿洲",到马明心、苏四十三以及数十万回民的以身殉教、手提血衣撒手进天堂,在边远之地苦旅求索的激昂向上和盛世物欲之海中的沉沦向下形成再鲜明不过的对照。这种空间反抗表达了张承志在建构"精神中国"方面的渴望:

> 我听见——我的读者们,我希望你们也听见——在中国,有一种声音渐渐出现。它变得清晰了,它愈来愈强,这是心灵的声音。它由悠扬古朴,逐渐变成一种痴情的激烈。它反复地向这难解的宇宙和人生质疑,又反复地相信和肯定。大约在晨曦出现时,大约在东方的鱼肚白色悄悄染上窗棂的时刻,那声音变成了响亮的宣誓。它震撼着时间的进程,斩钉截铁,威武悲怆。

三 《无边的游荡》:痛苦的大自然,痛苦的漫游者

论者归纳张承志文学创作的特点,指出自90年代以降,有"一种

---

[1] 陈国恩:《张承志的文学和宗教》,《文学评论》,1995年第5期,第16—24页。

第七章 空间反抗

幽闭型的中产阶级写作兴盛起来,这些小说中人物活动的空间不外乎私宅、宾馆、酒吧、咖啡馆、商业街这些狭促的室内外空间,状写都市男女的时尚腔调和趣味",而张承志偏偏在"灯红酒绿的文学目迷五彩时"毅然"背起行囊向着无尽的远方孤旅","这种奔走在广袤大地上的写作方式,这种精神漫游的文学形态与当代文坛其他作家有着质的区别"。① 事实上,在彰显这"质的区别"方面,原籍栖霞、同为鲁籍作家的张炜并不让前者专美。他为创作小说而自修考古学、植物学与地质学等专业学科,勤做田野调查,足迹遍布齐鲁大小山川;于1992年12月动笔,2009年11月竟稿的《无边的游荡》,同样体现漫长苦旅与反抗,致力建构"精神中国"于盛世之外,自成一家风骨。

《无边的游荡》的写作过程很漫长,五易书稿,在张炜出版于2010年,被陈晓明称为"大成之作"的十册本四百五十万字小说《你在高原》中列作最后一册。② 此册分四卷十章,故事有两个发源点,一是好友遭遇人生遽变——庆连的未婚妻荷荷精神失常、岳凯平(宁伽岳父友人、前高官岳贞黎的养子)的女友帆帆怀了别人的孩子并离他而去——令叙述者宁伽困惑不解;一是城市中那消耗生命岁月的"死磨"生活,③使宁伽极不顺心,无所适从。两个发源点交叠在一起,益见宁伽抑郁难安,于是频频离开代表繁华盛世的城市,投入艰苦的行旅之中去寻找答案与慰藉。小说叙述于兹交错展开,时而交代宁伽到山东东部农村、古堡、农场寻访庆连、凯平和帆帆的过程,逐步揭露荷荷以及小华、细细和北北等水灵灵且安分的村女如何受利诱堕入色情行业陷阱,帆帆如何遭准家翁岳贞黎强暴成孕的悲剧;时而描绘旅途中所遇见的形形色色的人与事,如何使主人公宁伽不断地思索社会与人性的丑与美,不断地推动自己离开城市,继续/重复其苦旅。

对宁伽这中年知识分子而言,苦旅乃是摆脱当前个人生命困境的不二途径,此亦说明存在空间变延的必要性。宁伽早年也曾先后寻求

---

① 张伯存:《无疆界写作——重读张承志〈心灵史〉》,《扬子江评论》,2010年第4期,第51页。
② 陈晓明:《〈你在高原〉就是高原》,《文艺报》,2010年9月15日,第8版。
③ 张炜:《无边的游荡》,北京:作家出版社,2010年,第60页。

在地质所、杂志社和葡萄园安身立命,但由于种种人为因素,最终不得不放弃。回到大城市里生活,纵然与妻儿团聚,却已无心事业,乃至与岳父、娇妻梅子的期待腾达形成极大的心灵价值反差,与唯利是图的周遭环境格格不入,愈是"陷入莫名的焦虑和紧张之中",就愈渴望离开他丝毫感受不到温暖的城市,一次又一次地奔走于山东东部山区平原与海滨地带。宁伽"只要掮起背囊,只要启动双脚,就会不由自主地走向东部","难以停止⋯⋯游走:从山地到平原,踏遍了每一个角落",不仅仅因为那是个人度过童年、少年时期和大半生,且散居寄泊着许多良朋好友的地方,更是出于儒家安贫乐道之思想,选择一种"不居闹市,不住华屋,身在穷乡僻壤"的行旅生活。宁伽在行旅之中瓢食箪饮,亦曾"许多天⋯⋯没有吃上一口像样的食物⋯⋯甚至伏在一道渠汊的死水湾里饱饮一顿"。苦旅如斯,身躯颇受磨砺,不免让我们联想到张炜的另一小说《九月寓言》中那年届知命的金祥何其刻苦,何其坚毅地挺着皮包骨的身子翻山越岭,穿过千村万落去为村人寻找煎黑麦饼的鏊子。然而,宁伽的苦旅终究不同于金祥。金祥纯粹"是为了征服'饥饿'而进行的一次悲壮而神圣的英雄远征"。宁伽在漂泊中执拗"一直向前。背囊硌着肩膀,压得人透不过气来,汗水把一层层衣服都湿透,可还是要一直走下去",同时又"强逼着自己,在扑朔迷离中探求一条清晰的思路,就像脚下的芜草荒地一样,要从中寻一条弯曲的小路"。换言之,其苦旅不仅是肉体上的,亦是精神上的历练。

当然,比起金祥在"远征"后成为全村的楷模,宁伽自愿舍弃安逸投入苦旅,处境要孤独寂寞得多。在旅途中,宁伽时而想到梅子催促他归去,想到家中的孩子,要"怎样才能让他明白父亲踏足大地的心情、那没有尽头的忙碌、那宿命般的东行奔走?还有,怎样才能让他耐下心来倾听并理解自己家族的故事",不免感到迷惘彷徨;时而想到各方的疑问责难,包括被老红军的儿媳莫芳讥讽为"四处游荡,放着工作不干"的"伟大的行者",则难抑孤单失落之感。可是择善固执,使"四处游荡"具有了底蕴,使空间的变延具有了合理性,直接体现在融入野地的浓厚意识上。如出城之后在野外搭营过夜,喜见"山口的月亮像水洗过一样","像小时候在茅屋旁的大李树上看到的月亮一模一样。外

第七章 空间反抗

祖母头上的银发在眼前闪耀。春天刚刚来临,海岸上的风就吹湿了那铺上一层白沙的雪岗。中午的太阳把沙子晒热,上面奔跑着一些喜气洋洋的小蜥蜴",尽情享受着浓烈的山野气息。再者,来到庆连的村庄,细观渠边的杂草拔高,灌木茂盛,"田野上可以看到蝴蝶、蜜蜂,奔跑的小兔,空中有了翱翔的鹰"。"随着往西……令人心醉的绿色又出现在眼前。一片片的花生棵铺展开去,个别干旱地块夹在中间,就像巨兽身上脱落的一处毛斑。水肥充足的玉米地油汪汪的,玉米叶在风中发出刷刷的响声,野兔旁若无人地在田垄上蹿跳,一只只蚂蚱飞起,彩色的羽翅在阳光下闪烁"。转向海滩平原,知其北面临海、三面环山,而从山地辐射出来的所有河流都北短南长,在旺季水头汹涌,"在冬季和春天却只有涓涓细流,在河心留下大片白白的河沙,上面长满各种各样的植物,成了野物的乐园"。宁伽甚至能详述平原的构成:

> 除了很少的一部分盐化潮土,大部分是褐化潮土和黑潮土。盐化潮土多属靠近海边的洼地,那儿长满了盐角菜和灰绿碱蓬,蒲苇和一些蓼科植物也长得相当旺盛,但那儿有很多珍奇动物——许多大鸟,长腿白鹭,灰鹤,鹳,牛背鹭……

更进一步形容平原腹地的林场一带,欣感"漫天遍野的槐花让人沉醉迷恋,让人久久不忍离去";描绘那连接至海滩的一条条沙丘链,如数家珍般胪列生长其间的种种植物,如大米草、虎耳草、千金子、宝铎花、紫堇、酸模、地榆、决明子、荆芥、紫苏、非洲纸莎草、蒲草、眼子菜、苦艾、苍耳,以及开着紫红色花朵的小蓟。在这广袤的空间里恣意漫游浏览,贴近生机勃勃的大自然,体会到喧嚣盛世所匮乏的诗意,小说家张炜向读者展示的是一种淳朴自在的生命意向。

必须指出的是,这种淳朴自在的生命意向其实受到严峻的挑战和考验。山东平原海滨或没有《心灵史》中大西北的血腥险恶,但由于受到严重污染而濒临绝境,迫使漫游者宁伽不断思考与谴责狂热经济发展与现代化所带来的后果,因此具有了反抗性。首先是控诉山东的自然生态遭受破坏。宁伽揭露东部"一个个小村的变迁":"它们四周茂密葱绿的林木变得枯黄,一些山里的淘金者把氟化物倾在河里";"在金矿和化工厂附近的那些村庄,一连几年都生出一些怪模怪样的孩子,他们一出世就把人给吓个半死"。又指出"平原上那些发着咸味的污水沟突然结成黑色的冰块……鱼长期生活在这儿,竟然适应了浓黑的污水。……不仅沟渠里的鱼不能吃,就连大河里的鱼吃了也要出事,不知多少人因为吃了有毛病的鱼给拉到医院里抢救,几乎每年都有人死于受污染的鱼"。因为地下开采的缘故,"海滨平原已变得千疮百孔……出现许多洼地,水洼边上的茅草长得很高,蒲苇和小灌木疯长。原来还是肥沃的农田,这会儿沉到了水中一半,被荒草杂树棵子占据了一半。一些拉起来的铁丝网和红砖围墙在其间不时出现,里面大多是空空的"。宁伽感叹芦青河一带变成了"大开发区","区内不仅有玩具厂、电子工业,而且还有年产几万吨的氯碱厂,有中型造纸厂和两个大型水泥厂,都是严重污染型项目","国营和民办的淘金矿和小作坊连成一片,它们正把大量氰化物排泄到河道里"。"新建的大造纸厂离海边还不到半公里,大量的工业废水沿着专设的地下渠道日夜不停地往大海里排放。北部的海湾一年多就染成了酱红色。……富含碱质和其他化学品的海水可以堆起一米多高的白色泡沫,泡沫消失后又会留下一片死去的蛤蛎和鱼虾。"除了自然生态,东部淳朴精神世界遭受的破坏亦使宁伽深感痛心。如水陆码头的小城近年招引来"大批投机商和走私者",伴随着"明娼暗妓;人贩子、盗贼、心狠手辣的包头工、造假药的,差不多是在一夜之间蜂拥而入"。往南四五公里外的"那些地前些年叫村头卖掉了……。村里别的东西——树呀河沙呀——卖光了,就卖地,卖一亩就好几万,村头的小汽车呀,喝酒的钱哪,那是卖地换来的"。"把地买到手里的那些人……就让它荒着。再待些年,高兴了就在上边盖一幢房子,不高兴了连一锹土都不动,一转手卖出去,钱就翻了好几番。"不仅如此,平原上还兴建有巨奢豪侈的"卡啦娱乐城",粟米岛被出售开发,"大船日夜运载物品,还有轰轰的飞机响起",只用半年时间就变成了一处最有名的海上旅游胜地,为乘坐飞机到来的顾客提供各种各样名目不同的娱乐,既有"'潜水'、'与海豚零距离接触'、'迷你弹子房'、'鸟瞰之旅'",又有"活吃海鲜、生吞鹌鹑蛋、活剥蜥蜴皮、活鱼芥末……一色的生吞活剥",更有"海水浴""正午沙浴""悬崖

第七章　空间反抗

风浴""半夜火浴"。利字当头,诱迫兼施,遂使平原上本性纯良的女性纷纷投入色情服务行业。宁伽离开城市,冀望退守儿时故园,讵料外地资本无远弗届,竟以经济开发为名侵占山东平原,使一切沦为金钱买卖,传统价值观近乎殆然,其失望、愤怒与痛苦可想而知。

面对如此充满掠夺性、所向披靡的市场力量,即连张炜也感到退守失据的困境,其小说如王尧所言,"与这个时代构成不可言说的紧张关系"。① 笔者以为,《无边的游荡》恰恰是通过这种共时的困境与紧张关系来抒写宁伽的悲哀与焦虑,在苦旅中发掘足以抗衡贪欲的两大精神理念。其一是"道德力",亦即宁伽口中的"善的积累"。魏建、贾振勇曾指出张炜创作的丰富内涵在于抱持"本土守望者的文化操守","以地之子的责任和义务,在现代精神迷乱的时代,高举齐鲁现代人文精神的大旗,在忧愤的归途中重塑齐鲁人文精神的时代使命"。② 这一切在《无边的游荡》中被简化为"善的累积"。宁伽意识到"善的积累""也许是一个极其独特的、难以分析的概念。但它显然居于伦理学的中心",其先决条件是自我反省,因此严斥现代人在"面对应接不暇的信息轰炸,还有无可匹敌的金钱诱惑,光怪陆离的花花世界"时道德意志十分薄弱,"在自以为是的聪明中断送了最后反省的机会",使心灵没有抵挡物质的攻伐即轻易沦陷。由自身过去的许多经历,反思"人到中年的身心究竟是积累了更多的善还是恶";由"他们(现代人)的一部分肌体已经在纵欲中死亡"的丑陋图景,领悟到如果不积累善,则"再多的财富都不会避免贫穷的下场,也不会避免恶的大面积滋生"。进而言之,"粗鄙的财富从来都未能挽救一个民族的沮丧。一个唯利是图的世界不会有真正的人的生活。一个只知道拼命搞钱的民族只会堕入最不干净的地方"。张炜在此发出的是进行善的积累、强化道德力的呼吁,希望发聋振聩,力挽狂澜,解决当前社会丧失道德基础、精神萎靡的危机。

---

① 王尧:《在个人与时代紧张关系中生长的哲学与诗学——关于张炜的阅读札记》,《扬子江评论》,2010 年第 2 期,第 5 页。
② 魏建、贾振勇:《齐鲁文化与山东新文学》,长沙:湖南教育出版社,1995 年,第 137 页。

用以抗衡贪欲的另一精神理念是"鉴别力"。所谓"鉴别",即鉴察区别,以类立人的意思。张炜写宁伽在旅途中曾经陷入这样的疑惑:

> 如此辛苦的地球日夜不停地艰难转动,难道就是为了载上这么一大群六亲不认、刻薄贪婪、满脸涨满了欲望的家伙?我害怕这种严苛的责问也包括了自己,因为自己在许多时候并不比其他人好到哪里。

然而宁伽很快就"鉴别"出自己和这些利欲熏心之徒的不同,因为他"还愿意寻找,愿意印证,还没有彻底忘记自己的亏欠——对故园和乡邻还有那么一点挂念",在"漫长的一夜过去之后,第二天照旧要身负背囊往前"。"鉴别"乃是对于忘却利欲、安贫乐道的肯定,是推动苦旅的一种力量。为了强调这一点,张炜又从本质上将宁伽的苦旅和旧日大学同窗们的崇尚苦行区分开来,指出前者旨在"找一个地方好好劳动⋯⋯让自己活得更充实一些,不再做一些虚无荒谬的事情",而后者"一伙人带上背囊结伴远行,历尽艰辛",让"一路的疾病、贫困和寒冷加在一起,把他们折磨得够惨的",则是"要寻觅'苦难'","幻想以肉身的折磨来抵御精神的痛苦,并为"苍白的经历和狭窄的视野而感到焦虑"。尽管如此,吾道不孤,宁伽在路上先后遇上老红军、流浪歌手、养蜂人及女伴等,认同和尊敬他们不愿为金钱世界所束缚而选择浪迹天涯,辛劳维持生计的行径,体会到"一些灵魂是不会死灭的。这些灵魂仍然要指认,要鉴别"的道理。有同道人为伍,宁伽不再感到"众人皆醉我独醒"的寂寞;反复行旅,更坚持为"我们"和"他们"划清界线:

> 谁是"我们"?"我们"就是这片被蹂躏的泥土、河流、山脉,是这春天里的丛林,是劳动和沉默,是贫穷,是树上的鸟儿,天上的流云,以及每年里的四季,按时升起的日月⋯⋯什么是"他们"?就是馋痨、色鬼、空心生意人、发了财的丘八、土狼和食蚁兽。

美国哲学家迈克·桑德尔(Michael J. Sandel, 1953—　)尝言:"贪婪是一种缺德⋯⋯使人漠视他人痛苦⋯⋯。过度贪婪是美好社会若有能

第七章 空间反抗

力就应该予抑制的一种缺德。"①张炜对过度贪婪的中国社会所进行的空间反抗不似张承志的血腥惨烈。其提倡发挥道德力与鉴别力,强调的是对于简约生活的回归,为外于盛世的苦旅者归类定位,为日益堕落的山东大自然故园重新正名,重新规划未来。有信念如斯,即使面对物质洪流的滚滚而下,亦坚定不畏,"明白一个人完全不必为自己的弱小而灰心丧气,因为他凭一己之力也可以打败一种'巨无霸'。人的强大首先来自他对自己的坚信不疑。他会有这样的勇气告诉自己:肮脏的东西是不堪一击的"。

四 《古道天机》:在民间文本中找寻正义的可能

显而易见,张炜致力在齐鲁大地上发掘道德意志并考验和肯定其坚韧性,其空间反抗过程中所展示的是站在精英文化高度俯视人生和思考问题的心境与姿态。同样面对改革开放以后中国社会巨大变化的冲击,同样"批判和否定了受到金钱和偏见腐蚀的城市文明",②陕西作家高建群在创作小说时却不似张炜那样坚持以思考型知识分子为本位或观照的对象,而是深入到民间去,集中心力梳理本土风俗文化遗产,造设精神世界的雉堞防线。如此一来,其小说也就具备了民间底层叙述的特色,强调一种由低处向上升华的生命体悟与追求。

高建群笔端的民间并非廛里市井的盛世民间,而是偏远陕北高原上人烟稀少、荒村小镇的民间。这不仅要归因于祖籍西安临潼,以及个人在陕北高原三十余年的生活体验,更因为心存"作家地理"的概念,时时受到驱动的缘故。高建群在2002年出版《白房子》时甚至明确地将"作家地理"定义为"写作者独特视角中的地球一隅,写作者主观意识下的第二自然",并认为这"地球一隅"和"第二自然"除了具有"理

---

① 迈克·桑德尔:《正义:一场思辨之旅》,乐为良译,台北:雅言文化出版社,2011年,第13—14页。原典见 Michael J. Sandel, *Justice: What's the Right Tthing to Do?* (London & New York: Penguin Books, 2009), p.4.

② 李凌泽:《高建群与劳伦斯两性关系视角的比较研究》,《陕西师范大学学报》,第31卷,2002年第5期,第60页。

论家所解释出来的那些的文学含义外,它还是地理的,而地理的哲学意识甚至是支撑思考、支撑一本书的主要框架"。① 事实上,其一系列小说如中篇《骑驴婆姨赶驴汉》《老兵的母亲》《雕像》,以及长篇"大西北三部曲"《最后的匈奴》《六六镇》与《古道天机》等均以个人熟悉的陕北生活为题材,将陕北高原设作支撑全书的"作家地理"。当中又数《古道天机》最奇特,最曲折,最具深意。此书从 1994 年启笔至 2007 年定稿,至 2011 年由陕西人民出版社出版,成书历时约二十载。其不仅以陕北高原为叙事场景,更用全书三分之二的篇幅娓娓叙述高原上险峻艰苦的旅程。如此思力,如此布局,目的与前文提及的两位鲁籍作家并无二致,正是希望通过广袤空间的苦旅来求索精神中国。

和《心灵史》《无边的游荡》不同的是,《古道天机》不写频仍重复的行旅,而是聚焦铺叙一段翻山越岭的过程,由年老的主人公张家山领着老伴谷子干妈和小伙子李文化一行三人齐心协力走完迢遥古道的壮举。这路程从吴儿堡老人山下山开始,先是穿过荒野小镇,越过川道,接着弃拉车、牵驴子,登上了陕北高原最高的山脉子午岭。子午岭乃是昆仑山向东伸延的余脉,横贯南北,中分陕西、甘肃二省。山脊上有一条称为"秦直道"的古道,据说由秦朝大将蒙恬所督造,修筑十年而成,是"堪与万里长城媲美的秦王朝的另一项浩大的工程"。然而朝代更替,秦直道其实"已经在无休止的战乱中泯灭","没有道路,只有漫漫的荒草和荆棘、原始森林和次生林"。张家山等毅然沿着山脊而行,经石窟,弃子午岭改走磨盘山,过平川,最后抵达李家河村,一共花了七天的时间。七天的时间不算长,但旅途却艰苦危险重重。首先得面对地形之艰。古道湮灭,不成道路,"天上水,地上水,重新将这子午岭的山巅,冲成陡峭的山峰,又将那道路阻断了的河谷,重新冲开。而当年开掘的那路基上,蒿草灌木丛生,古藤老树重长"。所谓"一山放过一山拦",行路之曲折困难可想而知。亦须忍受气候之苦。行旅中风云变化,时而乌云压顶,时而旋风震耳,黄沙弥天,且愈走气候愈见寒冷。再

---

① 邓勇军:《作家高建群提出"作家地理"新概念》,《参考资讯》,2002 年第 17 期,第 7 页。

第七章 空间反抗

者,有葬身兽腹之危。一行人夜宿石窟,被窟外窥觑的花豹豺狼所包围,毛驴子即惨遭分尸吞噬。而最惊心动魄的是拦阻之险,一路上既要避开小镇警察的查问,更要应付吴儿堡杨家族人杀气腾腾的追截,几番对峙,几乎陷入械斗火拼的血腥局面。

尽管面对种种艰苦危险,张家山一行却义无反顾,为的是守诺,践行"回头约"。原来张家山早年指挥修水坝工程,曾发生崖崩事故,包括李家河村的李万年在内一共失去数条民工性命。李万年故去翌年,儿子李文化尚在襁褓中,寡妇李刘氏却与吴儿堡的杨福有了私情,被李家河村的村民逮缚问罪。为了解救故交,张家山做担保让李刘氏先签下"回头约",然后改嫁杨福而去。所谓"回头约",乃是陕北民间风俗,规定寡妇改嫁之日须立一契约,同意以若干价钱改嫁他方,但死后必须"动女骨",将尸骸送回前夫身边,与前夫合葬一处。死者的家属与族人必须确保"回头约"得以履行,否则会脸上无光,遭受四邻八乡的耻笑。若干年过去,李刘氏归阴,吴儿堡杨家却食言毁约,将李刘氏下葬不还。李文化与族人为了夺回李刘氏尸骸,恳求张家山代讨公道,于是一行三人到杨家堡老人山掘墓起出女骨,以驴拉车运载下山,并在杨家村人的围追中登上子午岭古道。

从民间文化层面出发,张家山的这趟苦旅具有重大的意义。首先,"回头约"乃是乡规民约之类的契约,"在民间,这类契约,就是至高无上的法律",不得违逆。其次,由签立契约到"人七之夜"动女骨,到"鬼七之夜"将女骨与前夫合葬,整个过程步骤分明,次序井然,已"发展成一种近乎宗教的仪式和行为"。再次,秦直道虽然早已废弃,但在陕北民间却"成为一个传说,一个梦,一种鼓励这块封闭的高原上的子民走向大世界的一个符号。它出现在受苦人田间炕头的闲谈中,它出现在那些线装本的县志中,它出现在代代传唱不休的陕北民歌中。在民间,它不叫秦直道,它叫天道,叫天堂之路,叫圣人条"。从个人命运层面而言,苦旅是小说主人公日暮西山的最后一搏。张家山原不过是个"化外小镇里略通文墨的山汉",早年在六六镇当文书时曾因风流案而被撤职,自合作化开始以后又担任起村干部,参与大炼钢、修梯田水库、建公路水沟,获奖状表扬无数,一直做到年老体衰。从包产到户开始,

"江山代有才人出,张家山落伍,被挤到一边去了,不再受到尊重"。眼看六六镇"正逢改革开放年月,一街两行,都是些做小本生意的",张家山决定办起"张家山民事调解所"。不过,"张家山并不看重银钱,他图的是个热闹红火",接下李文化这"回头约"一案,一来是"要闹一番世事",希望晚年能扬眉吐气,二来是因为偶获《透天机》一书,领悟到"世风日下,人心不古……镇一方邪气,保四乡平安,这是他的责任"。综言之,民间文化的权威性、仪式性与神圣性,再加上个人命运的荣枯感与天赋使命感,使陕北高原上的苦旅变成一件庄严崇高的事,使今人之重踏历史古道,意味着行走正义之途。

尽管如此,高建群在创作时并没有忘记底层文化粗野低俗的另一面,故《古道天机》中亦不时出现嘲笑、质疑,甚至是企图解构正义的情节。如张家山一行在"动女骨"后逃离吴儿堡的途中,由于无法忍受刘李氏那冲天的尸臭而在路过的小镇上买口罩戴,殊不知店员售卖给他们的竟然是月经带,结果戴在嘴上招摇过市,使原应正气凛然的旅程变得怪里怪气的,让人捧腹不已。又如夜宿石渣河石窟,李文化见壁上俏丽女佛像而发绮想,居然在睡梦中与之颠鸾倒凤,翌日还取下洞架上的千年女骨替代母亲尸骨上路,张家山也凑合不追究,委实荒诞不经。书中最挑战正义感的段落,莫过于一行人来到子午岭上,张家山正洋洋得意,"觉得自己是在干一件高贵而伟大的事情"时,天色突然昏暗起来,那驮着女骨的毛驴"预感到某种不祥,停住了脚,伸张脖子,翘起尾巴,'咯哇咯哇'地叫起来。叫着叫着,那屁股眼上,响屁连连;继而,一摊稀屎直射出来,溅了跟在驴后边的张家山一头一脸"。这种"当面"的奚落、粗俗的戏谑不仅仅是为了增加阅读乐趣、吸引大众读者而设,更是对于精英文化中一以贯之的洁癖理性的摈弃,对于民间文化的伸缩性与包容度的考量和把握,切合高建群在为《古道天机》撰写序文时所作的解释:"崇高再往前走一步就是滑稽。甚至于,崇高和滑稽是两样并存的东西。"

虽然崇高与滑稽同步,但张家山一行毕竟坚毅地完成了苦旅,确保伸张正义,使自外于盛世的空间反抗得以贯彻始终。之所以能够坚持到底,依赖的是民间文本所提供的精神保障与心理支撑。"回头约"白

第七章 空间反抗

字黑字,写得明明白白,使张家山在主持正义时有实在的依据,即使面对种种困难阻碍,也信心依然,毫不动摇。如途中谷子干妈见一大堆苍蝇围绕着女骨,担心是神派来的使者提醒他们掘墓的事做得不对,因此建议把女骨归还原处,入土为安,但张家山立刻拍胸脯说:

> 冲犯了哪路神神,由我张家山支应着。要降灾,降到我头上来吧!有"回头约"在此,阎王老子来了,我也敢和它理论,说到阴曹地府,我也不怕!

俨然一副勇于担当,九死其犹未悔的模样。即便是后来被杨家族人追截住了,张家山虽然手无寸铁,也敢于向对手喊话:

> 啥叫契约?周幽王临潼山烽火戏诸侯,失约于天下,周亡;曹孟德惊马踏麦田,违了约法三章,割须以谢天下。没有约,那是你们个人的事情,有了约,那就是天下的事情了。

又理直气壮地训斥杨家首领、杨福二弟杨禄:"你敢违'回头约',敢失约于天下,你不怕天打五雷轰,你不怕苍天有眼,断了你家香火,你不怕这世人纷纷攘攘一张嘴,唾沫星子淹死你!"在气势上就把杨禄一伙人给压了下去。当然,"回头约"能产生如此的作用,归根究底,还是因为有终极权威文本《透天机》的"核准"。小说首章交代这"民间第一奇书"的由来,讲述元末明初天下大乱,有浙江青田人氏刘伯温遇铁冠道士于华山山麓,得后者口授天机,将过去未来之事笔录成五千余言的《透天机》。有一卷《透天机》在手,世间凡夫俗子"陡然生起英雄梦来"。"刘伯温得之,助了大明三百年江山,李自成得之,又灭了大明三百年江山"。此书"诡诡秘秘,神神奇奇,一直以手抄本的形式,在中国民间流传",后来居然出现在陕北高原腹地六六镇某户人家翻修的窑里,让张家山捡获,使这"弯腰驼背、一走三咳嗽的老汉,突然灵魂附体一般,来了精神",认定天赋使命,因此无论如何也要践行"回头约",完成上苍所派给的任务。

正义的存在有其先决条件,那就是以恶作为对立面。在《古道天机》中,作为不停追截张家山的对手,杨禄代表了恶,被刻画成凶悍无赖的一方土霸,不但私建厕所强占公路、偷牛、占人媳妇,还当上治保主任,作威作福,横行乡里。关键在于高建群不仅建构了恶,还强调这肆无忌惮的恶所带来的国人素质普遍败坏的危机。小说开端先引述《透天机》上的一番话——"上五百年人人是人,中五百年半鬼半人,下五百年净鬼没人"——让张家山领悟到"世事倘若从那白衣秀士刘基刘伯温算起,早就进入中五百年了",为当今之"世风日下,人心不古"做了注解。小说接着将杨禄和其杀人谈兵、充满英雄气概的祖辈杨作新进行比较,显示天渊之别,由此指出"这吴儿堡杨门一族,渊源悠久,何其高贵,陕北高原上一个响当当的名门望族,如何到了(杨禄)这一辈手里,竟正不压邪,猥琐地沦落到这等地步。……这正应了《透天机》上'中五百年半鬼半人'这句话"。从"人人是人"到"半鬼半人",《古道天机》欲提醒读者的是:中国人的精神素质已经堕落到临界点,这其实呼应了不少当代小说家所致力书写的"退化"命题。根据刘再复对当代文学的观察:

> 过去强制文学塑造高大的英雄,以致最后达到高大全,现在许多作品则描写肉体上的侏儒和精神上的侏儒。……例如,刘心武的《风过耳》,就是刻画了几个道德沦丧得完全没有人样的精神矮人。而莫言的《酒国》竟塑造一个身高只有57厘米的名叫"余一尺"的酒店总经理,是个在经济大浪潮中的暴发户,拥有亿万金钱的新时代的英雄,但他却是一个侏儒。而王朔的小说写的许多痞子,实际上也是精神上的侏儒。当代文学,从英雄王国走进侏儒王国,是一个巨大的变化。①

高建群亦在这巨大变化中思考"精神中国"的问题,尝试通过《古道天机》一书结合广袤空间的苦旅与"匡正社会,扭转乾坤"的民间大义,引领国人走出身心侏儒的阴暗国度。

高建群曾经透露,小说原题"回头约",但基于增加销售量的考虑,编辑改名"古道天机"。后者看似俗气,但从空间反抗的角度来理解,其实更具概括力——"古道"长久湮灭,端赖古书到民间透露"天机"、

---

① 刘再复:《中国现代诸作家评论——与李泽厚的对话》,刘再复:《论鲁迅——兼与李泽厚、林岗共悟鲁迅》,北京:中信出版社,2011年,第112页。

启动苦旅,方得以复现于当代。"古道"复现于当代的意义,又在于解决"天机"所预示的世道"危机"。高建群相信,沦落中的"精神中国"在这"古道"上找到了升华的"转机"。

五 《愤怒》:走向忏悔,走向原罪

以上作家皆来自中国北方。至于北村,虽自 2001 年起移居北京,但毕竟出生成长于福建(长汀县人),且在该省文联任职十六年之久,是本章所讨论的"空间反抗作家群"中唯一的南方人。其小说《愤怒》中所建构的空间亦迥异于前三家,既没有幅员辽阔、崎岖起伏的地景,严格意义上讲亦非地理空间,而是由长时间逐渐形成的一种特殊的身心苦旅空间。

北村原名康洪,在上世纪 80 年代后期崛起于文坛,与马原、孙甘露、余华(1960—)、苏童(1963—)、格非等共同推动先锋小说的写作,把叙事视为创作的目的,通过对叙事方式的关注和实验,致力摆脱意识形态化中心话语的宰制,使小说真正成为一种主体的叙述。① 在陈晓明看来,北村早期的书写是"明确、自觉、执著"的"先锋性的探索",其"不断调整视点和距离","制造转折、重复和类似的细节情境",为的是"遁入语言的迷津"中去展现"另一个生动的世界"。② 南帆亦指出,北村作为先锋派作家中"一个最为极端的实验者","擅长文本内部叙事话语的互相缠绕,互相指涉,互相解构"。③ 不过,北村自 1992 年起放弃先锋派的高度叙事意识自觉,为其后期小说另辟蹊径。对此小说家有所回述:

> 我作为所谓中国先锋作家之一登上文坛时,以一批"者说系列"加入这场文本狂欢……。但这场狂欢难以为继,进入九十年

---

① 关于先锋小说特点的详细讨论,见张闳:《感官王国——先锋小说叙事艺术研究》,上海:同济大学出版社,2007 年,第 4 页。
② 陈晓明:《北村的迷津》,《当代作家评论》,1992 年第 1 期,第 60 页。
③ 南帆:《沉沦与救赎——读北村〈施洗的河〉》,《当代作家评论》,1993 年第 5 期,第 29 页。

代,我被自己描述的这种无意义的聒噪彻底淹没和解构,以至于几年写不出一个字来,完全失语。

先锋小说过度重视叙述本身,进行语言的极端实验,结果既有回避应对现实问题,以致远离读者的弊端,亦堕入耗尽艺术能量,丧失艺术再生能力的困境。这种文体发展的内在危机导致先锋小说家在进入90年代以后或辍笔停产,或另寻新的书写方式,先锋作家群也因此宣告解体。北村改变小说风格的另一原因是皈依了基督教:"直到1992年我进入信仰,才重新获得信心和能力来描述我的存在。"①宗教信仰使北村自1993年的长篇《施洗的河》起,断然中止了一切表现破碎主体的语言游戏,回归到拙朴的话语风格之中,到人性灵魂深处去找寻完整的、原初的自我。如果说《施洗的河》"为文学带来一系列不容回避的追问。存在与信仰之间的关系如此迫切、如此明朗地显现在眼前,以至人们再也不能含糊其辞地绕过去。人们被迫郑重其事地正视这个问题",②2004年付梓的《愤怒》则不仅重现了"《施洗的河》的那种灵魂的失落与拯救模式",更"加进了新的现实内容,对底层贫困民众生活的表现,深重的苦难替代了原来的天性堕落"。③ 尤为关键的是,《愤怒》集中书写自外于盛世的苦旅这一重要命题,和前述三著共同推进了"精神中国"的建构,值得我们关注。

《愤怒》一书叙述杀人犯潜逃重生,直至被捕的故事。主人公马木生出生于江西吉安的贫穷农家。由于父亲马贵为人懦弱,母亲被村支书长期霸占,宅基地和自留地更在母亲去世后被没收,马木生愤而带领妹妹春儿逃往樟坂生活。兄妹俩在鞋厂里工作,不料却遭到无良工头的剥削,妹妹还进了收容所被轮奸,随而横死于车轮之下。马木生父子为讨公道,愤而上访,却受到收容所负责人买通的公安钱家明的阻挠。在连番的威胁和刑讯之后,马贵被棒杀,并弃尸化粪坑内。马木生为报父仇,愤而杀死钱家明,随后登上列车逃亡。一连串的"愤怒"引发了

---

① 北村:《文学的"假死"与"复活"》,见北村:《愤怒》,上海书店,2010年,第2页。
② 南帆:《沉沦与救赎——读北村〈施洗的河〉》,第29页。
③ 陈晓明:《在神性的别处写作》,《经济观察报》,2004年11月15日。

第七章 空间反抗

书中漫长痛苦的旅程。

就身体所承受的磨难而言,《愤怒》主人公的苦旅远远无法和前三部小说中的恶地跋涉相比。马木生在杀人后乘搭 324 普快车一路西行,三天三夜后抵达贵州贡达荒僻小镇,午间改坐汽车赴深水,但天黑以前即中途下车,获沐恩堂王牧师收留,在教堂钉椅子做义工。半年后,前往附近黄城县郊区的七里堡住下,化名李百义,开始新生活。马木生的逃亡算是就此结束,但身体苦旅并未停歇,而是由李百义以压抑物欲的方式延续下去。李百义在黄城县生活,原来的身份没被识破,事业发展一帆风顺,有钱有地位,要追逐声色犬马是完全不成问题的,然而,妹妹的惨死使其领悟到"幸福绝不是钱这种东西能把握的":"我拼命工作赚钱,只是在证明我是一个对社会和人类有用的人而已,我配活在这世界上。至于我的个人幸福,没有任何人能给我,包括我自己。"是故,在十年岁月里,李百义选择限制个人的一切纵欲、享乐甚至消费行为,过着清教徒般的生活。他将挣来的财富中的一部分用于生产,余者皆用于周济穷人,自己在物质上的要求则降至最低点。如"对吃的简单简直到了惊人的地步,他曾经有一个星期每顿只吃一碗清汤挂面的纪录,挂面里只有盐。他下乡的时候……用矿泉水就着每顿嚼两个馒头了事";即使"生病也不上医院,挺着让自己医疗室的人对付一下"了事。总之,李百义"穿最简单的衣服。吃最粗陋的东西。干最苦的活",在性方面也是零需求(这问题早在青春期时已经永远地解决了),他主动放弃参与改革开放后普遍的欲望狂欢,坚持的是自外于盛世的苦旅。

当然,十年漫长苦旅中最大的痛苦还是心灵深处的持续挣扎与挖掘。于此,北村专意设置了"噩梦纠缠"的叙述机制。"回家"一章写李百义被捕后在吉普车后座上呼呼入睡,享受到十年来第一次真正的睡眠,感觉如身在天堂:"如果人死后需要天堂,那天堂的主要内容就是安宁。如果睡觉也能模仿死,那么,睡觉里头没有梦是最好的,睡觉就是睡觉,跟死了一样。"这解释主人公长期以来"常常夜不成寐","不是像一般的罪犯那样,因恐惧而睡不着",而是梦所导致。李百义饱受两类噩梦的纠缠。一类是象征性的,如在逃亡的列车上睡着时做了无数个噩梦,梦见自己身处一个大羊圈,因为涉嫌偷羊而被一只狗命令清点羊只数目。李百义重复点算,即使筋疲力尽、痛苦极了也得继续,直至哭醒方止。李百义在现实中成功逃亡,无须为杀人案负责,于是睡梦中乃出现补偿性的法律制裁(牧羊犬发号施令),以不停地点算羊只的方式进行质问与惩罚。在往后的岁月里,李百义又经常梦见自己被缉拿伏法,这时羊又会出现:

> 我几年来常会做同样的梦。在梦中,我站在法庭慷慨陈词,诉尽我心中的所有秘密。然后我就走向刑场,我会看到山坡,看到羊。可是醒来,才知道一切并没有发生,我多么失望,醒来时,我的枕头上已经湿了一片。

"看到羊"象征着看到了善和正义的实现,但哭醒以后发现原来又是重复的梦魇,"羊"一次又一次似"得"实"失",继续失踪,原初数羊的任务永远完成不了,善与正义不获伸张,因为杀人者依然逍遥法外。另一类纠缠着李百义的梦魇是非象征性的:"从(被捕的)五年前开始,李百义的梦里常会遇见那个被他杀死的人。那个人不一定叫钱家明,但长得是他的样子……老挡着他的去路,逼他还钱。这个梦很搅扰他……后来这个梦渐渐化成一种思想,在白天的时候有时也会突然蹿上来,质问他,你有什么证据一定没有杀错人呢?"又或"梦中有时会浮现钱家明死前的哀鸣。他说,我没有杀你父亲。你真的弄错了。李百义不相信,但钱家明声嘶力竭地发誓说,你真的弄错了。你难道不会弄错吗?你弄错了怎么办?"归纳而言,这是一种直接的自省。

不管是象征性或非象征性的,间接或直接的,梦魇都是小说主人公"内心深处一种纤细的质询"。当这种质询进一步深化时,北村让我们看到了杀人者内心的动摇。李百义在十年前杀人的当儿,曾理直气壮地认为"自己拥有足够宣判那个人死刑的证据。它具有合法的手续,虽然作为个人,杀死一个人是如此艰难,但他终于完成了这个过程,并使这个过程多少消弭了复仇的色彩,而增加了公正性",然而登上普快车不久,却发现"现在我已经报了仇,可是我却没有丝毫的喜乐"。其后缠身多年的梦魇加强了自疑的力度,北村作为叙述者代替主人公向

第七章 空间反抗

正义提出强有力的叩问:

> 李百义杀人事件的原因恰恰在于他不信任公正,所以他自以为义,宣判那人死刑。他不能以别人的不公正为自己可能存在的错误辩护。……现在的问题是,李百义是绝对公正的吗?也就是说,他有没有百分之百的把握没有杀错人?如果有,那个人是罪有应得。可是,李百义没有绝对的把握。问题就出现了。那个人虽然死了,好像仍然活着,他总是来找李百义,说,你难道不会弄错吗?

明显可见,正义在张承志、张炜的小说中是神圣不容争议的,由高建群来处理时乃出现崇高性被嘲谑消解的片段,到了北村笔端则满是怀疑,甚至予以否定,将主人公的苦旅导向对原罪的启悟,一个崭新的、属于宗教的认识空间。

在《愤怒》中,李百义并未信奉基督教。其对原罪说的了解,最初是来自和王牧师的对话。后者如此训释:"人的罪有两种,一种是行为的,就是犯的罪行,另一种是心里犯的罪,你虽然没有做出来,但你想做,你的心里已经做了,这叫罪性,不一定要犯出罪行来,但每一个人都有罪性。"对于罪是与生俱来的说法,李百义原先并不认同,坚持"我杀人没有罪"。然而经过漫长岁月的噩梦纠缠,经过持续重复的内心质询,终究体会到牧师之所言:"大家都是有罪的。只是在有罪的人当中,有的人还知罪,有的人不知罪,所以他们更卑贱。"由此感悟自己有罪,希望在忏悔和救赎中获得宁静与净化,乃勇敢地向养女李好透露自己曾经击杀钱家明的罪行。认罪是对罪行与罪性的真正忏悔。李百义后来在法庭上陈述:

> 事实上我是很难被抓到的……。是我自己把一切告诉了我女儿。我顺服了,我为什么顺服?因为我真的发现,我是有罪的。有一个长者跟我说过,人有两种罪,一种是罪行,是具体的罪行;一种叫罪性,是内心的想法。我想,我两者都有了。就是个罪人,它折磨了我十年。

这说明自愿"放弃外面的自由",是"为了心里的自由"。果然,李百义认罪忏悔之后就不再失眠,在拘留所等待审讯正法时,心情也是前所未有的轻松。小说结尾写警方将李百义转往监狱。李百义在警车中虽然"像一只动物一样蹲在笼子里",但却感到无比的自由,既听见"似乎是一种歌声,从远处飘来",又闻到"一种土地的清香"。当警车渐渐靠近监狱时,"围墙已隐约可见,朝阳照临它,镀上一层金色光芒,好像天国的景象",李百义的漫长苦旅终于完结,心灵找到了永远的归宿。

综观北村迄今的文学创作,可以细分出四个阶段。1988 至 1991 年是第一阶段,发表具有先锋派风格的"者说"系列小说,如《逃亡者说》;1992 至 1998 年是第二阶段,探索人的灵魂、人性和终极价值,如《施洗的河》;1999 至 2002 年是第三阶段,主要描绘人在追求终极价值时的心灵过程和人性困难,如《周渔的叫喊》;2003 年以后是第四阶段,专注以理想主义和正面价值为目标,如《愤怒》。然而笔者以为,前后期二分法能较好地说明北村在放弃先锋写作以后投入苦旅书写的总倾向。北村自 1992 年离开语言放纵的世界以后,乃聚焦书写精神启示与试炼的命题,写《施洗的河》是"用一种从信仰而来的神圣光辉穿透世道人心……第一次进入了人性内部观察它的纠结和挣扎",写《愤怒》则强调试炼的过程,"用信心而非聪明和才智来解释我所面对的世界"。回到《愤怒》的开端,读者会发现主人公之所以出逃,是因为无法苟同父母的生活方式:"他们认为活命比尊严更重要,或者说,活着就是人生,活着就是最大的任务,无论你用什么方式活着。很多中国人就是这样想的,只是不说出口。"这和《心灵史》从批评中国人苟活出发是颇为相似的。通过长时间积累而成的身心苦旅,通过空间反抗来表述信仰与信心,北村不但为小说人物和自己的灵魂找到最后的家园,更为物欲大潮冲刷下精神大溃退的中国人找回了流离失去的尊严。

六 结 语

本章之所谓"自外于盛世",具有两层含义。其一是以书写地理与身心上的偏远空间作为小说主要的叙述机制。换言之,不把叙述的焦点置诸中国盛世,不把精力篇幅投放在描绘酒色财气的狂欢场上。其二是塑造小说主人公不依傍于盛世的勇敢形象,通过倡扬人生固穷求善的生活理念,不失足于改革开放以后的欲望泥潭漩涡,表现一种遗(盛)世而独立、清醒与主动的精神自由。置身于此"自外"的语境,张承志、张炜、高建群和北村在创作以上四部小说时,既不像梁晓声、莫言、余华、苏童等以狂欢的语言铺写盛世极致狂欢,从而披露社会症结之所在,也不像王安忆、陈染、林白等匍匐于日常生活的表象层面,落实记录琐碎的市民风情,建构一种属于城市的日常生活伦理,而是专注心力表述苦旅的来龙去脉与完整过程。在其笔端,主人公不屈服于利欲熏心的环境,毅然从普世的热闹中抽身而出,选择苦旅,一路自省,一路趋善,免去了商品大潮和全球化所带来的媚俗与浅薄。这种背离盛世的非主流书写并非不关切所厌恶的现实(如《无边的游荡》也在复线结构中书写了城市、娱乐场所的堕落世界,批判跨国资本的全球渗透,信息技术的日新月异,交通手段的日益先进),而是坚持走一条不同的道路,在悲怆人文的境界中追求与张扬长期遭受抑制或遗失已久的美好人性品质,以此介入精神中国的建构。

  2008年,长期研究和观察中国的瑞典学者罗多弼(Torbjörn Lodén)在接受《南方周末》的访问时说:"我是觉得现在很多中国人缺乏理想,需要重新开始有一个信仰。但为了寻找这个信仰决不能回到过去的时代。"①阅读改革开放以来的这四部苦旅小说,乃知中国人的新信仰已经在自外于盛世的空间反抗中落地扎根,开出美丽的花朵来。

---

① 《瑞典汉学家罗多弼:读〈左传〉不如读〈红旗〉》,《南方周末》,2008年11月27日, http://book.ifeng.com/psl/sh/200811/1127_3556_897480.shtml。

第八章　轮回·暴力·反讽

——论莫言《生死疲劳》的荒诞叙事

多次翻译莫言小说的美国学者葛浩文（Howard Goldblatt，1939—　）曾指出小说家莫言"惯于运用民间信仰、奇异的动物意象及不同的想象性叙事技巧，和历史现实（国家和地方性的，官方和流行的）混为一体，创造出独特的文学"。① 莫言的《生死疲劳》洋洋洒洒四十三万言，在延续过去通过书写高密东北乡探掘生命欲望的深层本质的同时又见新开拓，倾力演义生死轮回，叙述在土地改革时遭枪毙的地主六道转世，经历了中国自1950年以后整整半个世纪的农村改革变化，重新体验生命的残酷与苦痛。莫言虚构轮回，造设情节，不无呼应章回体、发扬古典小说传统的企图，但更属意于揭示历史荒诞暴戾的面目，披露生命抑扬不越的困境。是故，书中处理死生兴衰，往往铺衍以血腥暴力，一次又一次以受难的姿态去演绎20世纪后半叶中国农村那动荡曲折的发展史。有鉴于此，本章审视《生死疲劳》中的荒诞叙事，阐析莫言如何结合轮回、暴力与反讽，逼使叙述者和读者重复回到同一块土地上，去参与集体欲望介入、戏弄与肆虐个体生命的过程，思索质疑历史既有的想象，使小说在叩问生存意义的层面又见崭新的风貌与深度。

一　轮回受难：秩序与逻辑

《生死疲劳》讲述山东西门屯自土改经"文革"、改革开放迄新千年三代人之间生死纠缠的故事。第一代人西门闹继承家田，翻值三倍而

---

① 葛浩文著、吴耀宗译：《莫言作品英译本序言两篇》，《当代作家评论》，2010年第2期，第193页。

第八章　轮回·暴力·反讽

发迹,成为高密东北乡首富。他娶妻白杏儿,无嗣;纳婢女迎春为妾,生龙凤胎西门金龙与西门宝凤;再纳吴秋香为妾,又无所出。1947 年,地下党员洪泰岳借土改之名,命佃农之子、民兵队长黄瞳枪毙西门闹,并充公其家产田地。西门闹人亡家破,迎春改嫁家中长工蓝脸,于 1950 年诞下一子蓝解放,而吴秋香则改嫁黄瞳,生双胞胎姐妹黄互助与黄合作。进入 1970 年代,第二代长大成人,西门金龙和蓝解放分别娶了黄家姐妹。前者无嗣,宠育养子西门欢,并与庞抗美私生一女庞凤凰;后者有独子蓝开放,却因发展第二春而导致家庭破裂。这最后一代男女是同一祖母(迎春)所出,却阴差阳错相爱结合,更于新千年产下染有怪病的大头婴蓝千岁。三代人的命运紧随中国翻天覆地的政经社会变化而起伏荣枯。综言之,由 1950 至 1970 年代这前三十年基本上是人民公社和单干户之间的尖锐对立,由洪泰岳所领导的公社获得西门屯家家户户的响应支持,唯独蓝脸死守其分获的八亩六分田,坚持不入社,以致众叛亲离,受尽骚扰和羞辱。自 1980 至 1990 年代这后二十年,则见第二、第三代子孙在同一块土地上奋起急追市场经济发展的脚步,迷失于权利爱恨之中,各逐其欲,各食其果。

就结构而言,整部小说由西门闹五度为畜后复返人道的大头婴蓝千岁"用北京痞子般的口吻"①讲述,其讲述再分出五大部,含摄五十三章又五节,各部分别由转世的驴(1950 年代)、牛(1960 年代)、猪(1970、1980 年代)、狗(1990 年代)配搭蓝解放或其村友莫言(与作者同名的小说人物,取代出现在 2000 年的猴子成为叙述者)叙述各自与彼此的故事,合为六世书。值得注意的是,这六世书开篇即呈现人鬼受难的暴力场面。首先叙述西门闹在滞留鬼道的两年多期间,由于深感前生枉死,不断向阎王喊冤而招致种种严惩,"受尽了人间难以想象的酷刑"。鬼卒们为了逼其认罪服输,更施以油炸之刑,情况惨烈:

> 他们使出了地狱酷刑中最歹毒的一招,将我扔到沸腾的油锅里,翻来覆去,象炸鸡一样炸了半个时辰,痛苦之状,难以言表。鬼卒还用叉子把我叉起来,高高举着,一步步走上通往大殿的台阶。

---

① 莫言:《生死疲劳》,北京:作家出版社,2004 年,第 217 页。

> 两边的鬼卒撮口吹哨,如同成群的吸血蝙蝠鸣叫。我的身体滴油浙沥,落在台阶上,冒出一簇簇黄烟……。我焦干地趴在油汪里,身上发出肌肉爆裂的噼啪声……头颅似乎随时会从脖子处折断……

如此暴戾痛苦,已经超出阴魂所能忍受的极限。然而小说家莫言并未就此打住,而是将笔锋转向人间,让小说主人公继续向阎王投诉生前惨遭戕害的详况:

> 像我这样一个善良的人,一个正直的人,一个大好人,竟被他们(民兵)五花大绑着,推到桥头上,枪毙了。……他们用一杆装填了半葫芦火药、半碗铁豌豆的土枪,在距离我只有半尺的地方开火,轰隆一声巨响,将我的半个脑袋,打成了一摊血泥,涂抹在桥面上和桥下那一片冬瓜般大小的灰白卵石上……

不管是冥府之公惩,抑或人间之私刑,两界受难,同样遭遇蛮横强施之暴力,读者既感震撼,又怎会不期待作者在接下来的故事中进一步交代人物冤死之来龙去脉?

事实上,莫言既以轮回转世作为小说的结构,其笔下各世畜牲自然得以死亡来宣告退场,否则无以下启另一世。关键在于生命有善终,有恶死,而综观西门闹五次在畜道投生,除了第五世西门狗以年迈"素食主义者"①的姿态追随老耄的蓝脸入殓土坑,称得上是寿终正寝之外,余者皆突遭飞来横祸。如第二世西门驴竟让人民公社社员给活杀分食,第三世西门牛惨遭西门金龙折磨至死,第四世西门猪遇大水灾救人而溺亡,第六世西门猴被派出所副所长蓝开放用枪击毙,无不枉死告终。

莫言描写前二畜惨遭群杀,尤其详尽。在小说第一部结束前,西门驴自述本想"为主人(蓝脸)再卖几年力气",不料遇上 1959 年的大饥馑,西门屯"人变成了凶残的野兽。他们吃光了树皮、草根后,便一群

---

① 张闳指出"狗"在莫言小说中多为肉食动物,只有年之老者才会失却凶残的本性,而近乎素食主义者。依此说法,《生死疲劳》和《白狗秋千架》中的老狗皆属这例外的一类。见张闳《感官王国——先锋小说叙事艺术研究》,上海:同济大学出版社,2007 年,第 62—63 页。

第八章　轮回・暴力・反讽

恶狼般地冲进了西门家的大院子",眼中射出"可怕的碧绿的光芒",口中高喊"抢啊,抢啊,把单干户的粮食抢走","杀啊,杀啊,把单干户的瘸驴杀死",情势危殆。就在主人蓝脸抵御无从,惊惶逃跑,"女主人和孩子们的悲号声中","浑身颤栗,知道小命休矣"的西门驴"脑门正中受到了突然一击,灵魂出窍,悬到空中,看到人们刀砍斧剁,把一头驴的尸体肢解成无数碎块"。小说紧接着进入第二部,先不谈西门牛出世的情况,而让大头婴言之凿凿地证实牛的前生遭受杀戮一事:"你作为一头驴,被饥民用铁锤砸破脑壳,倒地而死。你的身体,被饥民瓜分而食。这些情景,都是我亲眼目睹。"作者从自述和他述两个不同的叙述视角去核实惨案,不仅说明西门驴在光天化日下死于公众之手是真有其事,更暗示集体暴力在桥头枪毙案后再度施诸西门闹这本体之上,惨痛的记忆难以磨灭,竟而延续数代,连最终投生为人的第七世蓝千岁亦感历历在目,为之悚怖。

在小说第二部,西门闹由驴转世为牛,替蓝脸犁田耕地,结果竟被视为人民公社的公敌,加入公社反对继父蓝脸的西门金龙硬将怨气发泄在其身上,成就了书中最详细最震撼的公众暴力事件:西门金龙先是猛抽牛二十鞭,以至牛"卧在地上,下巴触着地面,紧闭着双眼,流着滚滚的热泪"。接着又"狂暴地吼叫着,两脚轮番踢着牛的头、脸、嘴巴、肚腹"。其后七八个公社汉子围上来,"一个接一个,比赛似的,炫技似的,挥动长鞭",打得牛身"鞭痕纵横交叉,终于渗出血迹脊梁、肚腹,犹如剁肉的案板,血肉模糊"。"他们终于打累了,揉着酸麻的手脖子,上前查看",牛"紧紧地闭着眼睛,腮上有被鞭梢撕裂的血口子,血染了土地。……(牛)大声喘息,嘴巴扎在泥土里。……肚腹剧烈颤动,仿佛临产的母牛"。西门金龙不甘罢休,又"把连接着西门牛新扎铜鼻环的缰绳拴在了蒙古母牛套索后边的横棍上",然后猛擂母牛一拳,母牛"扭动着往前蹿去……西门牛的鼻子,伴随着一声脆响,从中间豁开。昂起的牛头,沉重地砸在地上"。末了心更狠,索性"跑道沟边,扛来了几捆玉米秸秆,架在了牛的屁股后边……点着了火"烧牛。可是西门牛"宁愿被烧死也不站起来为人民公社拉犁",其"皮肉被烧焦了,臭气发散,令人作呕……嘴巴拱到土里……脊梁骨如同一条头被钉住的蛇,拧着,发出啪啪的声响",躯体"后半截,已经被烧得惨不忍睹了"。牛被活活虐待至死,可说是代替那与社会主义集体生产制相颉颃的蓝脸受罪受难。因此,与其说暴力迫害是来自人民公社,不如说是来自那热火朝天推广集体生产的历史大趋势。

相对于前二畜,莫言对西门猪和西门猴受难的叙述似乎要简略得多,但仍然离不开血腥。在第三部收篇处,西门猪为拯救被大水冲远了的村中小孩而毅然潜入河中,不料水"上方是厚厚的冰层,水底氧气匮乏",拖着男孩上浮,"猛撞冰面,没有撞破。再撞,还没有撞破。急忙回头,逆流而上,上行,浮出水面时……感到眼前一片血红",于是命归九泉,并在第四部投生为狗。至于替庞凤凰耍戏挣钱的西门猴,则在第五部结束前忽然"疯了一样地扑"向前来找其女主人的蓝开放,以至"他忘了警察的纪律,他忘了一切。他一枪击毙了猴子,使这个在畜生道里轮回了半个世纪的冤魂终于得到了超脱"。

小说写六道轮回,由人投生为离人道最远的四足驴子,一路发展到"离人已经很近了"的"灵长类"猴子,再投生人道,整体已见逻辑秩序。再看畜道,四世之中既有因天灾(即大饥馑与水灾)而夭亡者,亦有因人祸(遭到集体或单独谋杀)而猝丧者,各占二次,机会均等,且以遭天灾者在前,遇人祸者在后,如此重复一回而成,显示天灾人祸亦有其规律次第,冥冥中自有平衡的力量在运作。至于交代猴子受难,寥寥数语,似乎过分简略,其实如此处理,别有用心,旨在呼应小说开端西门闹的冤死。西门闹与西门猴纵使人畜殊途,下场并无二致,都是被罔顾纪律的执法人员(一为民兵,一为派出所警察)猝然枪毙的。虽然前者是由人转畜,后者则由畜转人,但都以同样的受难方式来结束同道、开启异道,完成由人至畜再归复为人的轮回过程。由以上齐整均衡的结构,可知《生死疲劳》中的暴力叙述是有规划、有步骤经营出来的艺术成果。

二 因暴叙暴:理据与焦点

书写暴力一直是莫言小说的特色。试看成名作《红高粱家族》,写

第八章 轮回·暴力·反讽

余占鳌谋杀酒庄单廷秀父子,手起剑落,弃尸河中,何其冷酷;写日军逼屠户孙五将刘罗汉活生生剥皮示众,哀嚎震天,何其悚怖。① 在《食草家族》中,阮书记暴力执法,令民兵将七老头吊高跌地而死,再放到大锅里煮烂当肥料,抓到偷地瓜花生萝卜充饥的小孩,立刻拉去枪毙;天与地兄弟俩残杀大爷爷夫妇,肢解七奶奶,活埋七爷爷然后枪毙,简直是任意妄为,草菅人命。②《丰乳肥臀》中十七团士兵炸教堂围剿司马支队,处决司马库;上官来弟因奸情被撞破而用木凳击杀丈夫孙不言,被捕正法,情夫鸟儿韩在前往服刑地途中企图逃跑被火车轧成了两半,可说是满纸血迹斑斑,慑人心魂。③ 迨《檀香刑》,更是极尽渲染之能事,写刽子手向小太监施"阎王闩",或腰斩偷银的皇家银库库丁,或凌迟反袁世凯的义士钱雄飞,或对孙丙使用"檀香刑",都在追求血腥残忍的极致,字字挑剔神经,凌迟感官,令人难以卒读。④ 对于这些考验读者忍受力极限的暴力叙述,莫言在 2007 年 12 月 9 日受邀到山东理工大学演讲"我的文学经验"时曾向提问的学生做出以下解释:

> 我们曾经生活在一个充满暴力的年代,这个暴力不仅仅是指对人的肉体的侵犯,也不仅仅指人与人之间互相的残杀,也指这种心灵的暴力,语言的暴力。我觉得文化大革命就是一个社会动乱,整个社会都在动乱当中,这种真正的肉体暴力存在的,也就是说批斗啊、武斗啊,都存在过,我觉得最大的暴力还是一种心灵暴力,一种语言暴力。我们回头看一下文革期间的报纸社论,包括我们许多领导的讲话,包括当时的艺术作品,都充满了这种进攻性的暴力语言。所以我想我们之所以在作品里面有暴力描写,实际上是生活决定的,或者说是我们个人生活经验决定的。⑤

---

① 莫言:《红高粱家族》,北京:人民文学出版社,2007 年,第 30—32,93—98 页。
② 莫言:《食草家族》,上海:上海文艺出版社,2005 年,第 276—279,315—333 页。
③ 莫言:《丰乳肥臀》,台北:洪范书店,1996 年版,上册,第 250—251 页;下册,第 424—429,473—478 页。
④ 莫言:《檀香刑》,北京:作家出版社,2001 年,第 58—65,117—120,252—270 页。
⑤ 见 http://www.lgqn.cn/whmrbg/2008/0610/content_18530.html,山东理工大学"理工青年网",2008 年 6 月 10 日。

这一段话强调暴力时代造就了暴力叙述。换言之，倘若没有残酷的历史，何来血肉模糊的暴力文字？莫言还继续指出建构现代文学暴力叙述的另一要素——中国人特有的"看客"传统：

> 鲁迅先生在他的小说里面批判了这种看客文化，像他的《药》他的《阿Q正传》里面都描写了这种处死人的场面，有很多人围着看。……我觉得中国封建社会里面这种看客文化，实际上是三合一的演出，一方面是刽子手，一方面是被杀的罪犯，一方面是看客。这三个方面缺了一方面都是不行的，刽子手和这种被处死的人是表演者，他们表演的越精彩，观众才越感到满意，成千上万的围观的老百姓，实际上里面都是善良的人。但是为什么，在这种时刻，他们每个人都把这个当作一种巨大的乐趣来观看，我们讲文化大革命期间，像我这种年纪的人都知道，我们要枪毙人，都要搞这种万人大会，万人公示，用汽车拉着这个罪犯在全县的各个乡镇游街示众。目的和封建社会一样，就是来警戒老百姓，或者吓唬老百姓，不要犯罪，犯了罪就是这样的后果。在封建时代刑法的特点就是越是这种重大的罪犯，越是让他不得好死，把这个行刑的过程尽量的延长，让这个罪犯在这个过程中忍受最大的痛苦。

在这双重条件之下，诉诸暴力既是时代最鲜明的标志，也成为莫言小说叙述不可或缺的内容。诚然，如果我们稍作比较，会发现莫言的暴力叙述在《檀香刑》之后有所收敛。《生死疲劳》就不如前述诸作的连篇累牍，巨细靡遗。此外，全书始终只写"惨死"，未若旧作搜索枯肠似地描绘"奇死"。但是熟悉莫言文字的读者也清楚，以莫言天马行空、纵横捭阖的才气和《生死疲劳》足够铺张扬厉的篇幅，要在这方面超越旧作、造新里程碑并不困难，其竟而减省笔墨，可见志不在进行另一场文字表演以飨读者。

笔者以为，莫言在《生死疲劳》中着重赋予暴力叙述一种深层的隐喻功能，这使描绘之详尽与否变得次要了。写西门闹六道轮回而竟有五世罹难，反复以暴死收场，这其实是对于同一本体、数代生命的一种变相凌迟，尽量在历史的长河中延续血腥痛苦的过程。再者，尽管暴力书写如同莫言所说的涉及施、受、看三方,①但其旧作多写极刑示众以发挥震撼耳目的效果,侧重描绘"施"暴者何其飞扬跋扈,随心所欲,"看"的群众事不关己,纯粹为刺激而围观,而《生死疲劳》则倾向强调"受"的一方何其无辜冤屈,"按部就班"地经历肉体和精神上的强大冲击,且又在看客名单上增添最重要的成员——西门闹,使其眼睁睁看着自己如何一再横死,痛上加痛。反复受难,并由受难者亲眼见证,其用意在于配合轮回的叙述结构,暗示生命不断重复,痛苦亦不断重复,说明受难是一早命定的,在历史必然的发展中不容逃匿闪避。

三 荒诞如戏:历史与命运

中国在解放后推行土地改革政策,重新分配土地,或使许多贫农受益,赢得丁玲(1904—1986)在《太阳照在桑干河上》中的极力称颂,②但也导致干部伺机妄为,大批无辜地主家破人亡,招来张爱玲《秧歌》和《赤地之恋》中的尖锐讥讽。③ 由1958年大跃进、三年大饥荒而至十年"文革"期间的种种文批武斗及全国性上山下乡,群体暴力渗透到社会的各个层面,这在1980年代相映生辉的伤痕文学与寻根文学中亦有详细的省思。然而这些叙述似乎不曾将相关的历史摆放到生死轮回的结构中去思考和陈述,故见《生死疲劳》的独特之处。

不过,倘若以为《生死疲劳》和前者的不同仅仅止于运用了跨逾日常现实的魔幻写实手法,则不免肤浅浮泛。读者会发现此书虽然以受难为命定,且在扉页援引《八大人觉经》,指出贪欲乃生死疲劳之根本,④但由

---

① 这"三合一"的说法亦见于洪治纲《刑场背后的历史——论〈檀香刑〉》一文。收入孔范今、施战军主编,路晓冰编选:《莫言研究资料》,济南:山东文艺出版社,2006年版,第303—306页。
② 丁玲:《太阳照在桑干河上》,北京:人民文学出版社,1979年版。
③ 张爱玲:《秧歌》,香港:皇冠出版社,1991年版;《赤地之恋》,台北:皇冠出版社,1991年版。
④ 陈思和从西门屯第一代人的生死疲劳中追溯贪欲之因,从第二代和第三代人的贪欲中推导出苦相之果,认为生死疲劳从贪欲起、少欲无为身心自在乃是小说最隐蔽的主题。见陈思和:《人畜混杂,阴阳并存的叙事结构及其意义——试论〈生死疲劳〉的民间叙事(之二)》,收入陈思和:《当代小说阅读五种》,香港:三联书店,2009年版,第222—229页。

始至终并没有真正阐发佛家配合轮回转世的因果报应之说。且看小说开首,西门闹对着阎王频喊"不服",称诉"在人间三十年,热爱劳动,勤俭持家,修桥补路,乐善好施",却无端被绑缚枪毙,为此冤屈请求放还人间,"去当面问问那些人"自己究竟犯了何罪而死于非命。说是要"问问那些人",其实是质问阎王,追讨公道。阎王却回应如下:"好了,西门闹,知道你是冤枉的。世界上许多人该死,但却不死;许多人不该死,偏偏死了。这是本殿也无法改变的现实。"

明言命当绝者而未绝,命不该绝者而竟绝,可见连专司人间寿夭的地府主宰也深感无奈,承认是非不明,善恶乱套,生死吉凶全不由那因果报应,而是任凭变化无常的历史现实来定夺。再看西门闹生前多善行,收养几乎冻死于关帝庙的小孩蓝脸,长大雇为长工,但其在死后连番转世,倒反过来成了蓝脸(或蓝家)的"家奴"(此说较"家畜"贴切),既供驱遣为之卖力,更赔上性命,如此安排又是不符善有善果,恶有恶报的逻辑。据此可知,暴力叙述在《生死疲劳》中不过是一种书写策略,控诉历史的荒诞才是文本真正的焦点所在。

在小说前三部中,面对中国走向社会主义发展的滔滔历史巨浪,西门金龙与蓝解放两兄弟先后和父亲蓝脸划清界线,响应号召加入人民公社,在西门屯大队支部书记洪泰岳的领导下积极参与集体生产,如火如荼"大养其猪","向毛主席表忠心"。可是到了第三部,毛泽东逝世,"四人帮"倒台,局势有了大逆转。生产大队开始土崩瓦解,人民公社名存实亡,农村生产恢复分田到户的方式,农民自行决定所种植的植物。这对洪泰岳来说简直是晴天霹雳。他被迫卸任,在农村改用"包产到户责任制"时不禁跳着脚斥问是否就要取消人民公社。眼看"大包干责任制"发展起来,则整个人崩溃下来,借酒消愁,冲着欺压了半辈子的蓝脸嚎啕大骂:"什么'大包干责任制'?不就是单干吗?'辛辛苦苦三十年,一觉回到解放前!'"为此高喊"不服":一不服铁打的红色江山从此变了颜色;二不服三十年来忠心耿耿,辛辛苦苦,流血流汗,反倒成了错误;三不服执拗单干的蓝脸"明明是历史的绊脚石,明明是被抛在最后头的",如今"反倒成了先锋……是先知先觉"。洪泰岳这三"不服",自然令人回想起小说开首西门闹直面阎王,频喊"不服"的情况。两者都是无法面对现实人生的遽变,都在苦苦追问历史何以如此荒诞无端,如此变化莫测。

在莫言看来,历史之荒谬在于如同"儿戏",否则分明是地主合法累积而得的土地,不会突然被强行没收,否定了拥有权;分明是实践了数十年的集体社会生产制,不会说改就改,完全抹杀先前万众一心劳动的成果,颠覆/辜负了半世纪在意识形态上的虔诚信仰。不仅如此,历史还如同"演戏",所有摆上舞台(公共空间)的都是演出,都虚幻不实,只有观/群众才(或佯装)信以为真,不管在现场或离场后都努力陪着哭笑打闹,甚至落得丧身害命的下场。解放以后,西门屯村人热情投入群众运动:抄西门家时严厉拷问白氏;大炼钢铁,兴修水利时强拆西门大院的大门,扒挖祖坟,毒打白氏,力夺西门驴;为了消灭村中唯一的单干户,使西门屯成为全国集体生产的模范,乃不断威迫利诱,造谣中伤,连那曾为三姜的吴秋香也污蔑西门闹"强奸了她,霸占了她,说她每天都要遭受白氏的虐待,她甚至当着众多男人的面,在清算大会上,掀开衣襟,让人们看她胸膛上的疤痕";搞"四清"时写大字报、唱革命歌曲——"运动就是演戏,运动就有热闹看,运动就锣鼓喧天,彩旗飞舞,标语上墙,社员白天劳动,晚上开大会"。一旦改革开放,西门屯立刻改换另一种热情与时并进,"在高密东北乡复辟了资本主义"(洪岳泰语),人人忙于满足飞黄腾达的欲望。在紧跟党的"四化"(革命化、年轻化、知识化、专业化)方针下,吴秋香开了家酒馆;西门金龙取代洪泰岳担任支部书记,生活纸迷金醉,还勾结公社党委书记兼情妇庞抗美,欲将西门屯开发成旅游区,从中牟取暴利;蓝解放亦平步青云,从县供销社政工科长一路升上副县长。改革开放前三十年间集体欲望纷纷扬扬介入个体生活的事情仿佛不曾发生,积极参与过的血与泪的演出居然如过眼云烟,了无记忆。

四 深度反讽:叙述与解构

了无记忆或佯装无事发生,是荒诞的历史所导致的荒诞反应。莫言对此十分介怀,故"历史(一直)是促动他创作的基本力量"①,而《生死疲劳》就通过不同的叙述者来强调有必要还原那些消失的历史记忆。如第二部,"牢记不忘"西门牛暴死的蓝解放向前者叙述事件的经过时说:

> 金龙是那样的变态,那样的凶狠,他把自己政治上的失意,被监督劳动的怨恨,全部变本加厉发泄到你的身上。……你已经在牛世之后又轮回了四次,阴阳界里穿梭往来,许多细节也许都已经忘记,但那日的情景我牢记不忘,假如那日的整个过程是一株枝繁叶茂的大树,我不但记得住这株树的主要枝杈,连每一根细枝,连每一片树叶都没有忘记。西门牛,你听我说,我必须说,因为这是发生过的事情,发生过的事情就是历史,复述历史给遗忘了细节的当事者听,是我的责任。

迨第三部,则借西门猪一口否定莫言(书中人物)小说《撑杆跳月》中所记载的蓝黄二家联婚过程,否定了历史的既定叙述:

> 如今那刁小三(笔者按:猪名)说不定早已轮回转生到爪洼国去了,即便他转生为你的儿子也不能像我一样得天独厚地对忘却前世的孟婆汤绝缘,所以我是唯一的权威讲述者,我说的就是历史,我否认的就是伪历史。

这种对抗性表述出现在莫言的其他小说时,或如有的论者所说是来自边缘、针对中心而发挥的想象力与话语,②但在《生死疲劳》中却是以历史为锁定的目标,因为不管中心如何叙述历史,其意图动机尚可揣测而得,但历史本身之命定与暴戾却是难以预料,不容推衍逻辑的。是故,以复述历史细节的重任自许,自认是历史的唯一权威讲述者,并非针对中心而言;一方面设置生死轮回架构以盛载历史命定的进程,另一方面又反复对此架构进行深度的反讽,正是为了见出历史荒诞吊诡的本质。

---

① 王德威:《千言万语,何若莫言:谈莫言的小说》,见王德威:《众声喧哗以后——点评当代中文小说》,台北:麦田出版社,2001年,第209页。

② 张文颖:《来自边缘的声音——莫言与大江健三郎的文学》,北京:中国传媒大学出版社,2007年,第146—147页。

第八章 轮回·暴力·反讽

《生死疲劳》之反讽轮回,如前文所提及,首见于拒绝以因果报应作为生死转世必然的理据。这使阎王所允准安排的六道转世失去了其应有的合法性。再者,进一步讥嘲整个轮回概念在实践运作上的失衡与落差。且听蓝解放如何劝慰枉死的西门牛:

> 就算金龙是你的儿子,但那也是你为驴为牛之前的往事,六道轮回之中,多少人吃了父亲,多少人又奸了自己的母亲,你何必那么认真?

在西门闹转世之后最荒谬最违反伦理的安排莫过于弑父:让西门金龙去虐杀西门牛,并率领社员展开剿灭野猪(包括西门猪在内)的运动,让蓝开放去枪毙西门猴,一次又一次做出"吃了父亲(/祖父)"的不肖行为。不仅如此,莫言还使畜道各世在投胎以后依然"牢记"前生是西门闹,念念"不忘"在人道曾经有过的种种因缘关系,借此否定"味道古怪,似乎是用蝙蝠的粪便和胡椒熬成"的孟婆汤所具有的消除前世记忆的绝对功能,挑战轮回转世的权威性,同时暗喻人类经历了半世纪的改革岁月而竟可失忆,倒连畜生还不如,简直荒诞可笑。

不过,莫言最深沉的反讽还是嵌置在对反历史潮流行为的叙述中。例如写蓝脸在知悉农村恢复个体生产后,其回应洪泰岳的说辞是何等的理直气壮,何等的慷慨激昂:"我不是圣贤,毛泽东才是圣贤,邓小平才是圣贤……圣贤都能改天换地,我能干什么?我就是认一个死理:亲兄弟都要分家,一群杂姓人,硬捏合到一块儿,怎会好得了?没想到,这条死理被我认准了。"又如写西门牛临死前竭力站立起来,"一步步地向……(蓝脸)走去。牛走出了人民公社的土地,走进全中国唯一的单干户蓝脸那一亩六分地里,然后,像一堵墙壁,沉重地倒了下来。西门牛死在……(蓝脸)的土地上,它的表现,令在文化大革命的浪潮中晕头转向的人们清醒了许多"。其画面何其悲壮,何其撼动人心。

表面观之,叙述蓝脸始终不放弃单干,孤苦至死,似乎是在歌颂其独立固守原则,意志坚定不移,鞭挞群众之盲从潮流,疯狂无耻。但只要回顾第三部蓝脸对毛泽东逝世的反应,加以比照,便知此非莫言书写的真正意旨。西门屯男女老幼在得悉毛泽东的死讯后莫不放声悲号,唯独蓝脸默默在门槛上磨镰刀。因为西门金龙咬牙切齿的责备,蓝脸才吭声回答:"他死了,我还要活下去。地里的谷子该割了。"当洪泰岳也严厉批评时,读者这才看到:

> 蓝脸的眼睛里慢慢地涌出泪水,他双腿一弯,跪在地上,发愤地说:"最爱毛主席的,其实是我,不是你们这些孙子!"众人一时无语,怔怔地看着他。蓝脸以手捶地,嚎啕大哭:"毛主席啊——我也是您的子民啊——我的土地是您分给我的啊——我单干,是您给我的权利啊——"

莫言这一段文字看似平平无奇,其实蕴含的反讽尖锐无比,直指历史最荒诞的本质——祸福同源,两无差异。蓝脸终于流泪,是因为体悟到个人与群众都深受历史的戏弄。其半生坚持单干和洪泰岳等人坚持集体生产其实同出一辙,是同一领袖在政治经济上运筹帷幄的结果。不管蓝脸是如何义正词严地说明自己做了正确的选择,西门牛是如何悲壮地摆出为单干户赴汤蹈火的姿态,洪泰岳在局势逆转后又是如何的落泊潦倒,与西门金龙同归于尽,历史所造成的都是两败俱伤的局面。正反是非丧失其价值与意义,不管是站在历史浪潮起伏的哪一端,择何者固执而行,都无从幸免于历史的荒诞暴力,都为此而付出了巨大沉重的惨痛代价。

五 结 语

诚如历史学家史景迁(Jonathan Spence,1936—)所言,"《生死疲劳》并不是一部反共题材小说"。[①] 莫言近乎密集地想象高密东北乡,就是要摆脱意识形态的束缚,从而勘探历史记忆的可信度,发掘生命的真实情态。在其笔端,西门闹辗转于人鬼畜三道,通过不同叙述者的十二双眸子和读者一起端详,一起见证历史命定的荒谬与暴戾。《生死

---

① Jonathan Spence, "Born Again," in "Sunday Book Review," *The New York Times*, May 4, 2008. 史景迁著、苏妙译:《重生——评〈生死疲劳〉》,《当代中国文学网》,2008 年 9 月 5 日, http://www.ddwenxue.com/html/sjwx/hwhx/20080925/2519.html。

疲劳》中的暴力叙述或不及旧作的缤纷变态,但是结合轮回结构与深度反讽,却似庖丁临俎挥刃,对那半世纪长肌骨筋脉纠结的中国农村史做了细致精彩的解剖/构。

第九章 张炜"看"小说的方法
—— 以《你在高原》中的《鹿眼》为例

一 "张看":"张"炜"看"小说

在2010年这终结新世纪首十年、起始第二个十年的交接点上,张炜一次性地推出十册本长篇小说《你在高原》,迎来了文学界的"张炜年"。① "张炜年"标志着《你在高原》所造成的巨大震撼,简单一点讲,就是一种高度"被看"的震撼。此书分三十九卷,由《家族》《橡树路》《海客谈瀛洲》《鹿眼》《忆阿雅》《我的田园》《人的杂志》《曙色与暮色》《荒原纪事》和《无边的游荡》十个单元所组成,篇幅长达四百五十万字,从动笔到完稿历时二十余年,如此要求耐力与定力的纯文学书写是自新中国成立以来所未见,首先使得理解个中艰辛坚毅的同仁投以"惊奇""感佩""欣喜"而又"嫉妒"的目光。② 实际上,张炜自上世纪80年代凭着《古船》起家,三十多年来佳作迭出,《九月寓言》《外省书》《能不忆蜀葵》和《丑行或浪漫》等各有建树,早已奠定个人在文学史上的重要地位,然而诸作所受的重视仍然无法和《你在高原》相提并论。单单在2010年和2011年这两年里,国内至少召开了五场关于《你在高原》的研讨会。③ 学界亦好评如注,如贺绍俊把这鸿篇巨制看成是"必须

---

① 解永敏、吴永强:《"张炜年"是个什么年?》,《齐鲁周刊》,2011年7月,第27期。
② 铁凝:《凝视并仰望高原——评〈你在高原〉》,《法制资讯》,2010年,第2期,第100—102页。
③ 2010年9月4日,由中国作家协会主办的"张炜《你在高原》作品研讨会"在北京召开,http://news.xinhuanet.com/xhfk/2010-09/06/c_12522071.htm。10月11日,人民大学当代文艺思潮研究所主办"张炜'你在高原'长篇小说研讨会",是该所"著名作家进人大"(转下页)

第九章　张炜"看"小说的方法

始终如一地坚守着自己的信念,抵御着现代性的种种诱惑者,才能完成"的"一次伟大的行为艺术";①施战军认为它兼具西方批判性的对抗色彩和中国古典文化式的宽恕倾向,称得上是"雅正的文学典范"。②2011年,《你在高原》面世不过一年多,即受到文学史家孟繁华和程光炜的高度肯定,将之纳入经修订的《中国当代文学发展史》的经典谱系中。③同年又锦上添花,荣获第八届茅盾文学奖。张炜此书被经典化的速度之快,时间之短,可谓一时无两。

必须提出的是,《你在高原》不但如上所述是"备受注视之书",它还是"注视之书"。陈晓明在评述这部小说的成就时,认为它"孕育出汉语文学的很多新的素质",其中之一就是"对注视的表现"。他举表现注视尤其充足与多样化的《忆阿雅》为例,指出张炜笔下"有目光,人的目光、'我'的目光、他人的目光、动物(阿雅)的目光、'我'与阿雅交流的目光。……实际上,张炜在注视历史,注视友情,注视我们,注视内心,注视50代这一代人"。④陈晓明所说的"注视"切合英国艺评家约翰·伯格(John Berger,1926—　)的界义,是"一种选择行为",因为注视者"所注视的从来不是事物本身",而是事物和注视者之间的关系;他/她的"视线不断搜寻、不断移动,不断在……周围抓住些什么,不断建构出当下呈现在(他/她)眼前的景物"。⑤其后《你在高原》获颁茅盾文学奖,授奖词中亦有类似的评语:"《你在高原》是'长长的行走之

(接上页)系列活动的第一场。2011年9月14日,聊城大学文学院主办"张炜作品研讨会暨获奖祝贺会",http://www.xinwenren.com/edu/201111292798.html。10月29日至30日,鲁东大学主办"张炜《你在高原》研讨会",http://www.xyw.ldu.edu.cn/article/40.html。12月9日至11日,浙江工商大学人文与传播学院与复旦大学中文系联合举办"张炜创作学术研讨会",http://chinese.zjgsu.edu.cn/Art/Art_56/Art_56_746.aspx。

① 贺绍俊:《五十年代生人的精神之旅——读张炜的〈你在高原〉》,《当代作家评论》,2011年第1期,第43页。
② 施战军:《〈你在高原〉:探寻无边心海》,《当代作家评论》,2011年第1期,第47页。
③ 孟繁华、程光炜:《中国当代文学史》(修订版),北京:北京大学出版社,2011年,第398页。
④ 陈晓明:《你在高原,就是高原》,《文艺报》,2010年9月15日,第1—2页。
⑤ John Berger, *Ways of Seeing*, Paris & London: Penguin Books, 2008, p.1.

书',在广袤大地上,在现实与历史之间,诚挚凝视中国人的生活和命运,不懈求索理想的'高原'。"①不管是"注视",抑或"凝视",在在提醒我们《你在高原》其实是"长长的张看之书","张看"是《你在高原》的重要内涵,受众若想更深入、更透彻地把握《你在高原》,就必须了解"张看"——"张"炜如何"看"。由此切入,笔者认为《鹿眼》不仅是阐明《你在高原》如何"张看"的最佳例子,而且彰显了张炜与众不同的构思小说的方式——他的小说不是"写"出来的,而是"看"出来的。这种独特的创作意识与途径自成中国当代文学的一道奇特风景,值得我们好好浏览欣赏。

二 作为整体结构的分龄限知叙述视角

据张炜自注,可知其完成《鹿眼》比完成《你在高原》全书的时间略短一些罢了。这四十余万字的小说从1991年7月起笔,间中数次修订,至2009年12月才定稿,②历时也有十八年半之久。《鹿眼》虽以游走于山东平原海滨的宁伽为主人公兼叙述者,但叙述起来时空跳跃交错,人物繁多,内容纷杂。如果从故事情节或事件发展入手,我们很难梳理出一个秩序井然的叙事逻辑来,因为小说时而抒发中年宁伽离开城市妻小的复杂感受,时而描写"文革"时期宁父蒙冤,全家受牵连的折磨痛苦,时而叙述平原故居果园邻居小孩们猝死、发疯或受性侵犯的不幸遭遇,时而透露少时同学严菲与市立医院院长之间的暧昧纠葛,时而揭发改革开放后市政府干部荒淫腐败的生活,时而控诉外资企业给本土生态与社会风气所带来的种种破坏,时而交代宁伽与两代小学女音乐老师的亲密过从。我们也无法为《鹿眼》确定一个统摄全书,贯彻始终的中心意象,因为小说中反复书写的不限于鹿眼,还有传说中的旱魃、雨神,以及说故事的祖母、四处奔跑的疯子、老红军、流浪汉、大鸟等

---

① 授奖辞见"中国作家网",http://www.chinawriter.com.cn/news/2011/2011-09-20/102619.html。

② 张炜:《鹿眼》,北京:作家出版社,2010年,第437页。

第九章　张炜"看"小说的方法

众多意象,这些意象之间未必有意义上的互涉关联,也并非全部指向同一主题。

正如前文所言,张炜的小说是"看"出来的,要找寻《鹿眼》的叙事脉络,必须细看张炜如何"看",认识到叙述故事的角度其实就是小说的叙事结构。《鹿眼》全书采用第一人称"我"来叙述故事,基本上类似陈平原在《中国小说叙事模式的转变》中所说的"限制叙事",我们不妨称之为"限知叙述视角"。采用此叙述视角者主要从个我当下的单一角度向读者倾述所见、所闻、所感、所想,一方面拉近读者的距离,给予直面相授的私密真实感,另一方面却受到陈平原所说的限制,因为"叙述者知道的和人物一样多,人物不知道的事,叙述者无权叙说"。① 例如鲁迅《孔乙己》的叙述者"我"乃是鲁镇咸亨酒店站柜台的伙计,他在叙述故事主人公孔乙己的际遇时,除非是亲自耳闻目睹的事情,否则只能说些模糊含混的话:"……又长久没有看见孔乙己。……再过年关也没有看见他。我现在终于没有见——大约孔乙己的确死了。"又如《伤逝》,叙述者"我"(即涓生)颇抒情地交代了自己和子君从恋爱到同居到离异的来龙去脉,然而子君死时他不在场,全凭他人转告,所以交代起来并不清晰。相比之下,第三人称的全知叙述视角似乎不受此限制,更便于展现广阔的生活场景,自由剖析众多人物心理。正如罗莉·亨利(Laurie Henry)在《小说词典》中所指出,全知叙述者"能透视其选择的任何人物的心……。这种叙述者较多出现于长篇中。他能透视多于一个人物的心,所以读者无须去猜测人物的感受。他总是有能力知道其他人物所不知道的事情"。②

笔者以为,张炜对于第一人称限知叙述视角的局限了然于心,他深晓书写宁伽人到中年回返幼年生活过的东部平原海滨,如果全用成人"我"的视角来叙述,容易陷入鲁迅《故乡》营造强烈对比、扬昔抑今的"写统"中,并不符合平原海滨人物今昔皆遭遇苦难的实况;如果全用孩童"我"的视角去窥看成人社会,又走不出鲁迅《孔乙己》远距抽离、

---

① 陈平原:《中国小说叙事模式的转变》,上海:上海人民出版社,1988年,第66页。
② Laurie Henry, *The Fiction Dictionary*, Cincinnati, Ohio: Story Press, 1995, pp.198-199.

间接控诉的经典框架,容纳不了超乎孩童感知能力范围的复杂深厚情绪。正因为洞烛这限知视角的局限性,不愿受其束缚,而心中要拉近距离,直接向读者讲述故事的欲望又强烈到不能不通过"我"来表达,张炜在书写《鹿眼》时乃独运匠心,另造一种"我看"的叙事结构,笔者称之为"分龄限知叙述视角"。

所谓"分龄限知叙述视角",是指分属不同年龄层的限知叙述视角。使用于同一部小说中,会出现不同年龄时段的叙述者"我",这不同年龄时段的"我"可以是同一人或不同人,在进行叙述时须以符合其年龄的"感受方式、思维方式、叙事策略和语言句式,去重新诠释和描绘外在的世界"。① 分龄限知叙述视角的作用在于分别直接地向读者叙述属于个别时空的自身经历,既充满全知叙述视角所匮乏的亲近感与当下感,亦突破限知叙述视角的局限性——带出不同的时空不同的语境,一方面因为差异而互相碰撞产生张力,一方面因为当中人事情感的相关互动而扣合起来,由此形成一个有逻辑、有秩序的小说结构。张炜将《鹿眼》分成四卷(共十一章)加一缀章,全书配置以少年、中年与老年三种不同的第一人称限知叙述视角,叙述者"我"以宁伽为主但不只他一人,还有小学女音乐老师,整个叙述机制的运作有其程序逻辑可循。

《鹿眼》卷一至三各有三章。卷一第一章先写少年宁伽早晨梦见美丽鹿眼的情境,接着两度跳跃,转写中年宁伽重返故居园艺场所见,再回到少年宁伽的注视下,瞅着自己如何受旱魃的惊吓和折腾,用噩梦和开篇的纯真美梦形成强烈的对照。如此混搭分龄限知叙述视角,确立了少年和中年这两个分立却又连贯的叙述本位。第二章全章采用现时性的中年宁伽视角,惊悉故居邻居老骆的小孩骆明中毒不治、廖紫卫的小孩廖若精神失常等不幸遭遇。第三章悉用少年宁伽视角,交代他与女同学严菲的初恋,呼应第一章对同样长着美丽鹿眼的小学女音乐老师的暗恋。进入卷二,首两章都混用分龄限知叙述视角。第四章

---

① 王黎君:《儿童的发现与中国现代文学》,北京:中国社会科学出版社,2009年,第29页。

第九章　张炜"看"小说的方法

先通过中年宁伽之眼凝视老骆夫妇,看他们因为儿子夭亡而陷入悲伤之中,但很快就换以少年宁伽之眼观览家人如何与园艺场新派来的十七岁青年老骆交往,如何被他出卖、遭批斗,并在此章结束之前回到中年宁伽的视线中,交代廖紫卫夫妇面对儿子失常时的无助与无奈。第五章写两代小孩深受体制暴力的残害——前三节用中年宁伽视角直面市立医院的金钱至上,见死不救,最后一节转成少年宁伽视角,眼睁睁看着新来的果园管理人狠心射杀宁伽心爱的花鹿,并将鹿皮钉在墙上——两种不同的"残杀"语境碰撞出权利与人性之间的张力。到了卷三,开卷第七章仍然混搭分龄限知叙述视角以探看自由与禁锢。先写中年宁伽聆听小女孩唐小岷诉说出没于果园随处奔跑的疯子原来就是其伯父,接着把叙述者转为少年宁伽,听外祖母讲述失踪小孩京子沦为海盗族长的禁脔的故事,又想象离家出走的自己如何化为大鸟飞回家中,惊见母亲病危。第八章全用少年宁伽视角,写他从南部大山流浪回来,母亲向他描述父亲临终的情况。第九章全借中年宁伽之口,向读者透露包学忠和廖若这些小孩如何受黑社会荼毒以致学坏等等详情。至此可知,小说第一至三卷在分龄叙述视角的设置上都是前半卷混搭,后半卷单用,章法甚是整齐。

　　书至卷四完全进入中年状态,第十章写宁伽食物中毒入院,获严菲照料,和之前也是食物中毒但不获医院救治的小孩骆明形成对比,第十一章写其出院后加入找寻失踪廖若的队伍,两章悉用年届不惑的宁伽视角,从中年本位去解除之前各卷所制造的种种悬疑。小说在第十一章之后还有十五节的篇幅才结束,但这十五节其实是变相的卷五。张炜将之题为"缀章:墨夜独语",相似的做法亦见诸《你在高原》的《人的杂志》,不同的是《人在杂志》"缀章"中的叙述者"我"时而是宁伽,时而是"走向了高原"的淳于黎丽,①二人交互叙述故事,而《鹿眼》"缀章"中的叙述者"我"却由始至终是年迈的小学女音乐老师一人。《鹿眼》的叙述者突然从宁伽转换成女音乐老师,从老年本位出发,表达其

----
① 刘蓉蓉:《忧思和迷惘:〈人的杂志〉对精神家园的建构》,《湖州师范学院学报》,2012年第3期。

内心对宁伽的思念与深情。归纳以上的观察,可用简表显示如下:

卷次	章次	第一人称限知叙述视角	叙述者
一	一	混搭(少年+中年+少年)	宁伽
	二	中年	
	三	少年	
二	四	混搭(中年+少年+中年)	宁伽
	五	混搭(中年+少年)	
	六	中年	
三	七	混搭(中年+少年)	宁伽
	八	少年	
	九	中年	
四	十	中年	宁伽
	十一	中年	
无/五	缀章	老年	女音乐老师

分龄限知叙述视角为《鹿眼》提供了一个"贯时性叙事结构"。在这贯时性叙事结构中,读者会一路紧贴着叙述者"我",从第一至三卷混搭少、中年宁伽视角开始,到第四卷悉用中年宁伽视角,再到最后"缀章"悉用女音乐老师老年视角,渐进地看到一个直线式的主导生命轴把小说三大部分的细节统摄成有机的一体。再者,小说开篇写年轻女音乐老师悄然离开园艺场子弟小学,之后在宁伽由少年至中年的生命经历中一直杳然无踪,要到"缀章"老年的她才重新现身说法,如此设计安排,达到两种效果。其一,让女音乐老师自剖心迹,和盘道出当年不辞而别的缘由,别后隐居大山中的情况,以及长期以来对宁伽的思念和得知他辞世后的哀伤,这既填补了女音乐老师和宁伽互不在场时的空白与"无知",也相为呼应地交代了彼此完整的人生。其二,开始时先让年幼的宁伽懵懵懂懂地"探看"失踪的年轻女音乐老师,结束时则由年老的女音乐老师清楚地"回望"已经不在人间的宁伽,如此一前一后,终究铭刻了二人的"不在"而"在",以彼此苦难的一生去见证中国社会

从"文革"到改革开放后的崎岖发展。

当然,使用分龄限知叙述视角还有另一作用,那就是分而治之,作者能够在小说的个别章节里保留统一时空的限知叙述视角,使读者眼前的叙述者的精神状态能够停留在某特定的年龄层,独立且具信服力地叙述该特定时空的经验与情感。在这种情况下,我们有必要逐一讨论《鹿眼》中分龄限知叙述视角的内涵。

四 作为意义环节的分龄限知叙述视角

恐惧是面对周遭环境存在着无法预知和确定的因素时心理或生理上所产生的强烈的无从适应感。一般而言,少年具有青春朝气,对新事物敏感而好奇,但由于经济上还未能独立,人生阅历尚浅,因此承受残酷现实冲击的能力也较薄弱。《鹿眼》中少年的"我"就读于东部平原上的园艺场子弟小学,十来岁大,处于对成年世界似懂非懂的年龄,是我们平常所说的"半成人"。在中国50年代的政治环境下,少年宁伽又属于"出身不好"的异类,自小在强权的钳制下成长,心理状态颇为复杂,既深感朝不保夕,常常充满恐惧,但为了逃离这种恐惧又会生出乌托邦式的美丽憧憬来。

从少年宁伽"我"的眼中,可以看到他最害怕民兵。宁伽的父亲在国家政治风暴中沦为反革命分子,不仅身陷囹圄,而且连累家人被逐出城市,屈居于荒原小茅屋中,长期受紧密监视。尽管他后来获释,却被限定在小果园里劳作,随时听候差遣到南部大山里的水利工地服役。监视宁家的民兵个个凶神恶煞,经常闯入茅屋,他们"不一定什么时候……照例什么都不解释,只吆喝着将父亲一把拉走",或对他拳打脚踢。宁家老幼在民兵的淫威底下"不得不小心翼翼地做事,连走路都轻轻的,说话时声音也要压得低低的",战战兢兢,唯恐家中仅有的男孩宁伽也随时被强制去山里出伕,"干十年,二十年"。民兵有枪有权,动辄施刑,任意妄为。如第三章宁伽从小学同学严菲口中得知"民兵连部有个小黑屋,里面常常吊打人,半夜里都能听到有人没好声地喊叫"。而严菲更有个当民兵和治保会头儿的三十来岁叔伯哥哥碾哥,阻挠她和宁伽往来,甚至和同僚把宁伽吊在杨树上毒打,又把她囚禁起来,不让上学、回家。在第五章里,新来管辖园艺场周围几个小果园的民兵不但"满脸横肉……额上长了很大的黑痣",样貌凶狠骇人,而且"到了哪里都要骂人,不拿别人当人","说话像炸药一样……叱喝声让人听了身上发毛",让少年宁伽"我"觳觫不已,"像躲毒蛇一样躲闪"着他们。民兵暴行累累,不但恣意射杀宁伽所喜爱的林子里的花鹿,更强暴他所倾心的女音乐老师和严菲,使他永远失去心爱的人。

同样令少年宁伽畏惧的还有家中的灾星——宁父。宁伽小时候听外祖母说起远在南部大山服劳役未曾见面的父亲时,眼前会出现这样一个形象:

> 一个男人一声不吭,锤子在脸前挥舞,一手扶着钢钎……我真害怕那个锤子砸到他的手上,希望他能及时躲闪——可这锤子还是落到了他的手上。有根手指被打得血肉模糊,血水一下把石头染红了。

对宁伽来说,鲜血淋漓就是父亲的形象。到七岁初见从南方回来的父亲时,只觉得他"瘦弱、衰老,甚至是丑陋……还感到了一种难言的耻辱"。这男人干瘦弱小,根本无法为宁家提供任何保护,他总是被呼来喝去,不但要劳作,还常常被打得浑身是伤,用担架抬回家,成为威吓震慑宁家的暴力展示品。更糟的是,这个命运不由自主的一家之主一方面屈服于施诸其身上的暴力,另一方面却以暴力对待比他更弱小者。他不但用妻小采蘑菇换来的钱买醉,"还要时不时地对母亲和我发凶",以粗暴的拳头对待妻子,或把儿子养在笼子里的野兔杀了烹煮成桌上的菜肴。在青春岁月里,宁伽见父亲"带给小茅屋无边的恐惧、懊丧、绝望,留给我一生难忘的恐怖",认为"他带给我们一家的简直就是毁灭,或者说他不声不响地把我们一家推到了毁灭的边缘……"是故,少年常常自内心发出"人为什么要有一个'父亲'"这样的问题,甚至"真心诚意盼望父亲死去","诅咒父亲死去"。

强权暴力在宁伽幼稚的心灵留下抹不去的阴影,以致听外祖母讲故事也老记着那些"阴冷刺骨""冤气逼人"的地方传说,害怕凶残的妖

第九章　张炜"看"小说的方法

怪会来将他掳走。在第三章里,逃学的少年宁伽"我"在林子里流连,①到天色转黑时想到旱魃和雨神的传说,就"惊得合不上嘴巴":

> 旱魃面目苍黑,长了铁硬的锈牙,身上穿了满是铜钱连缀的衣服,一活动全身哗啦哗啦响,一卧下来就变成了一堆铜钱。这个妖怪一生下来就得了要命的口渴病……走到哪里都要吸尽宝贵的淡水,让大地连年干旱。除了贪婪吸吮,他每年里都要吞食几头牲畜,性急也会吞食田野上的人。他最恨的就是天上的雨神,恨她不能让他畅饮一空,为了报复雨神,旱魃设计诱骗了她的独生儿子(鲛儿)……将他用铁链锁在一个地方,然后等雨神携风挟雨到处发疯一样寻自己的儿子。

小宁伽既害怕"那个旱魃就在一旁冷冷地瞥过来",亦受那雪白美丽的雨神的惊吓,梦见雨神用"一只温热的手抚摸我",说"我"长得像她失踪的儿子,如果不是苦苦哀求,"我差一点就被雨神带走了"。显而易见,张炜以"我"对于妖魔世界的恐惧为隐喻,指涉少年对于充满强权暴力的成人世界的恐惧。

在少年限知叙述视角下,拒绝被带走这行为透露出拒绝成长的心理。这种心理既脆弱又坚强,不时转化为对美好事物的憧憬和依赖。《鹿眼》开篇写"少年时代的一个真实经历"——宁伽"我"在黎明时分还香甜地睡着,女音乐老师蹑手蹑脚地走近了,低头轻吻"我",惊醒的"我"睁开眼睛马上看到她那双美丽鹿眼。之所以出现如此温柔诗意的画面,是因为背后有女音乐老师的疼爱。一直生活在强权暴力的恐惧之中的少年宁伽原本希望在外祖母和母亲那里找到避风港,然而后者自顾不暇,只会"一遍遍叮嘱我:千万要听话啊……无论是谁都不要

---

① 小说中的"我"是个厌恶上学的小孩,这和张炜的童年记忆紧密关联。张炜在《关于〈九月寓言〉答记者》中说:"我出生不久就随家迁出龙口,搬到了海滩林子里。那里离一些村落还比较远,是一个林场和园艺场。由于太寂寞,后来我就穿过林子到一个外地人聚居地去。这个小村算是离我最近的了,都是从遥远的异地他乡迁徙来的,最早来的人家可能就是他们当中最富裕的了。我在那儿找到了极大的欢乐。我在那儿玩得入了迷。一直长到十四五岁我才离开林子,把小村藏在记忆里。二十多年后我回到登州海角,特意去找林子和小村,什么都没有了。"见黄轶编选:《张炜研究资料》,济南:山东文艺出版社,2006年,第24—25页。

招惹",他受不了同学的欺侮,乃逃学躲进林子里,和躲避民兵骚扰的女音乐老师相伴,每周给她带去采摘的鲜花。在女音乐老师不辞而别后,则与同样长着美丽鹿眼的严菲相伴林中,成就了一段初恋。在第八章,少年宁伽直言把女音乐老师视为母亲和初恋情人的结合体:"除了妈妈……让我有足够的理由活下去的,只有老师和菲菲;而同时给我妈妈一样温暖、菲菲一样柔情的,却只有我的老师。"女音乐老师那母性温馨的保护使他在她家过夜时把她当作母亲般,依偎在她怀里吸吮着她的乳房。这时的"我"感觉:

> 从未有过的幸福像火焰一样把我烧得浑身炽热。我发誓永远也不离开老师,我想当自己衰老的时候,当很久很久以后,我如果还能记起童年,那么首先就会想起这些夜晚。我的脸庞长时间依偎着她如花的心窝,偷偷洒下了幸福的泪水。她抚摸我的周身,渐渐无一禁忌。她把我弄湿了。我自己几乎没法不去吸吮她。妈妈、老师和外祖母,我的童年,我的少年——让生命永远停留在这个季节吧!

如果说写宁伽渴望停止成长其实显示了张炜对于叙述时间的操控,那么在这时间操控下所勾勒出的手捧鲜花的单纯少年的形象与心灵就更加强化主人公忽视或反抗残酷现实的本质。不过,《鹿眼》中的宁伽毕竟没有真的停止成长,他的生命继续前进,经历了出走、结婚、生子、回归等不同人生阶段。正如他指出"中年不是老年,中年不会像婴儿;而老年就不一定了。中年只是中年。中年一只手扯着悲风,另一只手牵着梦想",又或"少年与成年的不同之处太多了,其中一个最大的不同,就是成人不再热衷于那些令人入迷的、千奇百折的传奇了;也没有人把听故事和讲故事当成重要的事情",脱离少年期后的人生体验是有异于少年时期的。是故,在需要有效地书写成年世界的复杂经验时,张炜就无法贯彻《鹿眼》以一知半解的少年视角,而必须适当地运用中年限知叙述视角,使读者可以逼近中年宁伽,追随其故事,认同其感知见闻。

《鹿眼》中共有五章悉用中年限知叙述视角,即第二章(卷一)、第六章(卷二)、第九章(卷三)、第十章(卷四)和十一章(卷四)。不过,

第九章　张炜"看"小说的方法

张炜在第一章混搭少、中年视角时已写道:"当年在这条小路上奔波的少年已届中年……。我在寻找那所园艺场子弟小学。……二十多年过去了",一种浓烈的中年沧桑感油然而生。这种沧桑感在混搭视角的第五章中再次浮透纸面:

> 我不知道何时离开平原,因为我不知道这是跋涉的归宿还仅仅是一处驿站。我只知道这是昨天的家,我的出生地。……我已经猝不及防地走入了中年的宽容:我于沉静中忍受,进而默许,犹豫不决,销蚀着自己的勇气。看上去好像在做人生的检视和度量,在思维的十字路口上徘徊揣测——好像是一种引而不发,其实最真实的情形是,生命的那种内在张力、锋刃,已经在悄悄地折损。在这种多少有些可怕的宽容中,我不能不一遍遍地怀念自己的往昔,记住那些青春的勇气。

中年宁伽"我"为了找寻故园,找寻逝去的岁月而来到园艺场招待所住下。他虽然发现当年的小茅屋已不复存在,但却结识了年轻的小学音乐老师肖潇及其学生唐小岷,知道当年护园人老骆夫妇收养了男孩骆明,廖紫卫夫妇亦生了个儿子叫廖若。这些都是在少年期以后构成其中年生命的新元素,无法得自于对"旧"的"怀念",而必须使用一双已具有一定人生阅历的"新"的眼睛去观摩,去发现。

于是,在悉用中年限知叙述视角的诸章中乃反复出现一种"从侦察到告解"的情节模式:先是中年宁伽亲自查探故居邻友的遭遇,再由众人陆续向他剖析诸事的真相,如此一来一往,进行着"人生的检视与度量"。且看第二章,宁伽一开始便说:"那个可怕的消息进一步得到了证实,并让我得知悲剧如何降临在小果园里,知道了它的一些细节。"所谓"可怕的消息",是指听闻骆明食物中毒不治,廖若精神失常。他带着疑问登门探访老骆和廖紫卫夫妇,先了解出事的两个小孩经常和女同学唐小岷"在一块儿讨论看过的电影,谈音乐、莫扎特",很受坏学生包学忠的嫉妒,又得知廖若和包学忠混在一起,经常泡酒吧、游戏厅,由此揭露近年来山东平原海滨上娱乐公司和游乐场林立,使地方风气日趋败坏,道德沦亡。进入第六章,宁伽向科主任蓝珂查问市立医院当初为何不肯救治骆明，蓝珂坦言是金钱作怪——"经济上层层包干，药房、值班医生、护士、手术室，每个科室都搞起了承包"；"要动手术，病人一上了手术台就要大把花钱……医院里又没有这笔救济金，只得一视同仁"，所以老骆既然交不出押金，医院也就只能把骆明交给了死神。在其"告解"中，蓝珂还透露"享受医疗保健的、特别是特保病人要住干部病房，走廊里铺着地毯……他们出院时一口气可以开走几千元几万元的药品"。更糟糕的是地方行政腐败，"那些垄断经营的单位，一些大权在握的行政执法部门却是牛气冲天。一个区税务局一年的接待费用就可以高达七八百万"，而各单位都争着盖大楼。平原海滨上声色犬马，由"工厂作坊外加一些村庄"混合而成的娱乐公司"里面有宾馆、别墅区、旅游景点和各种游乐场"，超级酒吧不但有应召女郎，还有穷人家的未成年男女为顾客提供性服务，"市立医院就有人参与了这些见不得人的勾当"。"从侦察到告解"的情节模式甚至被佛洛依德化了，表现为宁伽在连续失眠后进入"假寐状态"时所发的梦——"我在睡梦中打听一个个孩子的来路和去路——骆明，廖若，小蕾，昨天的菲菲和今天的小岷……你们都安然无恙吗？"回应其提问的是女医师严菲，进入梦中来向他"告解"，娓娓道出当年离别后的不幸遭遇：先是受到叔伯哥哥碾哥的性侵犯，出逃在原野上流浪数日后仍然遭到他的囚禁。二十岁不足的她因奸成孕生下两个小孩，被私囚两年后送往医院治疗一年，复送往学校，毕业后在市立医院工作，却受到体制的宰制："在我们这个地方，一个人就像黏在蛛网上的一个小虫，再有本事，只要是被黏住了也就完了，怎么挣也没用。"这种噩梦式的侦察与告解在第十章（卷四）里获得了核实，给予读者一种水落石出、真相大白之感。此章写宁伽身感不适，送入市立医院动手术，严菲医师给予细心的看护。在中年宁伽的限制叙述视角下，严菲除了解释医院为何不向骆明施救之外，还暴露院方的种种丑陋行径：

> 我待的这个环境，就像一张大网把我网住了……你只是想不到这都是一帮什么东西，他们大白天像模像样的，一到了晚上，一到了他们的窝里，就全都变成了狼——连狼都不如。

院长韩立不但和她发生暧昧关系,更要她去参加别墅聚会,成为市长、局长等与会者的性玩物。她结婚,再生子,两度自杀但被救活,而丈夫则遇车祸丧生,可谓遭遇许多不幸。在"告解"结束时,严菲禁不住痛泣,哀求宁伽的宽恕。值得注意的是,中年宁伽"我"在聆听告解之后总是充满恐惧与愁愧。他坦言蓝珂的"一席话说得我周身发冷。我无言以对","我不敢再听下去,也不敢再想下去。一个个稚气可爱的面孔(指廖若等小孩)从眼前划过……但我真的不敢去想了","我陷入了无法摆脱的悔恨与惧怕。连同所有的事件一起,最新的压迫又加在了身上……连续的失眠使我进入非常奇怪的假寐状态"。至于"严菲这几天的叙说",他亦"听得身上发冷",觉得"令人震栗。她仅仅掀开了幕布的一角,却让我不敢窥视"。还有廖若在小桥上向他说出的"供词",使"我吸了一口冷气",明白"这就是不为人知的孩子的世界"而只能"掩饰着心中的惊讶"。较诸前文所分析的少年时期的恐惧,中年宁伽的恐惧更深切,更无奈,更反映出山东平原海滨自然环境与风土遭受严重污染的可怕事实,因为这是个人丰富的阅历所无法抵消和克服的。是故,限知叙述视角下的"我"为一己的年届不惑而感到愁愧。如骆明死后校方为平息众怒而召开座谈会,作为老骆一家依赖和嘱托的"我""有些羞愧地发现"自己"竟然未发一言",由此感到"人生的退却,特别是中年的退却,会比什么都可怕"。宁伽在签控告信支持唐小岷等学生的行动时,也自认"我们这一代做得太少了——在将来,我们或许被称为软弱的一代。我一遍遍抚摸着这份带有密密麻麻签名的信件,心中充满感慨"。

中年宁伽在卷四的最后一回(题作"手捧鲜花的孩子")收篇时卸下了叙述者的任务。他在离开平原前的黎明梦见自己又回到少年时代,怀抱鲜花出现在野椿树下,整个场景既呼应全书第一章手捧鲜花少年的画面,也暗示叙述者即使人到中年,对韶华经历却仍然念念不忘,一再回想,拒绝成长。紧接着"缀章"(变相的卷五)启篇就说:"对我来说,你永远是那个手捧鲜花的孩子……。"但此"我"非彼"我",不复为宁伽,竟是少年时代那离他而去的女音乐老师,亦不复为宁伽记忆中那长着鹿眼的花样女子,而是独自在山中夜夜忆述宁伽的老妪。叙述者自言"我老了,比一般人稍稍提前了一些,很快就将变得老态龙钟,一整天坐在那儿打瞌睡,想一些往事。我头发稀疏,基本上全白了。我的腰弓了,走路十分吃力……目光浑浊","我苍老的面容啊……(经过)五十年的猛烈摧折……(如今是)一头白发和一脸深皱"。"缀章"共十五节,全是如此老态毕露的独白。

前文已指出,张炜在"缀章"改用年迈女音乐老师的限知叙述视角,具有小说结构上的目的与意义。笔者想进一步说明,"缀章"开端点出"你"(亦即宁伽)在上一年初夏"突然离开了这个世界"的事实,表面上看是中断了宁伽的生命,但其实整个"缀章"是以女音乐老师的风烛残年来拼贴、接续宁伽在中年以后猝然失去的生命,使二合为一,完成了叙述者从少年到中年,再从中年到老年的完整人生。在这个层面上,女音乐老师仔细交代了她离开园艺场子弟小学的原因以及此后的际遇。原来她来自大城市知识分子家庭,祖父是城市南边大山里赫赫有名的财主。在政治斗争下,她为了赎罪来到偏远的东部海边工作。然而,园艺场子弟小学的同事在知道其背景后开始疏远她;大城市里青梅竹马的恋人也为了在军队里的前途而和她分手;父母被遣返大山,但却没有回去,而是从此下落不明。备受孤立的女音乐老师处境日益恶化,监视她的民兵以批斗作威胁,对她进行了性侵犯。她为了脱离魔掌,最终不辞而别逃往大山里隐居,当个小学教师度过余生。这些细节都是宁伽至死无从得知,无法叙述的,如今从女音乐老师的口中说出来,填补了少年和中年宁伽限知叙述视角下的空白。

不容忽略的是,老年女音乐老师的第一人称限知叙述由始至终带着哀伤缠绵的悼亡目光,微妙地表现出她在宁伽生命中扮演关键角色,竟是一个从母亲的替代者到以未亡人自居的身份变换过程。"我"坦言当年让少年宁伽留宿做伴,主要是为了消除对民兵夜里来犯的恐惧。可是有一回宁伽在睡梦中依偎在她怀里,竟然把她当作母亲般,吸吮着她的乳房。到老年回忆起来,女音乐老师承认把宁伽当作自己的孩子看待:

> 我在灯光下一连几个小时端详你的睡姿、你棱角分明的嘴唇、有些深陷的眼窝……你在睡意矇眬的时候会紧紧拥我,不管不顾

第九章　张炜"看"小说的方法

地将头埋在胸窝那儿,嘴里喃喃梦语,叫着妈妈——这样一阵又睡过去。有一天你睡得太晚了……嘴里还吸吮我的乳房。那时我有一个念头,就是一生都把你当成自己的孩子,惟一的孩子。这一刻的幸福足以抵消我全部的不幸,这一刻真的让我没了痛苦,只有一种母亲才有的满足感。

然而在接下来的叙述中,取宁母而代之的角色却发生了变化。女音乐老师不但领受了宁伽对她的爱意,而且肯定这是双向互动的恋情。"我"承认无法让青梅竹马的恋人"在心中一点点死去",因为"心只会给你(宁伽)留下,留下一个永恒的位置","我承认了你是我心中隐秘的男人"。基于这秘密的认可,在进入大山十数年后,女音乐老师偶然得知宁伽到处找她,但因为"羞于让你看到一副衰老的面容和屈辱的身体",所以避而不见;即使寂寞难耐,也仍然一年复一年地忍下来。直至听到"我一直装在心里的男人"宁伽逝世的消息,她昏厥了,躺在山区医院的病床上时,为自己一直以来的犹豫、害怕、虚荣而懊悔,觉得"我这辈子最大的遗憾最大的罪过,就是没能在你活着的时候,再去那个小果园一次"和"你"重聚。而在这深深的懊悔中,女音乐老师"只有靠一夜一夜地回想"宁伽,悼念宁伽,像他的未亡人般守护着两人过去的记忆,"度过了大半生"。笔者以为,恰恰是这"未亡人"身份的确立,赋予"缀章"的叙述者为之前四卷十一章主人公的一生盖棺定论的权力。

五　作为理论概念的分龄限知叙述视角

以上的讨论主要提出"分龄限知叙述视角"的概念,并阐明其在《鹿眼》文本叙述的整体结构与意义环节上所产生的关键作用。事实上,分析张炜这独具一格"看"小说的方法既有助于读者了解其小说的构成与价值,又有益于小说批评理论的开拓,意义不容忽视。

首先是对于张炜小说研究的补充。批评界迄今对于张炜小说美学的讨论固然热烈,但是涉及叙述视角层面的其实不多。从张炜的成名作《古船》说起,罗强烈在1988年发表的《思想的雕像:论〈古船〉的主题结构》一文中曾如此提醒读者:"抓住'叙述者',可以说是理解《古船》的一把钥匙。……在《古船》中,叙述者是统率其全部内容的一个视角或思想焦点,而《古船》的各个层次的内容,都因和这个叙述者发生联系而产生出一种整体效果。"可是张炜究竟如何运用叙述视角,此文却语焉不详,仅仅提到"叙述者有时以作品中人物的面目出现,但是这不是固定不变的,有时同一个叙述者分别体现在不同的人物身上",然后又再强调"只有从叙述者的叙述意图出发,才能全面地把握到作品的总体精神"这样的论点。① 1989 年,周源在《张炜两篇小说的叙述分析》中指出,张炜初期的小说"以作品中的人物充当小说的叙述者,叙述视角在人物的交替出现和场面的变化中跳跃性地转换,而作者则潜隐到小说的内在层面",但是该年发表的两篇小说《满地落叶》和《请挽救艺术家》"却开启了张炜一种迥异于以往的叙述视角的选择:以第一人称'我'的书信来推演情节,表达叙述意旨"。周源认为张炜通过"我""完全畅快地描述一个主观的真实"任"我"的"思绪无穷飞越,并且在一个短讯的时间之中,集拢起'我'潜意识中的各种意象。作者的叙述意旨也可直接陈述在作品中,而不需要苦心皱眉去寻找一个象征序列,或用一种特定的方式组织起种种怪诞来隐喻地表现"。② 吴俊亦倾向支持张炜使用第一人称叙述视角。他在 2002 年刊于《文汇报》的《另一种浮躁——从〈能不忆蜀葵〉略谈张炜的小说写作》中指出,张炜长篇小说的弊端在于"叙述视角多是第三人称的全知视角,但他的实际(或潜在)的叙述姿态或动机则明显有这第一人称的强烈主观欲望。两者之间在小说的叙述过程中是会产生不和谐的冲突的"。据此,他建议像《能不忆蜀葵》这样的小说最好使用第一人称叙述,一来限制"我"的自由度,二来"我"的亲切感消解了叙述语言上的障碍,可使主体即淳于的故事变得相对独立和单纯,挽救结构上的失衡。③ 2012 年,王瑛注意到孩童视角在张炜小说中的作用,因此发表了《少年眼中的

---

① 罗强烈:《思想的雕像:论〈古船〉的主题结构》,原载《文学评论》,1988 年第 1 期。收入黄轶编选:《张炜研究资料》,第 143—144 页。
② 周源:《张炜两篇小说的叙述分析》,《山东文学》,1989 年第 7 期,第 77—80 页。
③ 黄轶编选:《张炜研究资料》,第 351 页。

童真世界——论张炜〈半岛哈里哈气〉第一人称叙述者的运用》,解释《半岛哈里哈气》之所以"具有鲜明的童话气质……充分表现了对生命本真天性的赞颂、对自然的热爱、对人间温情的向往",乃是因为小说从年幼的小学生果孩儿这第一人称叙述者的视角去"观察和表现世界","语言、结构和情节都与孩子的思维模式和行为特点相一致"的缘故。① 即使如此,批评界并未发现张炜通过结合不同年龄、人称和限知叙述的元素来构思小说的做法,更遑论提出"分龄限知叙述视角"的概念以资讨论。

再者,张炜身为小说家,即便在作品中熟巧运用了"分龄限知叙述视角",也未必强烈地意识到其在小说批评上的重要意义与价值。2010年,张炜担任香港浸会大学驻校作家,做了一系列的"小说坊"演讲,畅谈创作的经验与技法。从后来出版的《小说坊八讲》一书,可知他当时也表述了个人对于叙事视角的看法。张炜指出"现代写作中,有的作品可以将不同的人称混用一番,变现出一种现代自由"。不过,他也明白"三种人称在表现上各自都有局限",比如小说文类用得最多的第三人称,一方面使"作者可以拥有一个全知的视角,即'他'如何如何,写起来障碍更少",但另一方面又"越位",发生"充分利用这个人称自由……权力太大……令人不安"的问题,因为作者其实"没有无所不能的透视功能",不可能知道"'他'怎么想,'他'的心理活动",叫读者怀疑"这种全知视角的可信性"。"要解决这个问题……一开始就(要)把讲述对象明朗化。讲述的逻辑关系确立了,其他一切也就理顺了。"②张炜主要讨论"人称",亦即第一、二、三人称的写法,虽然当时《你在高原》业已出版,但他对"分龄叙述视角"的操作却始终未著一字,未置一语。正如美国文学批评家韦恩·布斯(Wayne Booth,1921—2005)所言:

> 说出一个故事是以第一人称或第三人称来讲述的,并没告诉

---

① 王瑛:《少年眼中的童真世界——论张炜〈半岛哈里哈气〉第一人称叙述者的运用》,《当代文坛》,2012年第6期,第161—164页。
② 张炜:《小说坊八讲》,香港:商务印书馆,2011年,第227—229页。

我们什么重要的东西,除非我们更精确一些,描述叙述者的特性如何与特殊的效果有关。①

进而言之,仅仅论析第一、第三人称抑或限知、全知视角,无法帮助我们更深地进入到张炜"建构小说世界的实际过程中去",无法"准确地把握住作者、叙述者、人物之间的种种复杂关系",无助于"作家对表现技巧的思考与创新",失去"繁荣小说创作"的实际意义,②在这种情况下,乃有必要阐明和确立"分龄限知叙述视角"的概念,并将之纳入文学理论的系统范畴中。

在中国小说发展史上,叙述视角的运用发生过两次大转变,一次在五四时期,一次在改革开放后。古人创作小说,嗜用全知全能的说书人口吻,虽然唐传奇和明清笔记小说中亦有使用第一人称限知叙述视角,③毕竟为数不多,恒非主流。20世纪初,由于外来小说形式的移植与传统文学形式的创造性转化,小说家不复局限于说书人的寞白,乃开始探索不同叙事角度的可能性。鲁迅在1911年冬写下文言小说《怀旧》,发表在1913年4月第四卷第一号的《小说月报》上,"借一个九岁的孩子的观察与感受,表现了辛亥革命在乡间不同社会阶层人们中引起的不同反应"。④ 研究《怀旧》的学者如雅罗斯拉夫·普实克(Jaroslav Průšek,1906—1980)和温儒敏都标举其开创性,⑤可惜不曾留意鲁

---

① Wayne C. Booth, *The Rhetoric of Fiction*, Harmondsworth & New York: Penguin Books, 1987, p.150. W. C. 布斯著,华明、胡苏晓、周宪译:《小说修辞学》,北京:北京大学出版社,1987年,第168页。

② 汪靖洋主编:《当代小说理论与技巧》,南京:江苏教育出版社,1989年,第460页。

③ 据陈平原的研究,唐传奇中使用第一人称限知叙述视角的有王度《古镜记》、张鷟《游仙窟》、李公佐《谢小娥传》、沈亚之《秦梦记》、秦瓖《周秦行纪》,而明清笔记则有董犯《东游记异》、王晫《看花述异记》、徐喈凤《会仙记》、沈三白《浮生六记》等。见陈平原:《中国小说叙事模式的转变》,第67页。

④ 李泱:《论鲁迅的文言小说——〈怀旧〉》,《鲁迅研究月刊》,1998年第4期,第23—26页。

⑤ 雅罗斯拉夫·普实克著、沈于译:《鲁迅的〈怀旧〉——中国现代文学的先声》,乐黛云编:《国外鲁迅研究论集》,北京:北京大学出版社,1981年,第465页。原典见 Jaroslav Průšek, "Lu Hsün's 'Huai Chiu': A Precursor of Modern Chinese Literature," *Harvard Journal of Asiatic Studies*, 1969, Vol.29, pp.169-176. 温儒敏:《试论鲁迅的〈怀旧〉》,《韶关师专学报》,1981年第1期,第7—12页。

第九章　张炜"看"小说的方法

迅引入第一人称儿童视角(作品中的"吾""余""予")的写法其实"突破了中国传统的全知成人视角模式","成为中国现代小说叙事多样化选择的先声"。[①] 五四时期小说家或用全知,或用限知叙述视角,颇见变化,但三四十年代长篇小说蓬勃发展,茅盾(1896—1981)、巴金、老舍(1899—1966)、张爱玲、钱锺书(1910—1998)等又引领读者带回第三人称的全知叙述视角中去。此种书写趋势从解放后到"文革"沿袭近三十年,须待"文革"结束,迎来改革开放,寻根文学与先锋文学作家拥抱外国思潮,方见第二次大转变。马原(1953—　)高举元小说的旗帜,在1986年创作《虚构》时使用"我"这"作家、叙述者和小说人物三位一体的叙述视角,从而使线性的叙述获得了某种空间上的张力,并且使得阅读者产生出一种与创作同步的'幻觉'"。[②] 其写于翌年的长篇《上下都很平坦》则出现两个叙述者,一个是事件目击者"我",另一个是参与兼叙述者姚亮,在倒错切换的时空中展示了一群70年代初知青灵肉皆饥饿的命运故事。[③] "我"这限知叙述者在莫言的《红高粱家族》中亦灵活超脱,诚如王德威所言,不再被动地铭刻往事,而是恣意穿越时空,复活了"我"祖父母和家乡村民的"超级全知观察者"(super-ominiscient observer)。[④] 莫言的另两个长篇《檀香刑》和《生死疲劳》更见多元视角的复合交错。《檀香刑》分三部分,"凤头部"和"豹尾部"一头一尾,既有第一人称自白,也有第三人称道白,表现了眉娘、赵甲、孙丙等不同人物在18世纪初镇压山东义和团运动的历史情境中的感受,而夹在其间的"猪肚部"则以客观的全知角度交代这特定历史情境中相关人物之间纠缠复杂的关系。至于《生死疲劳》,整部小说由西门闹五度为畜后复返人道的大头婴蓝千岁讲述,惟其讲述再分出五大部,

---

① 秦祖辉、王宏根:《当代文学:从叙述视角论〈呼兰河传〉的中和之美》,《名作欣赏》,2008年第16期,第44—46页。

② 吴俊:《没有马原的风景》,《当代作家评论》,1998年第4期,第15—19页。

③ 王春林、周宝东:《饥饿的美学——读马原长篇小说〈上下都很平坦〉》,《新闻出版交流》,2002年第4期,第19页。

④ David Der-wei Wang, "Imaginary Nostalgia: Shen Congwen, Song Zelai, Mo Yan, nad Li Yongping," Ellen Widmer & David Der-wei Wang eds., *From May Fourth to June fourth: Fiction and Film in Twentieth-century China*, Cambrdige: Harvard University Press, 1993, pp. 125.

各部分别由转世的驴、牛、猪、狗配搭蓝解放或其村友莫言(与作者同名的小说人物,取代出现在新千年的猴子成为叙述者)叙述各自与彼此的故事,①呈现出中国在1950年以后半个世纪的农村辛酸史。作为这二次大转变的参与者,张炜亦独树一帜,他采用分龄限知叙述视角写成《鹿眼》,让读者看到了现代小说在变换叙述视角上的原创性与多样性。

放眼文学理论领域,可知叙述视角在明清文学批评中零散提及,并未提升到系统化的理论层面,但在20世纪西方小说研究中却是炙手可热的论题。1921年,英国文学家帕西·路伯克(Percy Lubbock,1879—1965)将《小说的技巧》付梓,书中强调叙述视角的重要性:"小说技巧上错综复杂的问题,全在于受视点的支配,即作者同故事之间的关系。"其所谓"视点",即是叙述视角,它赋予小说家极大的权力,"既能以旁观者的身份从外部来刻画人物,也可以摆出无所不知的架势从内部去描绘他们,既可以把自己置于小说之中而对其余人物的动机不加理会,也可以采取别的折衷态度处理"。② 对此,另一小说家兼评论家爱·摩·福斯特(E. M. Forster,1879—1970)持相反的见解。在1927年出版的《小说面面观》中,他驳斥路伯克"叙述观点比协调人物之间关系更为重要"的言论,认为"小说家只要对自己的创作方法过于感兴趣,那么他的作品就决不能引起读者更大兴趣,因为他放弃了人物的创造,反而要我们帮助作者去分析他的心境,结果呢,只能使反映读者情绪温度计内的水银柱急剧下降"。在他看来,小说家如果"把读者当作知心人","会使读者产生儿戏感";如果热衷于变换叙述视角,则会造成"缺乏统一的叙述视点","逻辑上杂乱无章"。③

福斯特的观点甚具影响力,因为约翰·穆兰(John Mullan,1958—)

---

① 吴耀宗:《轮回·暴力·反讽:论莫言〈生死疲劳〉的荒诞叙述》,《东岳论丛》,2010年第11期,第73—78页。

② 帕西·路伯克的说法转引自 M. Forster, *Aspects of the Novel*, New York: Harcourt, Brace & Company, 1927, p.119.;福斯特著、苏炳文译:《小说面面观》,广州:花城出版社,1984,第69页。

③ E. M. Forster, *Aspects of the Novel*, pp.118-125. 福斯特著、苏炳文译:《小说面面观》,第68—72页。

在2006年出版的《小说的构成》中同样批评随意转换叙述视角的小说家,认为他们的做法危险,使文本变得怪异。① 不过,较多文学批评家还是倾向承继路伯克的说法,把思力放在区分小说叙述视角的类型上,这说明叙述视角转换受重视的程度。1961年,韦恩·布斯的《小说的修辞学》面世,书中提到任何小说中都存在着"隐含的作者",而操控这"作者的第二个自我"的方式有二,一是使叙述者"戏剧化","变成与其他所讲述的人物同样生动的人物",一是使他们"非戏剧化","在小说中明确承担叙述功能,并直接以叙述者面目出现的人物"。布斯又将"戏剧化叙述者"分成把故事作为场面、概述或画面讲述给我们的"单纯的观察者",以及有自觉或鲜少论及的"代理叙述者"。② 到了70年代,初期有法国结构主义批评家热奈特(Gérard Genette,1930—)的"三三式",后期则见香港文学评论家胡菊人的四分法。在《叙述话语》中,热耐特从聚焦对人物的限制程度出发,将叙述者无所不知的叙事称为"零聚焦型叙述视角"(*focalisation zéro*),其只限于某一人物见闻的叙事称为"内聚焦型叙述视角"(*focalisation interne*),其所知少于人物所知的则称为"外聚焦性叙述视角"(*focalisation externe*)。内聚焦型叙述视角又按聚焦点的变化分出三类:"固定式"的焦点始终固定于某一人物身上,"不定式"的则变换于人物之间,"多重式"则是将多重的视点聚焦于同一件事上。③ 胡菊人撰《小说技巧》一书,归纳出四种"叙事观点"。其一是"自知观点",以第一人称"我"为主角,对发生的所有事情洞若观火;其二是"旁知观点",故事中的第一人称"我"并非主角,而是闲角,作者化身入故事之中,从旁叙述故事;其三是"次知/一知观点",作者自我约束,无从全知,于是故事中的一二人物的观点乃自现出情节和问题来;末了是"全知观点",作者将叙述的能力发挥至

---

① John Mullen, *How Fiction Work*, Oxford & New York: Oxford University Press, 2006, pp. 67-71.

② Wayne C. Booth, *The Rhetoric of Fiction*, pp. 151-153. W. C. 布斯著,华明、胡苏晓、周宪译:《小说修辞学》,第169—172,4,10页。

③ Gérard Genette, "Discours du Récit," *Figures III*, Paris: Éitions du Seuil, 1972, pp. 206-208. 热奈特著、王文融译:《叙事话语·新叙事话语》,北京:中国社会科学出版社,1990年,第129—130页。

最大限度,既能进入主角的内心,直言其当下的动机,亦能进入其昔日的回忆,更能出面交代自己不在场时发生的事情,以及其他人物的背景。①

80年代初期,由汪靖洋主编的《当代小说理论与技巧》尝试将叙述视角简化为内、外二类。"内视点"指作者让笔下人物去叙述故事情节,分则有利于剖析自我的内心世界,合则不同人物的视线又包含着不同的个性色彩。"外视点"指从第三者"他"的视角出发,叙述者或为作者本人,或为隐藏于故事背后的观察者,旨在统摄全局,把小说的各个环节组合成一个有机体。② 到了中期,美国小说家斯蒂芬·米诺(Stephen Minot,1927—2010)出版《阅读小说》,认为讨论第一或第三视角是为了处理小说"如何叙述"的问题,若要了解"被谁叙述",则必须了解读者究竟是通过谁的眼睛来看小说场景,因此分出"单独""多重全知"和"限制性全知"三种叙述视角。③ 在80年代结束前,陈平原在《中国小说叙事模式的转变》中又有新的分类,其所谓"全知叙事""限制叙事"和"纯客观叙事"显然旨在对应热奈特所提出的"零度角点叙事""内焦点叙事"和"纯客观叙事"。

1992年,英国小说家兼理论家大卫·洛茨(David Lodge,1935—　)在《小说的艺术》中重申叙述视角对于小说写作的重要性。在他看来,一部小说可以对同一事件提供不同的视角,包括以神般的"全知"态度报告人物的举止行为,但在每一个时间点上只能有一个视角,只强调一至两个叙述故事的可能"视点"。④ 两年后,胡亚敏推出《叙述学》一书,以对照的方式分出四组叙述视角。首先,是"异叙述者与同叙述者"。"异叙述者"不是故事中的人物,他叙述别人的故事,但不参与故事,所以在叙述上的自由度很高,既可以凌驾于故事之上,掌握故事的

---

① 胡菊人:《小说技巧》,台北:远景出版社,1978年,第84—86页。
② 汪靖洋主编:《当代小说理论与技巧》,南京:江苏教育出版社,1989年,第471—473页。
③ Stephen Minot, *Reading Fiction*, Englewood Cliffs, New Jersey: Prentice-Hall, 1985, p.48.
④ David Lodge, *The Art of Fiction*, London: Seeker & Warburg, p.26.

全部线索和各类人物的隐秘,对故事作详尽全面的解说,亦可以紧随人物之后,充当纯粹的记录者,有节制地发出信息。"同叙述者"则必须讲述自己的或自己所见所闻的故事,既可以是故事中的主要人物,在剖析自我的内心矛盾上更容易和读者产生共鸣,也可以是故事中的次要人物或旁观者,借此拉开读者和主人公的距离,增加作品的层次感和客观性,为作品留白。另一组是按照小说的叙述层次归纳而成的"外叙述者与内叙述者"。"外叙述者"是第一层故事的讲述者,在作品中可以居支配地位,以主人公身份讲述故事,其中插入其他人物的故事构成第二层次,也可以仅起框架作用,作品主要由故事中的人物(既"内叙述者")所讲的故事支撑。"内叙述者"指在故事内讲故事的人,在作品中往往具有交代和解说的功能。第三组是"'自然而然'的叙述者与'自我意识'的叙述者"。其不同在于前者隐身于文本之中,尽量不露出写作或叙述的痕迹,仿佛人物、事件自行呈现,由此而来造成一种真实的"幻觉",而后者则意识到并出面说明自己的存在、自己在叙述,经常在作品中讨论写作情境,表明书中的人物只是写出来的文学上的人物形象,受到叙述者的操控,叙事文本中唯一真实的就是写作本身。最后一组是"客观叙述者与干预叙述者"。"客观叙述者"只负责叙述,尽量保持客观,不表露他自己对问题的想法,而由他的人物凭各人的意愿去解决。"干预叙述者"则可以直接对故事中的事件、人物或社会现象发表长篇评论,他爱憎分明,情感强烈,语气往往带有惩恶扬善的威慑力量。①

以上是中西研究小说理论的佼佼者,对叙述视角所做的归类皆具代表性,惟不见有结合叙述者人称、知位(全知或限知的位置)与不同年龄层的考量,没有发现"分龄限知叙述视角"此一类型,并通过分析论辨使之成为文学批评的理论概念。洛茨曾经说过:"视点的选择无疑是小说家必须做出的最重要的决定。"张炜亦有类似的意见:"作者在创作时先要有一个人称的选择,这个选择有利于这部作品的讲

---

① 胡亚敏:《叙述学》,武昌:华中师范大学出版社,1994年,第41—50页。

述。"①然而究竟如何有利于讲述,张炜却没有进行理论化的阐释。他不像洛茨般清楚指出叙述视角之所以重要,是因为"影响到读者在情绪上与道德上对与虚构人物及其行为的反应";②或像美国文艺理论家艾布拉姆斯(M. H. Abrams,1912—)界义式地点明"叙述故事的方法——作者所采用的方式或观点"旨在使读者"得知构成一部虚构作品的叙述中的人物、行动、情境和事件"③。张炜选择以文本实践来展示他作为小说家在叙述视角的调度操控上的精巧与独特程度。《鹿眼》所呈现的"分龄限知叙述视角"具有开创性的意义,它不仅深化、丰富了小说创作的表现力度,也为小说批评理论带来新的思考空间。

---

① David Lodge, *The Art of Fiction*, p. 26. 张炜:《小说坊八讲》,第229页。
② Ibid. p. 26.
③ M. H. Abrams, *A Glossary of Literary Terms*, Philadelphia: Harcourt Brace College, 1993, p. 165.

第十章 简化上海

——在港上海作家的浪漫原乡

一 在他乡书写上海

在吴正(1948—)的短篇小说集《后窗》面市的一个月前,亦即2008年12月22日,山东文艺出版社为新书造势,特地在北京文采阁举办了一场研讨会。与会讨论者除了作家本人、出版社社长时均建之外,还有贺绍俊、施战军、杨匡满等十数评论家,场面之热闹可想而知。①研讨会最引起笔者注意的是论者把吴正归入"海派",②有别于以往普遍称之为外国作家或香港作家的做法。吴正在2008年结束了在香港长达三十载的移民生活,回归上海定居。以"海派"称之,是伸手拥抱、欢迎归来的表现,显示大陆评论界对于吴正的重新认可。这种归纳法亦提醒我们,吴正曾经移居中国南方的国际大都会香港多年,但其作品所呈现出来的却是海派作家的显著特色——书写上海。对吴正来说,身在香江心在沪,香港从来不是他"家",而是"他处"。

其实,像吴正这样长居香港却近乎固执地书写上海的上海作家还有程乃珊(1946—2013)和孙树棻(1933—2005)。程乃珊和孙树棻移居香港亦长于十年,且在书写或出版上总是把文本和上海进行紧密的联系。这种对上海坚贞不移的爱使他们自成一作家群落,和自1950至1979年间从上海移民到香港的其他作家如西西、农妇、颜纯钩、蒋芸、

---

① 研讨会记录由晓田整理成文,题为《吴正小说集〈后窗〉研讨会纪要》,发表于《文学自由谈》,2009年第2期,第145—160页。

② 《吴正小说集〈后窗〉研讨会纪要》。有关海派作家的特色,见杨义:《京派海派综论》,北京:中国社会科学出版社,2003年。

李纯恩等判然不同。后者认同、拥抱并书写他们的居住地香港,其热情绝不亚于土生土长的香港作家。而被笔者称作"小文学共同体"的吴正、程乃珊和孙树棻即便是书写了香港,参与了香港的想象过程,其笔下也仍然"匮乏香港的主体性",且更多时候是"以上海湮没或取代了香港"。① 无论在香港居住了多少年,时间始终无法使他们更亲近居住地,对他们重新建构日益现代化的原乡城市上海更添障碍,因为"如今,上海的城市面貌发生了巨变,她像纽约了,也像巴黎了,像东京了,也像香港了,但就是不像原来的她自己了"。②

2011 年,由许纪霖、罗岗等著的《城市的记忆》一书付梓,③重新勾画出上海文化的多元历史传统,尤其深入讨论解放后经由社会主义意识形态再生产的城市空间与文化新传统,提醒了我们主流书写多具有强调上海都市感觉的偏执性和片面性。本章所讨论的三位作家在离散语境中持续地书写上海,恰恰也表现出这种"不完整性"。他们或发挥诗意净化,或进行轶事考古,或再传奇化,把多元复杂的上海简化成心中的浪漫原乡。

二 吴正:诗礼净化

在三人之中,吴正虽然不是最早离沪南下的,但居港时间却最长,达三十年(1978 至 2008 年)之久;程乃珊次之,约二十二年(先是 1949 至 1958 年;再而 1991 至 2002 年);孙树棻最短,约十二年(1993 至 2005 年)。吴正出身专业人士之家。父亲任会计师,亦曾执教于财经学院和安徽大学。1957 年发生反右运动,吴父为远祸保身,乃将九岁大的独子留在上海,由母亲照顾,自己携妻南下香港,设厂(由台湾企业家资助)发展纺织业。吴正留居上海祖屋,由于每月收到父母从香

---

① 吴耀宗:《从北角到九龙东:在港上海作家的香港想象》,《现代中文学刊》,2012 年第 2 期,第 64—71 页。
② 吴正:《后窗》,济南:山东文艺出版社,2008 年,第 107 页。
③ 许纪霖、罗岗等:《城市的记忆:上海文化的多元历史传统》,上海:上海书店,2011 年。

港寄来的数百元外汇,因此生活舒适稳定,平日学音乐、英文,甚至开始学写诗。在"文革"期间,以精神衰弱为理由,无须加入千万知青的队伍,免受上山下乡之苦。1978年,适值中国改革开放,久盼与父母团聚的吴正申请移民获准,开始他在英殖民地香港的离散生活。吴正在而立之年抵达香港,先在父亲的公司里工作,不久转职教音乐,并在香港岛东北部的太古城区经营乐器店。在接下来的三十年中,吴正利用闲暇进行创作,著述颇丰,出版了三部新诗集、两部长篇小说、一部短篇小说集、一部小说诗话,以及三部中译英文小说,①成为文艺界的多面手。在众文类中,吴正最擅长写小说。1987年,他的首部长篇小说《逆光中的香港》(后改题《上海人》)由浙江文学艺术出版社出版。② 第二个长篇《立交人生》则由香港日月出版社在2004年出版。四年后,将五个短篇小说合辑成《后窗》,在内地面市。不管是长篇或短篇,吴正小说最引人注目之处是以旧上海为叙述主体,但其书写的又非海派声色犬马的大都会,而是被他简/净化了的解放后三十年间的"诗礼上海"。

《上海人》属于自传体小说。开篇写主人公李正之和女友向好友章晓冬透露自己申请移民香港获准的事,不料章晓冬迅速嫁给了香港工人黄金富,比正之更早抵达香港。在香港,正之和父母团聚,并实现梦想开了一家琴行,而晓冬则力求自力更生,一方面出外打工,一方面和北上大陆寻求商机的黄金富离婚。小说以黄金富在大陆遭到绑架,通过李正之夫妇的协助而获救结束。在小说尾声,李正之夫妇从大陆回返香港后,对后"文革"时期急速转化中的上海城市大表失望。

吴正在小说中刻意描写初为移民时复杂微妙的内心世界。如正之

---

① 吴正著述颇丰,在诗歌方面有《萌芽的种子》(香港:香港文艺出版社,1984年)、《爱的诗原》(长沙:湖南文艺出版社,1988年)、《香港梦影》(上海:三联书店,1991年);小说则有《逆光中的香港》(杭州:浙江文艺出版社,1987年)、《立交人生》(香港:日月出版社,2004年)、《后窗》;散文集有《黑白港沪》(香港与上海:学林出版社,1997年)与《回眸香岛云起时》(上海:上海文艺出版社,2000年);文学评论有《小说小说》(北京:文化艺术出版社,2005年);翻译有《鹰翅行动》(广州:花城出版社,1985年)、《坠入爱河》(长沙:湖南文艺出版社,1988年)与《猎鹿者》(长春:时代文艺出版社,1988年)。

② 吴正的《逆光中的香港》后来另名《上海人》再印,有1988年台湾希代出版社版、1991年香港正之出版社版,以及1995年北京人民文学出版社版。

在得悉获准移民香港时既感到兴奋雀跃,但也流露出因离开原乡城市上海而生的深深失落感。正如研究香港小说的袁良骏所言,小说最感人之处莫过于正之站立在罗湖桥上,用手指着深圳的方向,含泪对关口人员说道:"那是我的故乡,我要望一望。"①袁良骏没有指出的是,正之充满乡情的感慨其实突出了面对两个不同空间时所意识到的身份认同问题,而这也是每一个移民(包括程乃珊和孙树棻)在其离散生涯中所必然面对的问题。这诗般抒情的片断同时也是一个隐喻,它解释了小说下半部中正之为何一直无法认同香港本地人,只能继续和晓冬等上海同乡移民过从。

小说还反复将香港和上海进行对比,处处扬沪抑港,表现对上海人事的鲜明记忆,字里行间充满旧日原乡色彩。如刻画正之的父亲李老先生,即符合上海老克勒那种追慕40年代西化生活风范(即笔者所谓"诗礼"中的"礼")的形象:"他有一副梳理得一丝不苟的外表,露出在晨褛敞开的对襟间是两片'ARROW'衬衫雪白的硬领,一只斜纹领带的三角结夹在其中。即使是在家里,他还是穿着笔挺的,有两条尖刀般锋利折痕的西装裤⋯⋯"②如此持续地"回顾"诗礼上海风度,吻合叙述者/作者将一己硬生生地从所居地抽离/置换/转移到原乡地的叙述心理,但也由于仅仅是对上海过去某种特定生活方式的迷恋,结果把当代面貌给抹去了,所呈现出来的充其量只是被浪漫简化了的上海,并非真上海。

事实上,上海迷恋不过是一种停滞不变的身份认同。在另一个长篇《立交人生》(再版时改题《长夜半生》)中,吴正再次让读者看到这身份认同的延续。如写上海女子湛玉带着女儿秀秀到麦当劳用餐,从圆环形玻璃大窗望见复兴路与横街交接口上的复兴别墅时,以下的文字便浮现于纸面:

> 这是市区的一条著名的高尚的住宅弄堂。⋯⋯两扇被油成乌黑光亮的铸铁大门,一盏碘钨强光灯照射下来,"复兴别墅"几个

---

① 袁良骏:《香港小说流派史》,福州:福建人民出版社,2008年。
② 吴正:《上海人》,第63页。

第十章 简化上海

金字闪闪耀眼。她又见到一对银发苍苍的老夫妻——看来一定是这条弄堂里的所谓"老克拉"住户了——在这街灯刚开始亮起来的傍晚时分提着两只塑质食品袋自淮海路的方向走过来,进弄回家去,老太太挽着老头儿的手臂,步履悠缓得都有点蹒跚了。①

湛玉的忆想恢复了复兴别墅的前身——此处原是一家私人舞校,七八岁时的湛玉每周两次,每星期三与星期六的下午都在那里学芭蕾舞,而且从家里到复兴别墅的途中必定经过一家牛奶棚,必定在那里购饮一瓶"光明牌"酸奶。当生活习惯变成值得反复欣赏的事时,它其实已经成为一种仪式,一种"礼"。

《立交人生》以两对男女的人生交错贯彻全书。② 首先是兆正和湛玉,居上海,青少年时代已是知己,婚后前者从事专业写作,后者在国营杂志社担任编辑。另一对则是兆正和湛玉的旧日同窗,亦即叙述者"我"和兆正的表妹雨萍。二人先后移民,在香港共结连理。兆正和湛玉婚后感情转淡,同床异梦,适值70年代末中国向外打开门户,频频北上寻找商机的叙述者"我"竟成了湛玉的入幕之宾,使其家庭濒临破碎;而留守香江的雨萍的寂寞芳心中也时时记挂着从小仰慕的表哥,深情不忘。小说展示了叙述结构上的对称,让兆正和"我"在同一个长夜但不同地方的街道上漫无目的地徒步——兆正在上海,"我"在香港。然而书写的焦点却不在香港,而是上海,因为雨萍和"我"正各自思念着身在上海的心上人。就在这两对男女的命运交错的环节里,大部分篇幅被用来叙述他们对前邓小平时期上海的美好回忆。简言之,吴正所提供的只有原乡的"回顾",没有"前瞻"。

为了充分发挥"诗礼净化"的效用,吴正总是把小说主人公塑造成音乐家兼诗人,无时无处不凸显他们在艺术上的天赋和造诣,如前两部小说中的李正之和兆正,都富有艺术天分,都对音乐和写作有热情不懈的追求。即使是在《后窗》的短篇小说中也不例外,《爱伦黄》中的爱伦黄、《风化案》中的杨晓海和《叙事曲》中的任胤都是小提琴能手。前二

---

① 吴正:《立交人生》,香港:日月出版社,2004年,第58—59页。
② 吴正:《长夜半生》,昆明:云南人民出版社,2006年。

人在香港以教授小提琴维生,后者则经常在家中和霞芬"讨论音乐、画画和诗歌,以及18、19世纪的西方文学"。① 经过诗礼净化后的上海是文质彬彬的上海,看不到灯红酒绿的一面,也看不到社会主义再生产的一面。经过诗礼净化后的上海人是诗人和艺术家,是吴正在香港想象出来的铜臭世界的对立面。

在文首提及的研讨会上,贺绍俊对吴正作品提出了两个重要的观察。首先,他指出吴正"比较早地从上海移民到香港,他实际上好像把一些过去的文化记忆打了一个包裹带到了香港,完整地保留了一些过去很好的文化记忆。然后他再把它拿出来,就好像拿出文物轻轻擦拭,擦得很光亮"。再者,他把吴正所保留下来的"文化记忆的独特现象""归纳为一种精英意识",并认为这种精英意识"在当代文学,尤其新世纪以来的文学,应该说是很欠缺的"。② 这里的"文化记忆"和"精英意识",即是诱发笔者所谓"诗礼净化"的因素,它把吴正作品里的原乡上海从日常俚俗的层面提升上来,局限在优雅单纯的境界中。

三 程乃珊:轶事考古

程乃珊和孙树棻在香港书写上海,也同样选择了浪漫简约的叙述方式,但他们不仿效吴正诗礼净化的做法,而是专意挖掘历史,稽查轶事旧闻。③ 他们从记忆和记录中去寻找旧地标,召唤上海这半个世纪以来名声赫赫的人物,其中有电影明星、黑帮领袖、大企业家,有他们曾经往来的名人亲戚与朋友,有通称为"老克勒"的资深上海市民,使书写变成了"上海考古学"。

程乃珊两度移居香港。第一次在1949年三岁时,因为祖父程慕灏出任中国银行在香港的副总裁,所以她才跟随双亲南迁,至1958年回

---

① 吴正:《叙事曲》,见吴正:《后窗》,第281页。
② 晓田:《吴正小说集〈后窗〉研讨会纪要》,《文学自由谈》,2009年第2期,第146页。
③ 在《金融家》的《后记》中,程乃珊指出自己笔下所写的是"上海人的家族史"。见程乃珊:《金融家》,香港:勤+缘出版社,1993年,第557页。

第十章 简化上海

大陆。第二次来港是 1991 年,直住至 2002 年返沪。① 在这段期间,程乃珊先后在贸易公司及出版社任文员,并以上海往事为书写的焦点。事实上,在此之前,亦即 80 年代,程乃珊在大陆文艺界已经取得相当的声名,出版了《天鹅之死》(1982 年)、《蓝屋》(1984 年)、《丁香别墅》(1986 年)、《女儿经》(1988 年)和《签证》(1988 年),以及长篇小说《金融家》(1990 年)。除此之外,还出版了两本散文集《香江水,沪江情》(1989 年)和《你好,帕克》(1989 年),与人合译郑念的英文小说《上海生死劫》(1988 年)。在重返香港以后,程乃珊的小说产量大减,只出版了《山水有相逢》(1999 年)和《上海街情话》(写成于 2000 年),写得最多的是散文。

程乃珊原本打算把《山水有相逢》写成《金融家》的续集,敷衍《金融家》主人公祝景臣自 1949 年以来长达半个世纪的事迹。可是后来却发现这样的叙述架构无法支撑她在移民后构思而得的故事,②于是放弃原初的计划,改而交替讲述两个上海人的传奇人生。书分四个时间段,在空间上跨越两大洲的不同城市上海、香港和纽约,演绎了汪铁如和叶百祥在解放后五十年当中如何在商界打滚,如何走上截然相反的荣枯之路。汪铁如出场时是个意气风发的上海大亨,但在 1949 年迁居香港后却因炒金失败而身家大减,经营的纺织厂也日渐衰微,苟延残喘。反之,记者叶百祥则抓住每一次重大政治变化所带来的良机,崛起而成为在海内外三大城市拥有数家大企业的巨贾。程乃珊维持她一贯的写法,笔下出现的主要人物全是上海人,没有香港本地人。她善用罗致而来的旧闻资料,如以中国第一届空中小姐为模型塑造出汪铁如的情妇付美仪,以串联汪、叶二人,衬托和显示他们的身份地位。此外,还以浓墨重现美国大兵麦马可与李君月最初邂逅的静安寺路,写得尤其仔细的是当年坐落在这路上的舞厅。即使小说发展到 90 年代,麦马可的儿子史蒂芬和他的纽约同事范继红(成长于上海的山东人)一起到

---

① 在 2008 年 7 月 2 日的访谈中,程乃珊确认了她离开香港的时间。
② 程乃珊:《写不尽的上海故事》,见程乃珊:《山水有相逢》,上海:上海文艺出版社,1999 年,第 186 页。

上海公干,他们在谈起对上海的印象时,开口闭口也还是光辉四射的旧上海地景和轶事。

《上海街情话》成稿于 2000 年,写男裁缝师傅迷恋女顾客,收录在同年出版的《上海探戈》一书中。① 据程乃珊透露,主人公小毛师父是真有其人,和她祖母、母亲相识,1959 年移民香港,在九龙旺角区的上海街开了一家旗袍店,直到 80 年代移居加拿大才停业。2000 年,他到香港度假,还跟程乃珊见过面。② 其后程乃珊就利用这材料写了《上海街情话》。有趣的是,小说虽然以 90 年代香港为场景,但是走动其中的人物言行举止都属于 40 年代上海,横竖是被程乃珊复活过来的沪上幽灵。在作者考古心切的小说文字里,旧上海人即使住在现代香港也依然痴心爱着旧上海人,香港是完全缺席的。

《上海探戈》这书中还收录了记载老克勒轶事,在写作风格上类似程乃珊后来发表、打着"纪实散文"旗号的文章。不过,正如陈惠芬所言,这些文章其实混合了事实和作者的文学想象,并非绝对的实录。③ 它们和程乃珊的小说一样,将叙述焦点放在旧上海的轶事考古上。例如《阿飞正传》旨在"重新发掘"老克勒文化,所以描写 70 年代的中年时髦玩家如何沉溺于赏玩好莱坞影片的音乐原声带,沉溺于跳舞、拍照、打网球,以及玩桥牌、麻将等。另一篇文章《ARROW 先生》则勾画了钱先生这位在解放前任职上海四大银行之一的银行经理,他即便是落魄在中学教英文,也仍然坚持天天穿着光鲜笔挺的 ARROW 牌长袖衬衫上班。陈惠芬在研读这些文章时,曾指出程乃珊"依凭着'老上海后裔'的身份,信心十足地挖掘和'复活'着一个'如假包换'的'真上海'。……'亲临现场'的采访、'前朝人物'老照片的佐证……,无非为了'历史感'的营造,以示其所述之'真'与'栩栩如生'。"④ 笔者以为,

---

① 程乃珊:《上海探戈》,上海:学林出版社,2002 年,第 236—254 页。
② 程乃珊:《上海街情话》,上海:学林出版社,2007 年。根据程乃珊的自序,这篇短篇小说作于 2000 年,先在香港的文学杂志上发表。2007 年,导演刘志(大陆)和关锦鹏(香港)合力将这小说改编,拍摄成 30 集电视剧集《一世情缘》,由谢君豪和孙俪领衔主演。
③ 陈惠芬:《想象上海的 N 种方法》,上海:上海人民出版社,2006 年,第 39—40 页。
④ 同上书,第 36 页。

程乃珊之所以沉湎于这种"文字仿真"的轶事考古，主要还是因为在港期间需要面对双重边缘化的困境——既无法认同那些歧视她这类落后新移民的香港本地人，又无法融入在现代化大潮中经历种种巨大社会经济变化的后"文革"上海。上海老克勒们在"文革"前后对于西方舶来品以及西方生活方式的顽固喜好，使曾经家世丰厚的程乃珊尽管遥隔时空，也能产生认同感。她似乎在这种顽固喜好中找到一丝舒适感和可靠的乡愁，能有效抵御香港那颇不友善的人事与环境。

四　孙树棻：再传奇化

一如程乃珊，孙树棻来自富裕之家。祖父孙直斋是浙江人，在上海发迹，经营旅馆、银行、船业与地产，累积了大量财富。父亲孙伯诚亦拥有书店、餐馆，并创办了华东商业储蓄银行。不过，孙家后来遭遇巨变，不但银行破产，还要付六十公斤黄金的赎金解救遭绑架的孙直斋，从此家道中落。孙树棻生长于上海。尽管他在1954年毕业于华东政法学院，但却因为资产阶级家庭背景而被分配到某小学当教师，在"文革"中亦甚受苦。

60年代末期，孙树棻开始创作。1977年，上海人民出版社出版了他的首部小说《哑巴伙计》。翌年，由上海文艺出版社出版第二部小说《姑苏春》。两部长篇皆以抗日为题材，但《姑苏春》较受欢迎，热销五十五万册。这不仅使孙树棻声名鹊起，也使他决定以写小说为一生的志业。

1993年，年届耳顺的孙树棻离开上海，成为孙家最迟移民香港的一员。他在抵达香港后，通过朋友联系两大出版社天地图书和皇冠出版社，很快就取得出版的合约。在天地图书的支持下，他出版了（1）京剧大师周信芳的传记《生死劫》（1994年）；（2）上海旧梦系列，包括《末路王孙》《昨夜风雨》和《洋场浪子》，均在1994年面市；（3）荣华梦系列，包括1995年的《暴发世家》和翌年书写祖父孙直斋事迹的《风雨洋场》，以及1997年的《百足之虫》；（4）1995年的《黑枭》与《黑道》；（5）2002年的三本散文集《上海的浮华岁月》《上海的吃喝玩乐》和《上海旧梦》。至于香港皇冠出版社,则有 1995 年推出的《上海生死恋》与《和平饭店之爵士之恋》,以及 1996 年的《无国籍之恋》和 1988 年的《风雨俪人》。孙树棻在香港出版小说的同时,也继续在内地出版。上述著作中有一部分交由上海文艺出版社再版。又如散文集《豪门旧梦》,由北京作家出版社在 2002 年推出。孙树棻最后的著作是《最后的玛祖卡》,在 2005 年付梓,收录以上海名媛、爵士乐手、百乐门舞厅、绅士和雪茄为内容的散文,充分表现老克勒书写的特色。同年 9 月 2 日,孙树棻在上海的医院里去世。①

孙树棻交由天地图书出版的作品最具有"再传奇化"的特点。所谓"再传奇化",就是重新突出上海作为一个城市最具声色、最引人入胜的地方。孙树棻的天地图书系列小说基本上围绕着间谍、上海黑社会和孙家家族史三个主要题材,叙述焦点总是放在具有传奇性的人物、地景和情节上。如《末路王孙》一书,绘声绘影描写白俄罗斯主人公娜塔莎在二战期间被放逐到上海,周遭围绕着潜入中国、企图从她身上获利的列国卧底间谍。小说不仅充满了曲折刺激的阴谋计策,还频频以愚园路或上海滩上的赌场、妓院、酒吧或夜总会作为场景。孙树棻用文字打造了一个娱乐事业万花筒,让读者从中看到色彩缤纷的旧时都会。这种"再传奇化"的书写模式说明王安忆以为孙树棻小说呈现了上海日常生活的看法有待商榷。②

孙树棻在皇冠出版社出版的作品多书写男欢女爱,但也着重强调"奇"的一面。如《上海生死恋》叙述一段发生在 50 年代上海的出轨恋情。女主人公吴晓氛嫁给了朱广颐,但却受到父亲的私人助理沈烨的吸引,发展婚外情。朱广颐在知悉娇妻红杏出墙后进行报复,一方面诬告沈烨是右派分子,导致后者被下放到安徽省某个偏远农村去受苦,另一方面又安排晓氛移民香港,使她无法重回沈烨的怀抱。尽管朱广颐随后来到香港,却仍然挽救不了破碎的婚姻,而吴晓氛最终离婚并移民

---

① 沈秋农:《著名海派作家孙树棻》,《常熟日报》,2009 年 8 月 27 日。亦见 http://press.idoican.com.cn/detail/articles/20090827132B21/。

② 王安忆:《七月在野,八月在宇》,见孙树棻:《末路贵族》,上海:东方出版社,2008 年,第 27 页。

美国,独自生活在无尽的思念和悔恨之中。这小说最特别之处在于作者引领读者浏览沈烨那开着哈维尔牌摩托车、唱着西洋流行歌曲的放浪不羁生活时是带着欣赏的眼光的。尤为奇特的是,他以一个刚刚毕业于加州大学圣塔芭芭拉分校,应聘当吴晓氖私人助理的裴狄儿来充当小说的叙述者,让这个从未到过上海的年轻人在吴晓氖的私人日记中挖掘资料,一点一滴建构旧上海,将发生在数十年前的一段婚外情整理成曲折的传奇故事。

除了小说,孙树棻居港时期所写的散文也把上海"再传奇化"了。如《上海旧梦》一书中,既有《跑马、赛狗、回力球》一文回顾20、30年代上海滩上主要的"洋"赌博业——跑马、赛狗和回力球的光辉史,亦有《The Bad Land 歹土》与《静安寺枪声》详述沦陷时期愚园路六六八号和七四九号里弄如何变成"汉奸弄堂",极司非而路(现在的万航渡路)七十六号花园洋房如何成为暗杀、绑架和严刑处置抗日分子的特务机关。又如《豪门旧梦》这集子,即使以"一个上海老克拉的回忆"为副题,①大部分篇幅也用于介绍昔日上海的种种物质享受(如名牌生活用品、雪茄、摩托车)和地景(如霞飞路上的咖啡馆、西伯利亚皮草店、富民路长乐路口的 Airline 夜总会等),但笔者似乎更乐于搜鲜猎奇,挥洒许多笔墨描写由上海滩"三大亨"黄金荣、张啸林和杜月笙所操控的赌业、汪伪政府的"沪西狼窟"特务机关、日军军刀下的"敌侨"、在沪的无国籍犹太人等。

整体而言,孙树棻在简化上海方面和程乃珊一样注重物质层面的细致介绍,但又比后者多一分酒气财色,多一分重造的十里洋场的传奇魅力。

五　让上海再次消失

程乃珊和吴正分别在接受笔者的访问时,②不约而同地表示他们

---

① 孙树棻:《豪门旧梦》,北京:作家出版社,2002年。
② 2008年7月2日,笔者在上海访问程乃珊,并与吴正见面。2009年10月17日,吴正南下深圳,接受笔者的访问。

既彼此有往来，也认识孙树棻。程母曾经是孙树棻姐姐的家庭教师，而程乃珊二度移民香港时，亦曾寻求吴正夫人协助找工作。离散的上海人有颇强的凝聚力，是众所周知的事。早期移民到香港的上海人即多聚居在香港岛东北部的北角区，很快地形成自己的群落。虽然吴正自认在融入香港社会这事上毫无问题，但是笔者却发现他在塑造小说人物时往往和程乃珊一样忽略对本土港人的刻画。唯一的例外是其首部小说《上海人》中的贫穷工厂员工黄金富。显而易见，身份认同是导致这种书写行为的重要因素。程乃珊在其《上海探戈》的序文中甚至坦诚以告——在两次移民香港的岁月里，她只生活在上海人的圈子中。因此，在书写上海时，很自然地就将非上海人排除在外，仿佛所呈现的是个纯正地道只住着上海人的上海。

吴正有篇题为《风化案》的短篇，收在《后窗》里。《风化案》的叙述者"我"说：

> 这些年来，我老喜欢找时间和机会回上海来，为的就是要来寻找和体念那种朦胧而又飘忽的时空错位感。……这令我既兴奋又失落，既充实又虚无，总之，有点像是在做梦。①

这说明为何在本文所讨论的三位作家中，竟有两位在晚年回返上海长住，而孙树棻最后也选择离开香港，在家乡城市度过他人生最后的时光。对于在香港生活的上海作家来说，书写上海的地景人事，或是治疗寂寞心灵、表现身份认同的最佳途径。然而，不论是吴正的诗礼净化，或是程乃珊的轶事考古，或是孙树棻的再传奇化，其所建构的都是不完整的上海。换言之，在浪漫简化的过程中，作为原乡的上海仿佛重现于文本中，但其实它是再次地消失。

---

① 吴正：《风化案》，收入吴正《后窗》，第107页。

第十一章　从北角到九龙东

——在港上海作家的香港想象

一　小文学共同体:香港的"文坛独唱团"

王宏志在《本土香港》中使用"跨地域性"一词来概括香港文学的特质,认为既包含了中国文学的元素,又深受西方的影响。在其眼中,1949年及稍后移居香港的作家如徐訏(1908—1980)、司马长风(1920—1980)、李辉英(1911—1991)和曹聚仁(1900—1972)等始终抱持过客的心态来创作,无法真正写出香港的文学来,然而"这些南来作家以自身的中国背景和过去的经验丰富了香港文学,构成了香港文学跨地域性的一个重要组成部分"。而在这些作家之外,"还可以加上很多在'文革'以后申请移民香港的新一批'南来作家'——'第四代'南来作家,数目也很大。尽管他们来香港的时间很不同,逗留在香港的时间也各有差异,但却同为香港文学注入了一个中国的地域元素"。① 较诸其九七前后的香港研究,王宏志以上的论述显得温和而富于包容性,对香港这样一个讲求和谐的移民社会来说是深具启发的。可惜或基于篇幅的限制,没有详细讨论第四代南来作家。

事实上,第四代南来作家中就有一类甚是特殊,以吴正(1948—　)、程乃珊(1946—2013)与孙树棻(1932—2005)为代表,在沪出生成长,在港居住十载以上,期间笔耕不辍,但长期以来却被目为上海作家或通俗作家,既不受重视,更甭说系统性的讨论,成了名副其实的文学边缘

---

① 王宏志:《谈香港文学的跨地域性》,收入王宏志:《本土香港》,香港:天地图书,2007年,第120,118页。

族群。笔者将这类在港上海作家称为"小文学共同体"。所谓"小文学",并非完全采用德勒兹(Giles Deleuze,1925—1995)与瓜塔里(Félix Guattari,1930—1992)的 littérature mineure 概念。① 称其"小",有两层含意。一指屈指可数,因为不论是纵时性地对照以前代的南来作家,或历时性地较诸西西(1938—)、陶然(1943—)、东瑞(1945—)、颜纯钩(1948—)、农妇(1922—)等一早融入香港社会、开拓本土文学题材的移民作家,小文学共同体在人数上都要少得多。一指影响甚微,因为在文学成就上既无法跻身赫赫大家之行列,又身在香港心在沪,持续地书写居住地以外的另一个城市,故而处于香港主流书写传统之外,对香港的文坛与文化无法产生直接重大的作用。是故,王剑丛撰著《香港文学史》,就一字未置,漠视吴正、程乃珊与孙树棻参与了香港文字手工业的生产过程。② 刘登翰主编《香港文学史》,在讨论20世纪七八十年代的香港小说时也只是略提程乃珊,将她和王璞、马建等归为一类,认为他们"在大陆或在台湾都已经有了一些创作上的影响,来到香港之后继续从事小说创作,应该说是有助于从整体上提高香港小说的实力的",至于程乃珊究竟如何做出贡献,则语焉不详。③ 到目前为止,较为详细的讨论见诸袁良骏的《香港小说流派史》,但又仅限于吴正一家,④未能在香港语境下彰显小文学共同体的特质。

小文学共同体的成员具有相似的人生经验,如在建国前出生于上海中上层家庭,家中均有成员在港定居,个人经历过"文化大革命",改革开放后迁至香港,生活尚算优裕。根据2008与2009年笔者分别在上海、深圳两市和程乃珊、吴正所做的访谈,⑤在沪时期孙树棻家曾聘

---

① 据张锦忠分析,德勒兹与瓜塔里之所谓"小文学"具有三个特点:(一)去畛域性,(二)具有政治性,和(三)才气小但聚集起来具有集体价值。见张锦忠:《小文学,复系统:东南亚华文文学的(语言问题与)意义》,收入吴耀宗主编:《当代文学与人文生态》,台北:万卷楼,2003年,第313—327页。原典见 Giles Deleuze & Félix Guattari, *Kafka*: *Toward a Minor Literature*. Trans. Dana Polan. Minneapolis: University of Minnesota Press, 1986, pp.16-17.
② 王剑丛:《香港文学史》,南昌:百花洲文艺出版社,1995年。
③ 刘登翰主编:《香港小说史》,北京:人民文学出版社,1999年,第412页。
④ 袁良骏:《香港小说史》,福州:福建人民出版社,2008年,第283— 页。
⑤ 吴耀宗访程乃珊,上海,2008年7月2日;访吴正,上海,2008年7月4日、深圳,2009年10月17日。

请程乃珊的母亲当家教,教导孙树棻的姐姐,而程乃珊二度居港之际,亦与吴正的夫人过从,因此成员之间彼此认识。论移民香港之先后,数程乃珊最早(1949年三岁时全家迁港,但在1950年代回返大陆,1991年又开始往还港沪),吴正次之(1978年),孙树棻最迟(1993年)。论居住香港之时间,则吴正最长,共三十年(1978至2008年);程乃珊次之,约莫二十二年(1949至1958年、1991至2002年);孙树棻最短,亦有十二年(1993至2005年)之久。这三家虽然相识,却"各走各路"发展自己的创作事业,合而称之,是名副其实的"文坛独唱团"。尽管总是以上海作家自许,在港期间自外于本土社群,进入晚年后又都选择回归沪上(孙树棻病逝于上海),但在长期的书写中毕竟从不同的角度参与建构香港这个城市,这是论者不能漠视的事实。本文拟就"跨界刹那"、"两极C地带"、"沪景渗透"和"情欲消退地"这四个层面论述小文学共同体的香港想象,说明其既为香港文学增添异彩,也为中国当代文学注入"香港"元素。

二 跨界刹那:一脚踩进位于东方的西方世界

对移民而言,当去国跨界仍然是个困难重重的生命关卡时,其经历之详、感受之深往往会铭记心间,成为日后可资叙谈、表述身份的重要材料。1949年建国以后,中国人民从大陆迁居香港,主要通过几种途径,这在孙树棻的小说《上海生死恋》(1995年)第七章中有详细的解说:"当时获得批准由中国大陆去香港的中国人都必须经过广州,到达那里后便分别通过两条途径进入香港。一部分持有英国外交机构——代办处或领事馆签发的允许入境签证的人,可以通过设在罗湖的陆港两方边防哨卡公开进入香港,但那只占有出境者中的一小部分,大多数出境者只持有中方发给的通行证而没有英方的入境签证,那就得先到澳门,再由那里偷渡去香港。"[①]

前一种移民经中英政府双方许可出入境,后一种则只获得大陆单

---

① 孙树棻:《上海生死恋》,香港:皇冠,1995年,第166—167页。

方面的批允,亦即一厢情愿、后果自负的迁徙。小文学共同体对香港的想象恰恰就由跨界入境这一关键环节起始。孙树棻笔下的女主人公大多是五六十年代持"单印"偷渡到香港的上海移民。如《上海生死恋》的吴晓氖"从广州乘长途汽车经中山到珠海,在那里由拱北的边防口岸出境"。出境之后"边走边想朝那根顶上飘扬着葡萄牙国旗的旗杆走去","到澳门住进旅馆……由他们(顺风旅行社)用渔船把'人蛇'(即吴晓氖)载到九龙或新界的偏僻海湾,在那里登陆后再由当地的'蛇头'把偷渡者带进市区"。① 在同样出版于香港的另一部小说《风雨俪人》(1998年)中,孙树棻甚至用开篇一整章来叙述上海交际花赵依萍向公安局领得"路条"(即通行证)后南下偷渡到香港的情况。经由蛇头的安排,赵依萍乘坐了八小时的渔船,半夜下船涉水,在"九龙的一个什么澳"的郊区登岸。这时,原可在海边找地方匿藏起来,等天色放明后再上路,只要进入了市区,殖民地警察就再也无权扣查遣返偷渡者了。可是赵依萍宁愿选择走夜路,因为目下若被发现逮捕了,在"遣返前被扣押的那段日子"里,"人蛇都会受到犯人般的对待,几个人被铐在一起,警察和狱卒都可以任意叱喝,毫无尊严可言"。② 于是她冒着被发现的危险,沿着"路旁只有一些树丛和透出暗淡灯光的村屋"的煤渣路前进,"心惊胆战地独自走了半个多小时",终于跨入市区。在整个偷渡的过程中,香港对她来说是个森严恐怖的西方殖民地城市。

和孙树棻不同的是,吴正笔下没有偷渡的移民。在其首部小说《上海人》(1995年)的第二章中,读者所见乃是70年代末持"双印"南下的上海青年李正之。李正之堂堂正正登上两拱铁架的罗湖桥,准备越过深圳河到彼岸与家人团聚,然而初见香港,第一个印象竟然是飘扬着外国国旗,冷森森排拒中国人的"西方世界":

> 这儿就是中国与整个西方世界的分界线了……。前面是一个陌生的、他的父母在那儿生活的世界,但他们还不知道他的到来……。他迫令自己的眼睛死死地盯在那(飘着米字旗的)白色的

---

① 孙树棻:《上海生死恋》,第167页。
② 孙树棻:《风雨俪人》,香港:皇冠,1998年,第5—8页。

建筑物上。一盏强光的灯正从那座建筑的门廊上照射下来,几个人影站在灯光中。这是些穿着笔挺的、黑色制服的人,头戴着硬边的大盖帽,脚蹬着黑漆的皮鞋,不锈钢的、铜的标徽在他们的肩上、胸前、帽上闪闪发光。他们直直挺挺地站在那儿,没有表情,也没有动作地望着那个正从罗湖桥上走下来的最后一个入境者,他们都是港英当局的移民官员。①

到了改革开放以后的80年代,大陆人不再抄水陆两路跨界入境。程乃珊的短篇小说《哦,我亲爱的"糖"姑姑》(1982年)中的女主人公"我"即是在启德机场降陆香港的。"我"对早在60年代就定居香港,也象征了香港的姑姑充满了期待,因为后者不仅替她办好了自费留美的手续,还请她到香港待几个月。讵料在机场晤面后,才发现姑姑的"态度又傲慢又做作,原来洋溢在她嘴角、眼角和鼻尖两侧的微笑似乎都凝住了,令我拘束,令我生畏","那种居高临下的声调,简直让人受不了",使女主人公"就像当头被浇了一桶凉水似的"。②

三家小说不约而同地叙述了20世纪中晚期跨界入港这起始移民生活的关键时刻。五六十年代由澳门乘船偷渡到埠,或70年代光明正大由罗湖徒步过关入境,或80年代自万尺云端空降,海陆空跨界方式各有不同,但对香港的第一印象均不佳,在情感上格格不入。文本刻意彰显的是香港作为中国南端的西方殖民地城市所呈现出来的陌生与冷漠,一个"本国的异邦"所给予的不近人情的隔阂与冲击。

三　两极 C 地带:从富裕觑贫穷

在吴正、程乃珊与孙树棻笔端,香港岛的北角和中环、九龙的油尖旺区(油麻地、尖沙咀、旺角)和东区(钻石山、观塘)乃是经常浮现的叙

---

① 吴正:《上海人》,北京:人民文学出版社,1995年,第51—52页。《上海人》最初由香港正之出版社在1991年出版,题为《逆光中的香港》,考虑的是当时的香港市场。此版还收录作者的新诗。

② 程乃珊:《天鹅之死》,南京:江苏人民出版社,1982年,第74—78页。

事场景。倘若我们摊开香港地图,将这些点串连成线,则形成一个"C字形地带",其中处处突出贫富两个"classes"(即"阶级",也是C字头)的悬殊对照,是为小文学共同体在香港想象上的主要建构。

北角位于香港岛东北,自20世纪40年代起即是上海移民来港后聚居的地区,因此被称为"小上海"。到了60年代,区内的上海人因迁离而锐减,聚集的福建移民则日增,于是北角又成了"小福建"。对上海人而言,早期的北角代表的是上层社会,是富人住宅区。在吴正的《上海人》中,李正之过了关卡后,乘搭出租车直奔父母的丰景台住所。那是北角半山的高尚住宅区,"三百米的山道在他脚下如履平地般地流过。他开始看到一幢幢白色,深咖啡色的二十多层高的巨厦在他面前浮现出来。这是些与他在下车的车站边见的相类似的建筑:露台、落地窗、纱窗、水晶吊灯和晃动的人影",带来颇具震撼的新体验。①

再看其第二部小说《立交人生》(2004年)。书中的"我"在"四人帮"倒台后去沪南下,和80年代来港定居的雨萍结为夫妻,住在港岛东半山。那里环境清幽宜人,从住宅大厦眺望出去:

> 近晚十分的半山区的空气中弥漫着一种花的甜丝丝的香味。香味之中还带有一种酒的醉意。橙红色的落日现在已经完全沉落,落到地平线下去……薄暮像一层轻纱,开始升起,飘逸、优雅,将这远远的一切都巧妙地笼罩在了其中。②

在地少人多的香港能坐拥如此赏心美景,既显示富裕者的权利,也象征了社会中上层的身份地位。而在此悠哉闲哉、居高临下的视野中,吴正又将笔触伸向同一地区的贫穷角落。《上海人》写正之的好友章晓冬亦住在北角,但却是落差巨大的另一条街上。晓冬为了移民香江,嫁给了个太古糖厂工人黄金富。黄金富约四十来岁,婚前租住床位达十数年,婚后花费平生积蓄也只能在爪哇道租得一间靠马路的单人卧室。夜里楼下街市喧嚣,大排档的生意"进行得热火朝天:铁锅被铝质的炒

---

① 吴正:《上海人》,第87页。
② 吴正:《立交人生》,香港:日月出版社,2004年,第125页。此书在2006年交云南人民出版社重新出版时改题《长夜半生》,并删去原版所附序文和评论。

第十一章 从北角到九龙东

勺敲得'当当'地直响,喊声、笑声和高呼'馄饨面一碗'的堂倌的唱腔不断地升上来,再从拴不紧缝的钢窗中传入室内",①吵得晓冬彻夜睁大眼睛,无法入眠。晓冬后来离开黄金富自力更生,在北角的一家制衣厂当车衣工,月薪八百五十元,租住马宝道的一间单室,周围仍然是"一片街市和小商小贩的集聚地。每天一清早,居住在这个区域内的属于城市贫民阶级的妻女们都会涌来这里选购廉价的食品和衣物,人声嘈杂,满地被踩烂了的菜皮和水果发出一种腐臭味"。其居住环境与半山住宅区委实有天渊之别,难怪晓冬心生一朝"搬去半山区住,从那里俯瞰着海景"的宏愿。② 然而此番虚想,和正之、雨萍夫妇的日常实践做一比照,即具讽刺的意味。

  程乃珊亦以贫富悬殊的阶级对比来展现其对香港的想象。短篇《哦,我亲爱的"糖"姑姑》中的姑姑就住在"玛圣岭半山,那令人生厌的都市的喧闹似乎被一道无形的屏障隔开了,迎面扑来的是阵阵令人心旷神怡的花香和清新的海风的气息"。③ 在中篇《山水有相逢》里,上海大亨汪铁如在50年代南下香港后,住的也是"向来属高尚住宅"的半山区。原为上海记者的叶百祥迁港后炒地皮发迹,住在港岛铜锣湾的百德新街的"富伟大厦"里。尽管这"大厦外貌平实","算不上豪宅富户",但"地皮时土尺金……也属黄金地段","一排落地窗大玻璃,向着傍海的游艇避风塘,沉实中见风度"。④ 至其创作短篇小说《上海街情话》时,则笔锋一转,改而描绘破落的地景。主人公上海裁缝师陆小毛的同乡亨利也是在50年代来港,但因为"做金子生意破了产,一个人从半山大宅搬到上海街兴发楼,大通一方一厅,开了个授舞班专教社交舞"。其眼中的北角倒是贫困得多,在五六十年代,"旧时如雷贯耳的上海大亨,如纺织界的黄老板、《大沪日报》的关老板、永泰保险的林老板,都聚集在北角,缩瘪瘪地盘在那些豆腐干般割成的号称二房一厅或三房二厅的小单位里"。不过,"香港真是块风水宝地,吃力是吃力,铜

---

① 吴正:《上海人》,第113页。
② 同上书,第197,159页。
③ 程乃珊:《天鹅之死》,第78—79页。
④ 程乃珊:《山水有相逢》,上海:学林出版社,2007年,第100,61—62页。

钿也是好赚的。要不多久,当年那批缩瑟瑟挤在北角的上海旧大亨又重新抖擞起来后,纷纷从北角搬到半山"。① 这迁移象征了身份地位的跃然提升,亦表现出上海人能屈能伸的特性。

相比之下,在文本中最用力将香港两极化的是孙树棻。其《风雨俪人》中卷第三章和第五章互为呼应地叙述了赵依萍的昔日姐妹蔡宝琴贫困潦倒的境况。蔡宝琴在解放后偷渡来港,靠一点储蓄先在石峡尾租住一间屋子,并到旺角的一家小舞厅当小姐。由于遇人不淑,惨遭捐弃,又患病辍职,终至吸食白粉染上毒瘾,迁往钻石山木屋区。赵依萍一听说蔡宝琴住在钻石山,第一个反应是皱起眉头问:"怎么会住到那种地方去的呢?"其后与李明华一同前往探访,"的士沿着斧山道向上驶去",眼见"两边的荒坡上逐渐出现了房屋,那都是些木屋和石屋,由零落分散的两三幢而逐渐成片的屋群",对面是"新建起来的那座华人坟场"。在"这一大片八阵图般的木屋区"里,住户为收取信件之便而自行编制门牌,凌乱无序,二人寻找蔡宝琴的住所颇费周章。② 贫乱交加的地景给读者留下深刻的印象。到了下卷第四章,作者改而引领读者游览香港富商盛毓林在半山的豪宅,简直是另一个世界:

> 盛毓林的这座祖宅是一幢三层的维多利亚式建筑,底层正面有一排台阶和八根花岗岩大圆柱,大半幢屋外攀满了长春藤;屋前那片草坪中央造着个罗马式庭院,全部用白色大理石砌成,中间那座喷水池的四角矗立着四尊裸体男女雕像。赵依萍知道这太平山顶一带一直都是"鬼佬"的天下,住在这里的除掉港府的高官和各国的驻港领事,便是些英资银行和大洋行的总裁级要员,能住进这一带的中国人简直是凤毛麟角,即使近几年有几个新兴富豪也跻身进来,但他们的住所都是些新盖的洋房,因此眼前这幢格局古旧的庄园式居邸已充分显示了盛氏家族这几十年来在这块殖民地上所具有的特殊地位。③

---

① 程乃珊:《山水有相逢》,第 11—12 页。
② 孙树棻:《风雨俪人》,香港:皇冠,1998 年,第 117—118,134—135 页。
③ 同上书,第 208—209 页。

在这富豪之家，单单是盛毓林个人的卧室，"面积足有一千平方尺，铺满厚软的地毯"，连那居中放置的硕大睡床也是维多利亚时代的古董。① 事实上，盛毓林除了山顶道上这幢"供全家人居住的祖业大宅以外，在港九新界还有着好几幢别墅，有的在西贡海边，有的在九龙毕架山上"，在港岛除了南湾道上的花圃别墅以外，"在渣甸山上还有一幢连着片大花圃的洋房"。② 富裕之程度乃是三家小说人物之冠。

在笔者看来，小文学共同体之所以造设如此贫富悬殊的对比，首先是因为成员个个出身富裕。吴正的父亲原是上海会计师，曾在财经学院及安徽大学教书，移民香港后开创台资毛纺厂，每个月给滞留沪上的吴正寄三百元外汇，使儿子在"文革"期间免去了上山下乡之苦。程乃珊的祖父程慕灏是金融家，历任大陆中国银行总行常务董事、香港中国银行总经理、顾问，长期在香港居住。孙树棻的祖父孙直斋在上海开设惠中旅馆，且经营钱庄、轮船公司和出租房产；父亲孙伯诚亦拥有书店、酒楼等产业，创办华东商业银行。再者，因为作家居港期间生活稳定，自足无虞，在改革开放后移民香港，吴正教授小提琴、经营乐度音乐中心，程乃珊任中资外企办公室文员、出版社记者、编辑等职，孙树棻以写作打发时间。既是家世丰厚，又维生有方，故而在书写时往往不自觉地居高临下，从富裕远距离地觑看贫穷，从个人优越的身世中勾勒出一个过分简单且流于表面的两极化香港来。

四 沪景渗透：再也无法单独出现的香港

移民始于足下，但从原乡迁徙到他乡仅属启端，其后在移居地的生活才是这跨界活动的实质内涵与意义之所在。移民的融入或抽离当地社群既受客观环境的限制，也取决于主观意愿上的选择。孙树棻《风雨俪人》结尾处写即将远嫁的好友李明华规劝赵依萍一同离开香港，赴美寻找个好归宿。赵依萍如此回应：

---

① 孙树棻：《风雨俪人》，第 209—210 页。
② 同上书，第 69 页。

> 我当然明白你的好意,也会考虑你说的那个归宿,可是我还不打算离开香港。香港这地方是有不少缺点和不好的地方,譬如打劫、吸毒、黑社会,还有英国佬的特权等等,人情也比较浇薄,但无论怎么说,这里是个充满活力和机会的地方,只要有心进取,敢拼敢搏的人,在这里每时每刻都有机会,无论在事业或者生活上都是这样。①

这一段话不免引发联想,使读者以为孙树棻借女主人公之口来暗示自己对香港产生了归宿感。巧合的是,程乃珊和吴正在接受笔者采访时,亦不约而同地表示在港生活无碍,并未遇上融入不了本土社会的问题。但根据笔者的观察所得,三家的所谓"融入",或许是指经济和日常生活而言,其实在深层文化与身份认同的层面仍见龃龉。② 试看其小说中的主人公,不管在哪一个年代移民香港,似乎都自足自存,无须面对与本土社群相处、磨合的问题。如李正之到香港不久,因为父亲给予经济上的支持,乃开设琴行,自在生活。如汪铁如尽管是没落大亨,但也还有能力自设工厂,无需寻求本地人的协助。赵依萍南来不过数月,即在黄金地段尖沙嘴开设店铺,又赢得本地富翁(书中唯一的香港人)和金融界才俊的青睐,左右逢源,加入马会,晋身上流社会。这些人物和创造他们的作家一致,日常面对与交往的仍然是来自沪上的亲友同乡,念兹在兹的也还是上海以及上海人的生活,可谓实实在在地"生活在他方(中的他方)",亦即黄念欣在讨论王安忆《香港情与爱》时所归纳出来的——一个把香港人划出范围以外,较抽象的边界。③ 然而更值得指出的是,作品中举凡书写香港之处,无一例外地重迭浮现着另一座

---

① 孙树棻:《风雨俪人》,第 241 页。
② "融入"有许多层面,研究离散的德国学者弗里德利屈·黑克曼(Friedrich Heckmann)曾将之归纳为四:即制度层面(institutional dimension)、文化层面(cultural dimension)、社会层面(social dimension)和身份认同层面(identificational dimension)。见 Friedrich Heckmann, "Integration Policies in Europe: National Differences and/or Convergence," EFFNATIS Working Paper 28. Bamberg, European Forum for Migration Studies, Institute at the University of Bamberg, 1999。
③ 黄念欣:《王安忆笔下的香港与黄碧云笔下的上海》,http://www.cul-dtudies.com/Article/literature/200606/3994.html。

城市上海的影子。如此单向地从自身文化记忆中召唤出旧时上海,让这些时光停驻不移的域外地景时时渗透到文本中的香港来的做法,笔者称之为"沪景渗透",而这沪景渗透恰恰显示了作家在深层文化和身份认同上与香港的疏离。

在吴正的《上海人》中,李正之的丰景台睡房是父亲"按照70年代香港的眼光和现代青年的口味加以装饰和布置"的,以一套浅色流线型设计的日本产组合家俬配搭浅湖蓝色的墙纸。不过,"生活在这类浅色的环境中,他感觉到的只是一种病态的不安定",内心深处"还是怀念着上海的那个家,那种棕褐的深色和笨重的家具令他感到亲切和有保障"。上海在此时"乘虚而入",使正之清楚地意识到自己确实"存在在这方南国的岛上,这处异乡他地"。① 待第八章写正之在香港过节的感受时,其眼前的香港益发模糊,心中的上海益发清晰:

> 正之是第二次在香港度圣诞,他对于第一次的印象淡薄到几乎等于零,那时的他到港只有一个多星期……塞满了他整个脑空的都是那类对于上海的记忆:灰色的街道,蓝色的人群。今年,他似乎刚从一场昏梦中苏醒过来,那些像是属于上世人生的尘埃开始慢慢地从他的脑空中沉淀下去:他的现实是眼前所见到的一切。这里的圣诞节就像上海的春节,但是为了这一点,正之感到悲哀。②

就在圣诞节前夕,正之和晓冬在马宝道旧楼的单位里聚会。正之从晓冬的肩上瞅见"金晖的镀层已不知在何时从玻璃窗上退去,窗外的天空,大海和苍茫的九龙半岛都留在一片贫血的青白之中",于是拉着晓冬向窗口走去。就在这个时候,"他俩的愿望是一致的:他们希望见到的是淮海路上的灰褐色的街景,如同蜘蛛网般的跨空电线,以及在电线网下,永恒涌动着的蓝色的人潮;二十六路无轨电车正从对面的横马路上转弯出来,买票员敲打着车厢的铁皮板不停地叫喊"。他们呆望窗外,"只想再一见天边的那幕最普通的落日的景象:青白、橙黄、火红,

---

① 吴正:《上海人》,第108,111—112页。
② 同上书,第221页。

在一片逆光中的黑影的屋顶群上展开去"。① 在吴正笔下，香港不但无法自呈姿态，甚至还消失在满纸渲染的上海地景中。

程乃珊《山水有相逢》（1999年）第二章"五十—六十年代"写上海大亨汪铁如离开大陆，转战香江，无奈炒金失败，情妇付美仪带着女儿回返上海，留下他孤单一人在香港。此章开端就说"香港铜锣湾，很有点像上海的南京路，喧嚣而多尘"。用南京路来比拟，是因为作者认为"南京路是众多上海人童年欢笑的一部分，她的五光十色汇集成的色彩，组成上海人童心里一道最早的光谱；南京路，又是历代不甘寂寞的上海人心中的一个梦，梦想有一日，在这熙熙攘攘的黄金地段，插上一杆有自己姓氏的大旗"。提到汪铁如将飞燕织造厂设在九龙荃湾工业区，也说那里的"屋宇破破烂烂，犹如上海的曹家渡一带"。汪铁如事业感情皆不顺遂，苦闷起来想要遣怀时就把车子"拐向北角区老相好慧珠那里"，因为慧珠在旧时上海是个二流沪剧演员，和他有过点交情，而其任职的北角丽池夜总会也是"上海大亨最喜欢去"的娱乐场所。即使到了第三章"七十—八十年代"，慧珠在香港开了家玫瑰歌舞厅，还针对印尼富商顾客的品味而改成巴厘岛风味的摆设，但小姐们献唱的依然是《夜上海》一类的歌曲，让汪铁如"随着歌声，慢慢沉沉地流过几个片断，缓缓地，法华的飞燕厂的塑像厂徽，大马路的飞燕广告牌，国际饭店顶层天花板可以打开的餐厅"。②

这种沪景处处渗透的现象也见诸创作时间最晚的《上海街情话》（2007年）。程乃珊开篇写道：

> 九龙旺角的上海街，徒有个"上海"的虚名，但见两边人行道上，水果档夹着廉价时装店，茶餐厅傍着香烛锡箔店，杂乱喧嚣，令众多有心来寻觅上海昔日风华的游客高兴而来，扫兴而归。其实不然，华灯初上之时的上海街，暧昧迷蒙的霓虹灯光下，映着下班的人流，互相纠缠着，人声鼎沸地在十字街头滔滔流过，自有一番红尘火浪之景，生生猛猛的，与那七点一过虽灯火通明，却已是水静鸟

---

① 吴正：《上海人》，第242—243页。
② 程乃珊：《山水有相逢》，第42,184,45,107—109页。

第十一章 从北角到九龙东

飞的中环大马路相比,此时的上海街,确实十分上海,很有点孤岛时期的租借地的二流马路;如同孚路(今石门二路)北四川路……①

就在程乃珊把审美焦点放在香港像不像上海的考量上时,孤岛时期的租界地景漫延渗透文本,颇有欲罢不能之势。换言之,她的纸上香港终究不是香港,而是充满了上海气息的香港。

在渗透沪景方面,孙树棻不落人后。《风雨俪人》写赵依萍偷渡来港后先去投靠昔日交际花姐妹,迎接她的李明华听到门铃声时,居然是"扔掉手中那本《金锁记》"才去开门的。这种强作文雅的姿态固然造作,但通过提及张爱玲的早期力著,霎时间就把40年代的旧上海召唤到眼前来,取代了当下的香港。② 当然,最明显不过的仍然是描绘北角的丽池夜总会:

> 赵依萍抵达香港三个多月来,只到过丽池夜总会两回,但每一回都带给她一种宾至如归的感觉,正如一位也是从上海来的朋友所说的那样:"大多数到这里来是为了寻找那个失去的旧梦。"在这里能见到很多过去的熟人,听到的大多是江南一带的乡音,谈论的话题也有不少是旧日往事,就连伴奏的乐队也是过去上海仙乐斯舞厅中的那支康尼菲人乐队,因此来到这里仿佛回到了上海的"爱埃令"或是"锡而刻海",只是装修和布置比那两处更显得讲究和典雅些。③

一句"仿佛回到",说尽以此作彼、一厢情愿的情感投射。分明是香港的舞厅,可是表演助兴的竟然是1945年至1952年曾在上海高级夜总会"爱埃令"和"锡而刻海"做伴奏的乐队,吹弹奏唱的竟然是40年代流行于上海的靡靡之音。这种用来"拒绝现实(香港)"的沪景渗透,既让读者有身在沪上非香江的错觉,也透露出作为离散者的小文学共同体的共同深层心理——对香港并未产生真正的归属感,并在有意无意中以上海取代了香港。

---

① 程乃珊:《上海街情话》,第3页。
② 孙树棻:《风雨俪人》,第9页。
③ 同上书,第36页。

五　香港是情欲消退地

　　论当代书写香港的上海作家,最知名者当数王安忆。她不曾居住于香港,但在1993年出版了中篇小说《香港情与爱》,以局外人的眼光诠释和想象即将回归的香港,在学术界曾引起热烈的讨论。王德威对此作有深入的评析,尤其在提到其情欲命题时指出:"王安忆未必是香港通,但是从另外一个中国都会——上海——的观点,她提供了一种独特视角,诠释香港作为欲望象征的特色。"在王德威看来,《香港情与爱》一书把香港诠释成欲望的象征,"欲望游荡、分裂、折射、永劫回归的中介点,是在这里,天涯海角正好为萍水相逢作引子,而地久天长的神话寓意只宜由浮世邂逅来反衬。香港的地志学因此不妨与香港的情学相提并论,香港的历史就是香港的罗曼史"。[①]

　　就情欲表述的层面而言,笔者发现小文学共同体想象中的香港,与王安忆有着极大的反差。在三家的笔端,香港这个在传统印象中五光十色、纸醉金迷的都会居然一点也不声色犬马,也没有成为情欲的象征。从开饰品店打拼事业的前交际花,到沉醉于诗歌、音乐的青年儒商,到寂寞镇守上海街上一小店铺的裁缝师,到追求浪漫而自毁婚姻的少妇,这些上海人在南下以后竟然都规规矩矩起来了,把香港建构成一个情欲消退的所在。

　　吴正的《上海人》写李正之与章晓冬在香港重逢,独处一室时差一点发生了肉体关系。两人经历了灵魂与肉体的斗争,最后却能临崖勒马。晓冬将当年正之馈赠、一直珍藏在身边的诗作交还正之,象征二人的友谊不在肉体,而在灵魂。在《立交人生》中,叙述者之一"我"到了香港之后,尽管和雨萍结了婚,夫妻俩却情淡如水,"我"借出差之便频频到上海和湛玉偷情,颠鸾倒凤,而留在香港的妻子则只能孤守那毫无生气的家,度过一个又一个寂寞的夜晚。显而易见,由

[①] 王德威:《香港情与爱——回归后的小说叙事与欲望》,《当代作家评论》,2003年第5期,第91—99页。

第十一章 从北角到九龙东

于不是上海,所以个人的情欲也要消退,只有回到上海才再高涨汹涌起来。

程乃珊的《山水有相逢》亦复如此。汪铁如在上海是实业界龙头大哥,要风得风,要雨得雨,平时"一对桃花眼,春光流动",正是情欲高涨的表象,①于原配夫人之外又包养华航空姐付美仪,享尽齐人之福。然而到港之后,由于投资失败,原配夫人冷言冷语以待,情妇也毅然离去,汪铁如落得两头空,情欲全面消退。另一人物叶百祥在上海搭上了国民党军官太太白美珍,风流快活,但在南下香港后,叶百祥开始忙于投资物业,竟变成毫无情欲的人。白美珍每次见他在写字台上工作,就知道"今晚又要独守空房。这几年她也早已习惯这种活寡妇的生活"。② 再看《上海街情话》,横竖写的是陆小毛对阿英的一段柏拉图式的精神恋爱。阿英和小毛移居香港后,都在等待各自心中的对象。阿英等的是有妇之夫唐滕,最初每周还见两次面,其后被唐太太发现了,无法再见面,只能收到唐滕按时存入户口的钱,末了连钱也等不到了,原来唐腾全家早已移民南美洲。此后,阿英几乎化成了坚贞的香港望夫石:

> 一直以来,我就等着"明天","明天",他一定会来找我……从小姆妈就教我,男人不好逼,越逼他,他就走得越快,头也不回。我不逼他,只是耐心等他,但他还是没有回来。我好傻的。

小毛亦是情深一往之人,曾对阿英如此表白:

> 人活在世上,总该有个好盼头,我也日日在盼着"明日",明日或者会有笔大生意,或者利孝和夫人陈方安生碰巧会走过我店铺进来望一下……至少,你总归常常会来的,你今日不来,我就等"明天","明天"还有"明天",比如你这次回上海去了两个礼拜,我就一个"明天"一个"明天"地等……③

---

① 程乃珊:《山水有相逢》,第 27 页。
② 同上书,第 65 页。
③ 程乃珊:《上海街情话》,第 17 页。

在程乃珊的想象下,香港变成一座有情无欲的城市。

孙树棻《风雨俪人》写赵依萍周旋于两个男人之间,看似充满了情欲,但其实盛毓林为其入幕之宾时已年过六旬,"从年轻到中年时的过度斫丧使他现在常会力不从心",①两人之间并无太多的肉体关系,平均每周在别墅见两次面,不一定留宿。而与同乡余人杰,即使在礼顿道公寓幽会快六年了,但"由于彼此的业务和交际都越来越忙碌,到这里来见面的次数便不及以前那样频密,来了也不一定都要上床做爱,有时只是相偎着谈上一两个小时便分手了"。② 小说愈是往后发展,愈无情欲可言。末了这两个和赵依萍以肉体关系始的男人,一患膀胱癌病逝,一因挪用客户资金赌博炒股票失败而堕楼自尽,永远离她而去。在《上海生死恋》中,香港甚至成为沪籍男女情欲的终站。女主人公吴晓氛红杏出墙,在上海与孙烨打得火热,夫婿朱广颐为了断绝妻子和情夫的往来,乃施计逼使她南下香港。果然,地理上的阻隔使吴、孙二人从此不复见面。吴晓氛独自离散在香港,辗转移民美国,只能将爱恨缠绵的浪漫情事收藏在个人日记里,陪伴她度过寂寞的后半生。

异于王安忆,小文学共同体显示香港的地志学与在港上海人的情(欲)学无法相提并论,香港的历史亦非在港上海人的罗曼史。上海人在香港循规蹈矩,情欲消退,追根究底,是强烈的地域文化优越感和怀旧心态使然。吴正曾在散文集《黑白沪港》中强调,炎黄子孙具有深厚的母体回归意识,而上海人"又是他们当中最难被同化又偏最喜欢流动去他国他乡的一门族类","在何地都忘不了他是个上海人,包括在香港";③在《上海人》中又批评香港患有"文化内涵的严重缺乏症"。④程乃珊在地景典故中打捞旧记忆,在《老香港》一书中比较上海和香港的选美小姐时不忘指出:"首位上海小姐是来自书香门第,贵族学校毕业。首位香港小姐则是来自小家,且酒楼侍应小姐出身。由此再次显

---

① 孙树棻:《风雨俪人》,第 71 页。
② 同上书,第 153 页。
③ 吴正:《黑白沪港》,上海:学林出版社,1998 年,第 13 页。
④ 吴正:《上海人》,第 18 页。

示:早期上海女人的白领化和知识化比同期香港确实筹高几着。"① 这种扬沪抑港的优越感和怀旧心理挥之不去,导致作家们在潜意识中严守道德的关卡,不屑在五光十色充满诱惑的香港为笔下的沪籍人物寻找情欲的出口。如此写开去,小说中的情欲暗流反而回涌上海,这恐怕是小文学共同体始料不及的事。

六 自成另类的香港论述

每个城市有自己的故事要讲,都被叙述者所想象。像香港这样的一个城市,虽然经历百年变化的历史不算悠长,但却有说不完的故事。然而这故事该怎么说,由谁来说,该如何被想象,由谁来想象,却一直是具争议性的问题。

这问题在香港九七回归以前曾经引发一场对于身份认同、本土性的探索与发掘,于是,出现了所谓的"本土论述",从王宏志、李小良和陈清桥在本土香港概念上的反复辨析,到以东京大学藤井省三为中心,围绕着李碧华小说中的身份认同所做的一系列讨论,到也斯(梁秉钧)那"香港故事不易讲"的感叹,以及关于刘以鬯、西西、也斯等人作品的解读,②都旨在建构香港,为香港的主体性下定义。此外,又有另一类论述,尝试在上海和香港文学的研究中造设双城镜像的架构,笔者姑且称之为"双城论述"。双城论述强调香港作为一个城市所具有的"双城性",因为类近的殖/移民经验而与上海接壤,互为彼此的镜像,成就了一个复一个你中有我,我中有你的叙述。换言之,城市不复为独立的个体,而是成就于另一个城市的存在,必须通过另一个城市的对照才产生意义。这种论述始于李欧梵以两座城市互相吸纳的"双城记",而陈燕遐、邝可怡、黄念欣等则相继在镜像的互映比照中指陈外来者(如王安

---

① 程乃珊:《老香港》,南京:江苏美术出版社,2000年,第62页。
② 王宏志、李小良、陈清桥:《怀想香港:历史·文化·未来》,台北:麦田,1997年。陈国球编:《文学香港与李碧华》,台北:麦田,2000年。张美君、朱耀伟编:《香港文学·文化研究》,香港:牛津大学出版社,2002年。

忆)陷于书写不了集体香港的尴尬处境。①

　　小文学共同体以移民身份长期旅居香港,既未融入本土社群,又非毫不相干的外来者。其在如此时间跨度和空间处境中书写香港,却处处标榜上海,不管被放在本土论述或双城论述中去审视,都显得格格不入。如在前者,显然匮乏香港的主体性;如在后者,沪景渗透的结果并非你中有我、我中有你的对照互存,而是以上海湮没或取代了香港。本文无意为吴正、程乃珊和孙树棻进行辩解,而是希望通过以上的论析来彰显这小文学共同体在书写、建构香港方面的特点,说明其所想象的香港不是一般香港人所认同的,而是从作家个人的上海身世与离散经验中勾画出来的"香港"。这种书写对中国大陆的读者或许更具吸引力,更容易为他们所接纳。进而言之,小文学共同体的这种跨地域性的表述除了为香港文学增添中国地域色彩以外,也为中国当代文学注入修整过的香港元素。

---

① 李欧梵:《香港作为上海的"她"者》(双城记之一),《读书》,1998年第12期,第17—22页;《香港作为上海的"她"者》(双城记之二),《读书》,1999年第1期,第50—57页;陈燕遐:《书写香港——王安忆、施叔青、西西的香港故事》,收入陈燕遐:《反叛與对话:论西西的小说》,香港:华南研究出版社,2000年,第106—118页;邝可怡:《上海跟香港的对立——读〈时代姑娘〉〈倾城之恋〉和〈香港情与爱〉》,《中国现代文学研究丛刊》,2007年第4期,第236—259页;黄念欣:《王安忆笔下的香港与黄碧云笔下的上海》,http://www.cul-dtudies.com/Article/literature/200606/3994.html。

第十二章 "精神中国"的生成

——论述1976年以后文学的新概念

在文学批评术语当中,举凡以"后"字作前缀(prefix)者,从本质上来说都无法脱离词根(root)自立,因为其意涵必须是出自对词根意涵的反应,如伸延、矫正、戏仿或反动等等,否则无从形成,无以界说。"后文革时期文学"一词的吊诡之处正在这既是"藕断",又是"丝连"的关系。此外,其意涵似乎也难以一刀划定,说个确切,否则许子东不会如此质疑:"'后'是否定?超越?还是跟随?延续?或者转世投胎?"①笔者以为,"后文革时期文学"所昭揭的是,在叙述上既具有摒弃毛泽东和"文化大革命"遗产的强烈意图,但又摆脱不了这两大元素如影附随的纠缠,在在说明文学与政治在现代中国语境下牵扯纠葛的关系。

1949年,中国大陆的体制与人心皆遭遇前所未有的变化。1978年启动改革开放机制,让市场经济的快车隆隆冲破文字表述的重关深锁,文学才在新鲜空气中重现勃勃生机,绽放出姿采缤纷的花叶来。对于后"文革"时期文学所展露的新内涵、新风貌,评论界不乏逻辑梳理,精辟论述,各有切中地归纳出伤痕文学、朦胧诗、寻根文学、反思文学、先锋作家、新历史小说、身体写作、日常书写种种不同时段发展特色的明确指标。遗憾的是,在造设足以包括总体的批评术语方面似乎并未投放同等的心力,需要进一步开拓讨论的空间。

愚意以为,后"文革"时期文学的整体特性可以用"精神中国"四个字来概括。创造这术语是以断代意识为前提,视"文革"结束为分水

---

① 许子东:《近年有关"文革"的几部长篇小说》,宣读于2011年10月12至13日由香港城市大学中文、翻译及语言学系所主办的"精神中国:第一届后毛时期文学国际学术研讨会"上。作者修订后改题为《"文革故事"与"后文革故事"——读莫言的长篇小说〈蛙〉》。

岭,旨在向读者清楚展示跨越这分水岭、"断裂"开去的作家们在整体上异于"文革"结束前的书写气质。是故,从涵盖面来讲,"精神中国"不能和"中国精神"相提并论,混为一谈,因为"中国精神"统摄了从古至今中国文化中普遍积累的思想性格气质上的共通点,所承载的要比局限于叙述后"文革"时期文学的"精神中国"悠久得多,广泛得多。

另一方面,"精神中国"一词虽然从"断裂性"出发,但其形成却有渊源可寻,在构词方法上显示了一定的延续性。众所周知,早在上世纪40年代末,社会学家费孝通(1910—2005)在西南联大和云南大学讲授乡村社会学时,曾将其讲课内容撰写成十四篇文章,辑合成集出版,书名"乡土中国"即是以名词"乡土"修饰专有名词"中国"而成。据费孝通解释,乡土中国"并不是具体的中国社会的素描,而是包含在具体的中国基层传统社会里的一种特具的体系",从乡土社群自有的表达方式到依靠私人联系建构网络的差序结构,到发挥道德约束力的团体格局、礼治秩序等等,"支配着社会生活的各个方面"。① 四十年以后,亦即80年代末,当新儒家代表人物杜维明(1940—)审视"中国"时,他选择前置以另一名词"文化",因为进入眼帘的中国既有涵盖中国大陆、中国台湾、中国港澳和新加坡地区由汉人所组成的社会,亦有散布于世界其他地区的华人社会,还有通过非汉语系统语言来学习或讨论中国文化的非华人社会,由这三个共享华夏文化的"专义世界"(symbolic universe)组合成一个跨地域的文化空间。② 杜维明的"文化中国"论及根源性与边缘性的问题,在文学研究上启发了其他学者从多元跨界、多个中心的角度去探讨中国大陆以外地区中文书写的发展情况。③

---

① 费孝通:《乡土中国》,北京:人民出版社,2008年,第3页。
② Tu Weiming, "Cultural China: The Periphery as the Center," in Tu Wei-ming ed., *The Living Tree: The Changing Meaning of Being Chinese Today*. Stanford: Stanford University Press, 1994. pp.1-34. 一般将文中的"symbolic universe"中译为"象征世界",但笔者考虑到杜维明提出三个"世界"时,突出它们都以华夏文化主导其生活和书写,都有共同的专门意义,因此另译作"专义世界"。
③ 如新加坡诗人学者王润华在新千年后对于东南亚文学和中国现代文学的研究,有《华文后殖民文学:本土多元化的思考》《华文后殖民文学:中国东南亚的个案研究》《越界跨国文学解读》《鲁迅越界跨国新解读》等著作。

第十二章 "精神中国"的生成

到了 90 年代初期,为中国现当代文学研究领航的王德威(1954—)采用同样的造语术提炼出"小说中国"的概念,阐释了小说发展的三个关键层面:小说的流变与中国的命运相关,所反映的中国更真切实在,此其一;小说的虚构模式乃是读者想象和叙述"中国"的开端,此其二;相对于"大说","小说夹处各种历史大叙述的缝隙,铭刻历史不该遗忘的与原该记得的,琐碎的与尘俗的",此其三。笔者注意到王德威把"小说中国"纳入自费孝通以来"名饰"中国的造词谱系时,有其不同于两位前驱的处理方式。他强调"小说""不建构中国,而是虚构中国",①刻意突出前缀修饰词先前所没有或不容发挥的主导作用,使本是主语的"中国"变成了受动的宾语。发现这种喧宾夺主的词组变化有助笔者思考如何"一言以蔽"后"文革"时期文学。直接呼应而来,乃以"精神"作"中国"的前缀,不但修饰中国,更主导中国。

然而在芸芸众词当中,为何竟独取"精神"来概括后"文革"时期文学中的中国?它究竟有何能耐,可以主导后"文革"时期的文学求索?要回答这些问题,我们还得回到"文革"结束后中国所经历的另一次翻天覆地的巨变中去。从三年大饥荒到十年"文革",长时期的物资匮乏已在中国人的生命与历史深处留下了无法磨灭的痛苦记忆。实行改革开放政策为中国带来新机遇,推动市场经济蓬勃发展,急速造就城市的现代化,而与此同时也卸解了民心痛苦记忆之枷锁,敞开了人世物欲贪念之阃阖。影响所及,字里行间可见,文学家不仅力表物欲的张扬,更为满足物欲的张扬而与世同庆,深陷于物欲的狂欢之中。浓厚的物质嘉年华气息充溢着当代文学,其中的虚空与肤浅逼使批评者不得不从对立面来思考问题,追索精神意义与价值。

2011 年 10 月中旬,笔者试着抛砖,以"精神中国"为主题,假香港城市大学召开了为期两天的国际学术研讨会。当时会议海报文案亦由笔者操刀,主要是顺着抗衡物质扩张的思路进行叩问:

> 自改革开放以来,中国的主导政治话语坚持继续走社会主义的道路,然而由现实生活所嘎嘎推动的似乎是一个放任物欲,追求

---

① 王德威:《小说中国:晚清到当代的中文小说》,台北:麦田出版,1993 年,第 3—5 页。

物质胜于一切的时代巨轮。中国民众普遍丧失精神信仰，索性在意识形态荒野中狂欢呐喊，在环球化商品大潮中翻滚奋扬。二十一世纪第二个十年伊始，我们研治这经历三十余年的后毛时期文学，不免要认真叩问其是否只建构了一个泱泱"物质中国"，而没有"精神中国"？倘若我们大胆假设作家笔下仍不失"精神中国"，则我们是否也能阐明其内涵本质与特点？能否厘清其与中国文学传统的关系（或毫无关系）？论述其对未来中国文学的影响？

为了方便参与者讨论，笔者在一连串的问题底下，又设立四小题：（一）主流或非主流的历史大小叙述；（二）新社会话语或新话语社会；（三）对传统命题的颠覆或重新包装；（四）由商品、身体、暴力或性所建构起来的时代寓言。是次会议成功引玉，邀得十数位来自中国大陆、美国、中国台湾、日本、新加坡和香港的学者共聚一堂，对后"文革"时期文学各抒己见，深入交流。其中或捭阖综述文学价值的建构过程，或思索作家文类的何去何从，或回溯当代文学起源，或追记书写传统、审视历史记忆，或彰显理论上的传承联系，或端详作品的内在叙述机制，品第话语的优劣，或临摹被商品化的历史图景，两天之中智慧的火花闪烁，照亮了后"文革"时期文学中丰富多彩的人文精神状态。

研讨会曲终人散，专家同仁留下的思想冲击与启发使笔者继续思考和丰富"精神中国"的定义。笔者有所领悟，"精神中国"不仅从物质的对立面反映了后"文革"时期文学对于1949年至毛泽东逝世期间文学（包含了十七年文学）的"伸延、矫正、戏仿或反动"，还说明它其实包含了在前段时期遭到刻意忽视或压抑的不同元素。这些元素经过十数年的忽视与压抑，一旦遇上改革开放所提供新的政经社会环境、新的创作场域条件，乃陆续释放出来。为了使"精神中国"的概念得以落实，方便日后进一步的讨论，笔者乃将研讨会上宣读过并修订好，以及另行邀约的十六篇论文编辑成《精神中国：1976年以后的文学求索》（以下简称"文集"）一书，在2013年年底付梓。文集分上、下二编，上编九篇采用宏观角度透视文学现象，下编八篇置个别作家与作品于显微镜下仔细观察。结合诸文的审视与论辩，有助于说明"精神中国"的实质内容。

后"文革"时期文学并非横空出世。其如何生成？源头究竟何在？

第十二章 "精神中国"的生成

对于这些问题,文集上编中的林春城、程光炜和林少阳从理论的层面进行了不同的考察。在《中国近现代文学史话语和他者化》一文中,[①]韩国学者林春城俯瞰中国近现代文学史话语的整个变迁过程,发现文学史家在建构从五四到"文革"结束前的文学时所使用的话语其实有着相似的规律,那就是推动"他者化政治"——借助于政治的力量去排除和压制文学的其他多种可能性。何谓之"其他多种可能性"?就建构五四"新文学"而言,它包括传统文学、本土文学、封建文学在内的"旧文学"或"通俗文学";对新中国成立后独尊左翼的"现代文学"和"当代文学"来说,则指和此二者一同建立新兴文学的"右派文学"以及"同路人文学"。进入80年代中期,钱理群、陈思和、王晓明等学者一面批判"近代—现代—当代"的三分法,一面提倡"20世纪中国文学"话语,使遭受"现代文学"压迫的"右派文学"重新回归"现代文学史"的研究领域。然而林春城认为"20世纪中国文学"具有三方面的局限性,即忽视东亚文学、在教学实践上仍然依赖现当代文学的二分法,以及一如既往地把焦点放在以知识分子为中心的启蒙上。21世纪伊始,范伯群在陈平原、刘再复评论通俗文学的基础上提出"双翼文学史"的说法,把通俗文学和纯文学视为文学史的双翼。其意义在于继"20世纪文学史"解放"右派文学"后将"新文学史""抹去"的"通俗文学"重新引入了中国近现代文学史研究的视野。林春城的论析说明后"文革"时期文学的根源有二,一是右派文学,一是通俗文学,皆在前期文学中受到大力的排拒。

程光炜另持见解,认为要讨论后"文革"时期文学的产生,就不能不扣合80年代建构现代性想象(反思"文革"和走向世界)的历史语境,不能不了解现代化发展和建立社会公平正义之间所产生的矛盾问题,不能不回到从1949至1967年的"十七年"的牵扯中。在《新时期文学的"起源性"问题》一文中,[②]程光炜提醒我们后"文革"政府和作

[①] 林春城:《中国近现代文学史话语和他者化》,《杭州师范大学学报》,2012年第6期,第43—49页。

[②] 程光炜:《新时期文学的"起源性"问题》,《当代作家评论》,2010年第3期,第78—94页。

家所追求的"现代性想象"其实存在着差异分歧。前者借助于改革开放的机缘,大力发展市场经济,并继续建构"十七年"那种以公平为前提的社会文化,试图在不损害社会主义基本价值传统的前提下走向世界,如此之现代化不会逾越国家的控制范围。但在后者,走向世界的前提是反思"文革"、获取文学的自主性,由此产生出寻根文学、先锋文学。正是因为这种差异分歧,后"文革"时期蜂拥迭出的文学作品虽然具有迥异缤纷的价值观念、主题、题材和艺术风格,但却普遍地表现出表现狭隘自我和脱离历史的特点,严重地制约了文学对三十年来社会矛盾、国人精神生活的深刻揭示与忠实记录,背离了"十七年"社会主义文化想象的建构方式。程光炜又指出,为了使后"文革"时期文学与现代性想象接轨,80年代一代的评论家如刘再复、鲁枢元等在理论表述上刻意把"工农兵文学""十七年""社会主义经验""反右""大跃进""文革"等抛诸脑后,遗忘现代化想象所造成的社会动荡、危机加剧、工农阶层沦落等历史的痛苦,将"十七年"的丰富性压缩成"非主体""畸形化""简单化""粗糙化"和"非审美"的文学状态,与"80年代"形成一种紧张对立的历史关系;在创作上则以"20世纪西方现代派"资源取代"十七年"历史写实主义资源,着重发掘与"十七年历史"相对峙的"自我",将"向内转"的文学意识形态前景化,同样对中国社会的急剧动荡视而不见。总结程光炜的说法,后"文革"时期的作家与评论家文学"在对中国历史国情的认识上"都"主动把自己放在'边缘化'的历史位置上",因此所生产的文学也就具有了"去历史化"的总趋势。

同样从历史的角度出发,但林少阳将后"文革"时期文学的生成归功于80年代的代表性思想家李泽厚一人的影响。在《八十年代的李泽厚与"史":一个观察近年的文学走向的视角》中,[1]他指出李泽厚在80年代的著述大都以"历史以及与之互为表里的现实的强烈关心"为共同指向,以召唤"个人的觉醒"来解构20世纪的革命理论和根深蒂固的正统意识形态,动摇正统的话语体系。这影响了知识界年青一代

---

[1] 林少阳:《80年代的李泽厚与"史":一个观察近年的文学走向的视角》,《文艺争鸣》,2012年第2期,第65—76页。

的历史认识,使北岛等80年代初期作家敢于解构大写的历史话语,从而宣判"文革"文学的终结。在林少阳看来,他们作品所承担的"史"的使命在21世纪初的长篇小说中又获得进一步的继承,像莫言的《生死疲劳》、阎连科的《受活》、贾平凹的《秦腔》和余华的《兄弟》等都通过小写的历史来质疑大写的历史,因此也就和李泽厚解构"文革"的史观相呼应。不过,两者之间的断裂显而易见——这些长篇小说中对现代性的质疑乃是思想史家李泽厚所没有的。按照林少阳的解释,李泽厚对现代化保持乐观的看法,颇契合中国80年代官方推动改革开放的思维。

批评家选择如何叙述,这不仅是文学生成的动因,也是文学生成的内容。关于这点,笔者在另一篇文章中曾概括以"被叙述,所以存在"一语,①放诸"精神中国"的讨论,可与林春城、程光炜和林少阳的"出史入文"构成对话。当然,讨论后"文革"时期文学也必须聚焦于文本及其创造者。后"文革"时期作家中的佼佼者,有不少是40、50或60年代出生,80年代声名鹊起的小说家。他们在90年代进入写作黄金期后,不断抛出掷地有声、影响深远的力著。根据陈晓明的《去历史化的大叙述——90年代以来的"精神中国"的文学建构》,②这些小说有一共同倾向,那就是质疑旧有的被现实主义所主导的历史叙事,小说家在"回到个人经验的同时,也重新梳理了20世纪的中国历史;审视了当下中国现实的本质;叩问了当代人的灵魂"。对比80年代激烈的社会反思性、批判性与整个社会的价值重建状况,90年代以降"去历史化"的过程要复杂得多:一有贾平凹(1952—)《废都》、陈忠实(1942—)《白鹿原》等西北小说摈弃往昔阶级斗争想象,改以传统文化为精神依据的经营布局;二有王安忆《长恨歌》通过新写实主义复活上海怀旧美学形象和弄堂日常生活,让中国从概念化的民族大叙事回到普通人日常生活的真实性中;三有刘震云(1958—)《一句顶一万句》去除革命理想

---

① 吴耀宗:《被叙述,所以存在:文学史上的鲁籍作家》,《东岳论丛》,2011年第7期,第5—14页。

② 陈晓明一文另题《去历史化的大叙事:20世纪90年代以来"精神中国"的文学建构》,刊于《文学研究》,2012年第2期,第15—25页。

性,详细叙述农民"无历史"的生活,再塑乡土中国精神;四有张炜《忆阿雅》释放出现代文学中久经压抑的浪漫主义叙事资源,结合以现代主义、后现代主义的元素,使当下的自我经验能够随时打断历史叙事的自足性和封闭性;五有阎连科(1958—)《四书》涉足中国作家鲜少涉足的赎罪题材,让残酷的当代中国史和《圣经》对话,以正视20世纪中国人灵魂中无法完成的赎罪。由陈晓明的论析可见,"去历史化"是后"文革"时期小说建构"精神中国"的重要法门,它包括重写、改写乃至解构,使原有宏大的历史叙事的经典模式分崩瓦解,从而找到把握真正现实、面向未来的可能。

较诸陈晓明,笔者所覆盖的"精神中国"层面要小得多。《空间反抗:中国改革开放以来的苦旅小说》一文聚焦于张承志、张炜、高建群与北村这几位40后、50后与60后小说家,[①]讨论他们如何以近乎宗教修行的孤清坚毅姿态创造出砥砺风节的苦旅小说,形成一种独特的次文类(sub-genre)。对这些作家而言,欲求索建构"精神中国",不能不放弃主流话语模式,不能不自外于声色狂欢的盛世,不能不投入艰苦寂寞的行旅。唯有在广袤空间与悲怆境界中致力抗衡普遍心灵的萎靡,"精神中国"的善源才可能重现,当代中国人的心灵史才能找到完整的内涵与叙述。简言之,四部苦旅长篇所呈现的"空间反抗"的深度与震撼力,使"后文革时期文学"中的"后"字具有了刷新前期文学的价值与意义。

紧随60后作家登场的70后作家,创作成绩远不如50后和80后作家的亮丽夺目,因而被视为"两座高峰之间的低谷"或"被遮蔽的一代"。但陈思和告诉我们,这一代作家对后"文革"时期文学所做的贡献其实不容漠视。在其《低谷的一代——关于70'后作家的断想》中,[②]陈思和指出50后、60后作家进入写作的时间乃是七八十年代,既具有源于历史伤痛的清醒,又有改革开放时代的正面鼓励,因此在写作

---

① 吴耀宗:《空间反抗:中国改革开放以来的苦旅小说》,《东岳论丛》,2012年第8期,第70—81页。

② 陈思和:《低谷的一代——关于70'后作家的断想》,何锐主编:《把脉70后:新锐作家再评析》,南京:江苏文艺出版社,2011年。

第十二章 "精神中国"的生成

上特别昂扬奋发。相比之下,70后作家既出生在较为沉闷的年代,先天严重不足,进入写作时期又躬逢汹涌淹至的商品大潮,后天过早糜烂,因此"无法像前代作家那样,有序地返回民间世界寻找理想的写作空间,也没有勇气完全脱离体制成为一个独立的自由撰稿人"。值得注意的是,"低谷自有低谷的风景",70后作家在创作时虽然无法直达灵魂地表达新世纪中国经济给社会所带来的种种恶魔性冲击,但毕竟还能遵行沿着生活发展而写作的常态写作。他们"盯着现实生活的细节",描述"消磨意志的日常琐事和无所作为的人物命运",摆脱政治力量的牵制,表述追求自由的文学理想,自成"精神中国"的一隅,不由得批评界遗忘。

进入新千年后,中国大国崛起的富态与互联网上青春纵横的盛气相结合,造就一批不断冲击阅读市场,赢得消费保证的80后作家。王宣人撰《美丽世界的孤儿——从韩寒、郭敬明小说看当代中国青年的精神存在》一文,讨论的正是其中最具代表性的两位——韩寒与郭敬明。王宣人认为,在追求现代性、启蒙和国族想象方面,韩寒(1982—)与郭敬明(1983—)所书写的当下年轻人与一世纪前梁启超所发现的"中国少年"遥相呼应。不过,这不表示他们的小说就是"青春文学"或"校园文学",原因有二。首先,韩、郭批判教育制度,嘲讽荒唐而矛盾的现实世界,作品的内涵要比"青春文学"丰富得多。再者,出现在他们笔下的校园其实是刻意营造出来的"异次元空间",作用不止于驰骋青春岁月的想象,更在协助主人公消解危机、寻求精神的慰藉。这种精神存在显示,80后作家所建构的"精神中国"要比我们表面所见的复杂得多。

小说以外,后"文革"时期散文和诗歌这两大领域亦别有洞天。孙郁在《近三十年的散文》中做了全面的观察,[①]认为散文在20世纪初期因为负荷过多的实用主义而削弱了审美功能,在六七十年代则因为受"文革"思路束缚而表达贫困,失去了许多文学潜力。要到80年代,文化的自觉意识蔓延开来,散文的风格才趋于多样化,既关注现实,也表

---

① 孙郁:《近三十年的散文》,《渤海大学学报》,2009年第1期,第19—25页。

现出个体意识的萌动;既召唤智慧,也滋养趣味。论年龄,久经风雨的老人书写群落重归个体情趣,其中张中行(1909—2006)擅长发扬史家哲人的情思,渐成新体,而在 2006 年从海外介绍到中国大陆的木心(1927—2011)则结合东西语汇于明晦之间。中青年作家方面,高尔泰(1935—)酣畅淋漓,张承志清洁阔大,北岛(1949—)浑厚磊落,史铁生(1951—2010)寂寞幽远,周国平(1945—)绵远深切,章诒和大气磅礴,各有不同。论传统,邵燕祥(1933—)、何满子(1919—2009)、朱正(1931—)、钱理群(1939—)等继承了鲁迅的峻急、冷酷和大爱,舒芜(1922—2009)、钟书和、邓云乡(1924—1999)等追求周作人式的自然平静,唐弢(1913—1992)、黄裳(1919—2012)和孙犁(1913—2002)等兼具周氏兄弟的不同风格,汪曾祺(1920—1997)以缕缕古风在这两种韵味之外游动。论地域,余秋雨(1946—)以学术随笔与游记的结合体苦旅,影响祝勇(1968—)写湘西,王安忆谈上海,车前子叙江南,马丽华(1953—)述西藏,贾平凹忆陕西,各臻其妙。90 年代后期,年轻的一代浮出文坛地表,余杰(1973—)、王开岭(1969—)、摩罗(1961—)、李大卫(1963—)、周晓枫(1969—)、安妮宝贝(1974—)等才华横溢,气韵青春,能天马行空地游走于散文的国度。总而言之,后"文革"时期散文发生了实质的转变,以小叙事居多,作家回到自己的世界,切身地表达自身。

在诗歌方面,文学史书中以朦胧诗为扭转革命诗歌话语起点的讨论不可胜计,日本学者佐藤普美子受文艺评论家柄谷行人"发现风景说"的影响,①选择在《呈现风景——新诗的"公共性"》一文中考察中国诗人如何书写风景,仔细"观看""他们的观看",从中找出后"文革"时期诗歌的特质。她举书写旅游景点的作品为例,指出韩东(1961—)犀锐地解构往昔惯用的感叹模式,打破传统登览诗的俗套,孙文波(1956—)则擅长反讽,而臧棣(1964—)选择以当代日常生活为资源的切切实实的经验及感受,拒绝断定(武断),用未定向的眼睛来观看风景。佐

---

① 柄谷行人:《日本近代文学の起源》,东京:讲谈社,1980 年;又见赵京华译:《日本现代文学的起源》,北京:生活·读书·新知三联书店,2003 年。

第十二章 "精神中国"的生成

藤普美子认为,诗人观看风景,"观看人与人之间的各种事物,从而形成一种对其关注的基本感觉",通过这样的基本感觉去省思关怀他人,并且设身处地地想象,乃在诗歌中形成了"公共性"。他们那些富于公共性的风景诗并不旨在引起读者的共同情感或者一种具有霸权含义的认同,而是创造出新的风景,把一般大众媒体的语言(包括映像)所无法表达的"现实感"形象地表述出来,使读者进入一个能发现"他者"的境界,去关心"非个人"性的事物。如此,诗人在风景的发现中乃"触着"现实,表现了切实的现实感。佐藤普美子不忘指出深藏此中的跨时空性,因为这种唤起人们对存在或发生于人与人之间的普遍事物付诸关心的新风景,其实也出现在香港诗人也斯(1949—2013)的作品中,成为连接他与现代诗人冯至(1905—1993),使二者可以对话与共振的一座桥梁。

犹如一切文学概念,"精神中国"的落实不可能完全寄托于宏观论述,它亦诉诸作家、文本的专案分析,从而体现更细致独特的内容。文集下编收录的论文,既有王德威和南帆分别阐析阮庆岳(1957—)和韩少功(1953—)的整体书写风格,亦有黄文倩、邹宇欣、陈丽芬、许子东、金理就路遥(1949—1992)、霍达(1945—)、姜戎(1946—)、莫言、贾平凹的个别作品(按作品出版先后排序)进行细读讨论,各自在"精神中国"的版图上插上了颜色鲜明的标杆旗帜。

阮庆岳出身台、美大学建筑系,任教于台湾元智大学艺术创意系。其从事文学创作,著作颇丰,又获多项文学奖,近年出版的一系列小说深受好评,虽然和后"文革"时期文学没有直接的关系,但借助于王德威《信仰与爱的辩证:阮庆岳的小说》对其"东湖三部曲"首尾篇《林秀子一家》和《苍人奔鹿》的细读,[①]可像孙郁讨论老人散文时提及木心的作品一样,作为一种参照,更见"精神中国"的特点。在台湾,神坛小庙数以千万,早已成为民间精神资源的重要一景,其中隐藏着许多故事,但素来少有现代小说家问津。朱西宁(1926—1998)的《旱魃》、萧丽红

---

① 王德威:《信仰与爱的辩证》,收入阮庆岳:《林秀子一家》,台北:一方出版有限公司,2003年,第5—12页;《苍人奔鹿》,台北:麦田出版,2006年,第3—8页。

(1950—)的《千江有水千江月》、王文兴(1939—)的《背海的人》以及许台英(1951—)的《寄给恩平修女的六封信》乃是少数的例外。王德威赞赏阮庆岳眼光独到,因为小说家所关怀的并非某一宗教教义的诠释,而是对人生宗教性——或是神性——有无的省思。阮庆岳描写林秀子经营神坛,和她之前经营面摊并无二致,都是兢兢业业,广结善缘。王德威认为此中表现出"一种惊人的自然主义风格,甚至及于超自然的层面"。在他看来,"怪力乱神和穿衣吃饭同样重要,神迹的有无也就是一念之间的事","各路神鬼无非是日常生活的有机部分,社会的秩序总也不脱信仰的秩序"。进而言之,"有信仰的人不见得有爱的能力,但能爱人的人却必须有坚实的信念作后盾",王德威乃相信"信仰与爱间的辩证关系"即是阮庆岳小说的终极关怀。将之比照拙文所讨论的张承志的《心灵史》,以及邹宇欣所分析的霍达的《穆斯林的婚礼》,可知后二家的共同点在于通过书写改革开放前备受压抑的宗教元素,以释放后"文革"时期中国大陆庶民生活的复杂性,他们不止于梳理"信仰与爱的辩证关系",而是迈开坚毅的脚步走入"精神中国"。

湖南作家韩少功以小说著称,但亦擅长写散文。根据南帆在《后革命时代的诗意》中的观察,[①]探索思想是韩少功文学创作的气血命脉,这种"感性的洞明"往往拆穿矫饰、中断浪漫诗意,不利于小说的叙述,但在无拘无束的散文形式中却有广阔的发挥空间,因此自80年代起,韩少功乃愈来愈多地使用散文来表述思想。形成这现象的另一原因是后"文革"语境。在进入以市场经济为主要特征的现代化进程中,"有些旧的问题还没有完全消失,比如几千年官僚政治和极权主义的问题;有些问题正在产生,比如消费主义和技术意识形态的问题;有些问题是中国式的,比如传统文化资源的现代转换和运用问题;有些问题则是全球性的,比如经济一体化和文化多元性的问题,等等"。这些问题不断地刺激韩少功思考,在散文中与之搏斗不懈,制作出"问题追逼

---

① 南帆:《后革命时代的诗意》,收入南帆:《后革命的转移》,北京:北京大学出版社,2005年,第110—127页。

的文学"。不过,韩少功即使是挥动"灼亮的批判锋刃",也没有流于概念和理论术语的堆砌,他仍然以富于个性的言辞和想象来保持散文的文学品质,来建构"精神中国"。例如他在想象人民群众时,没有不经思索地承继二三十年代以来革命文学的狂热传统,把底层大众视为不可冒犯的符号,而是拒绝圣化他们,以免他们的真正疾苦消失于圣化所制造出来的空洞偶像背后。90年代之后,韩少功为自己的散文表述增添了许多限定,然后在这些限定中挖掘真理,"在一种复杂的思想结构之中抵抗'价值真空'"。因为所追求的是有所捍卫之后的积极性批判,这时的韩少功可将"真实"缩小到更为具体的方面如"自然""身体"或"生理"来抒写,或从民族国家的宏大叙事返回朴素观念的讨论,如"是否同情人""是否热爱土地"或"是否不再与母语分离"等。如南帆所言,韩少功在散文中往往"不自觉地返回圆心——人性的质量"。这正是他个人建构"精神中国"的方式。

除了作家整体的书写风格之外,把握具有代表性与影响力的作品文本也有助于我们把握"精神中国"的意涵。中国实行改革开放政策不久,农村发生变化,例如"个体户有了大发展,赶集上会,买卖生意,已经重新变成了庄稼人生活的重要内容"。① 1982年,路遥发表小说《人生》,把高中毕业生高加林去留陕北乡土的命运及其与村女刘巧珍情感变异的悲剧交织在一起,写出了80年代初期现代化带给传统城乡的巨大冲击,引起广大读者的共鸣。黄文倩在台湾隔海研读这小说,发现与日剧时期作家龙瑛宗(1911—1999)写于30年代的《植有木瓜树的小镇》互为参照,更能突显其建构"精神中国"方面的特点。在《生活在他方——重读高加林与路遥的〈人生〉》一文中,黄文倩指出,高加林一心向往城市而厌恶农村,颇似龙瑛宗笔下陈有三之渴慕日式生活而想离开台湾乡土社会,但最令她关注的其实是《人生》明显不同于《植有木瓜树的小镇》的地方,那就是作者路遥不时以作者的身份介入叙述,甚至在小说结尾安排高加林回归农村,重新肯定乡土与集体的价值。这种以大于主人公的声音的积极性表述,一来终止了基层知识分

---

① 路遥:《人生》,北京:北京出版集团公司、北京十月文艺出版社,2009年,第21页。

子在社会转型阶段对城乡二元对立的思考模式,二来克服西化教育模式与乡土中国现实之间的落差,消除社会主义实践在改革开放初期所受的挫折,在黄文倩看来是"双声及载道",是"发展建构具有乡土中国主体特色的现当代文学史观的重要一环"。

前文先后提到张承志和阮庆岳涉及宗教题材的小说,其实比他们更早在文学中释放宗教元素的是回族女作家霍达。她在1988年推出长篇小说《穆斯林的葬礼》,讲述以梁亦清、梁君璧、梁冰玉、韩子奇、韩新月等为主要人物的三代回族家族史故事,当中穿插了不少关于伊斯兰教文化习俗的描写。邹宇欣研读这小说,关注点却不在宗教元素上,而是宗教元素如何协助回民在由汉族主导的地域里发声,如何完成他们作为少数民族的历史书写。她在《少数民族历史书写,宗教的抑或是政治的?——以回族作家霍达为例》中指出,中国的少数民族历史书写自古以来受到"汉族政治意识的操控",在汉族中心的语境中一直无法建构作为一个民族的客观主体性。这种被边缘化的处境在新中国建立后并无改善,历史书写受到阶级立场和政治导向的左右,"更像一部社会主义发展史"。必须等到改革开放以后,自由的社会政治文化气氛才为少数民族的历史书写创造新的生成场域,引发少数民族作家如霍达摆脱既定的政治关怀模式,采用属于自己的方式去创作小说《穆斯林的葬礼》。邹宇欣发现,霍达通过结合伊斯兰教义与民族历史回忆,以韩子奇代表回族历史渊源,梁亦清代表传统回民形象,韩新月代表传统教义与现代文明冲突,既重构回民如何经历了产生——发展——变革的历史过程,亦修订中国之所谓"正史"。

2005年,姜戎的《狼图腾》面市,迅速成为一部大热大卖但抑揄不一的小说。陈丽芬在细读之下发现,这部长篇的论述取向和思维方式反射了中国现阶段某种集体的文化与政治意识,参与了中国自我形象的重塑。在《野性的姿势——〈狼图腾〉与中国想象》一文中,①陈丽芬先对形成"狼图腾热"的种种褒贬意见做了一番梳理,然后指出姜戎以

---

① 陈丽芬:《野性的姿势——姜戎〈狼图腾〉与中国想象》,《中外文学》,2012年第4期,第107—141页。

第十二章 "精神中国"的生成

迟来老知青的姿态重拾寻根的题材,专意书写自认为比黄土高原更"纯"、更"野"的蒙古草原和狼,其实是想和80年代的寻根作家进行一场对"根"的竞逐,比拼猎奇之高下。这样的动机导致小说叙述倾向追求高潮迭起的趣味,沦为夸张、煽情、庸俗的通俗剧,不过,陈丽芬也提醒读者,小说表面上描写蒙古草原,其实处处参照北京,透露了对外蒙独立、国土分裂的焦虑;表面上赞颂"狼文化",其实承接了五四和"文革"批判儒家的传统,暗示欲振兴中国,不能不输入"狼血",但输血不能过量,因为重塑中国人不代表他们必须彻底的野兽化,他们最多也只是变成"现代的文明狼"。叫陈丽芬感到不安的是,在"中国崛起"的转机时刻,如此"洋溢着憧憬,又充满着焦虑的主体意识"的启蒙有效地合理化了毛泽东在革命运动中对劳动改造的号召,但整个社会在狂欢式地消费这"感时忧国的文学"的同时,却未必意识到大众领域中的政治意识形态业已再度深化。

在中国,计划生育是个沉重敏感的课题。1956年1月,由毛泽东主持制定的《全国农业发展纲要(草案)》第二十九条规定"宣传和推广节制生育,提倡有计划地生育子女",掀开了六十年波澜起伏的中国计划生育史的序幕。人口控制国策对依赖劳动力的农村影响尤其重大,让莫言敷衍成《蛙》(2009年出版)中六七十年代乡村女医生"姑姑"投入高密东北乡节育运动的惨烈故事。在《"文革故事"与后文革故事》——读莫言的长篇小说〈蛙〉》一文中,许子东认为莫言可能是考虑到"国际阅读市场"对于"文革"苦难书写的厌倦,所以才"颇为煽情"地"控诉中国的人口政策",但读者更应注意到小说从这"一个极为敏感的新政治视点"出发,其实具有更重大的意义,那就是呈现出不同历史时期所具有的残酷巧合的伦理血缘联系。许子东指出,强迫人工流产和死于人工流产本是两回事,没有必然关系,但因为莫言给予因果的连接,乃显示出强力推行计划生育政策是何其的残暴、何其的可怕。如果读者只是单看"文革"中为逃避强制生育而付出生命的情节,抑或后"文革"期间为购买牛蛙科研中心"无性代孕"或"有性代孕"的服务而付出金钱的片段,必定会觉得二者风马牛不相及,充其量也只是对于个别时期不公现象的控诉罢了。但实际上,经过莫言的文学处理,《蛙》

中出现了"今日花钱将精子放到当初被你太太杀掉的女人的小孩的子宫里"如此扭曲古怪的繁殖情节,说明"当代新生命同时也是'文革'旧孽债","'文革'故事"与"后'文革'故事"之间具有血肉相连的牵扯,"可以被读作对毛时代与'后文革'关系的一个狂欢性的政治隐喻"。许子东没有明言的是,正因为"血肉相连",后"文革"中国就是通过"文革"中国想象出来的。

后"文革"时期书写"文革"的文学作品多如过江之鲫,难以尽数。在金理眼中,只有贾平凹出版于2011年的《古炉》善于"通过细致入微而又波澜壮阔的社会风俗、世态人情的描写,来呈现时代动荡、政治权力的嬗变",称得上是一部巴尔扎克、左拉式的"小说文革史"。金理写《"小说的文革史",及现实焦虑的移置——〈古炉〉读札》一文,[①]其目的即在提醒我们,贾平凹如何积极通过《古炉》"退回"现实主义中,去解决在建构精神中国时所面对的两大问题。第一个问题是"文革"以来所造成的现实主义书写的困境——夸大生活,将生活意识形态化,而贾平凹的解决方法是采用"师法自然的生活流"的书写方式。在《古炉》中,他先"尽量悬置意识形态和倾向性很强的主观判断,拆解掉我们在自然状态的生活流与抽象本质论之间用自以为是的逻辑搭建起来的联系脉络"。以此定调,于是用大量篇幅、碎片般日常细节展现的写法描绘"文革"浩劫如何降落在乡村,具有什么特性,人类的恶魔性如何点燃村落社会中长期积淀的各种利益冲突,精细地勾画出社会动荡表象背后诡谲波澜的人物关系重组、性格变异和扭曲。第二个问题则是如何对应前一部巨作《秦腔》中那惶惑难安、无法可想的当下生活。这次,贾平凹选择"潜入时间之流,将感情投注在记忆上,尽管这一记忆图景中有压抑、屈辱,甚至血腥、杀戮,但终究在曲终奏雅时提取出万象更新的'春'的时刻,藉此重建'整体'","给混乱的生活带来秩序",既移置、抚平了现实的焦虑,又召唤出对未来的希望。

从名饰前缀造词法的特性与渊源,到国际学术研讨会的召开筹办,

[①] 金理一文原题《历史深处的花开,余香犹在?——〈古炉〉读札》,刊于《当代作家评论》,2011年第5期,第77—83页。

再到十六篇论文的分合讨论，笔者尝试阐述"精神中国"作为一个新的文学术语所经历的酝酿生成过程，从中见出后"文革"时期文学建构"精神中国"的丰富性与复杂性。倘若必须即刻为这术语下个定义，笔者以为可将之视作"后文革时期文学的书写思维品质"，是后"文革"时期和前期社会二者离一不能的共同产物。"精神中国"来自解放至"文革"期间记忆库中的经验提取，构形于由意识形态主导转为由市场经济主导的场域和语境，一方面力图摆脱过去意识形态的牢笼，一方面对金钱物质的捆绑做出不同的应对。不管是以迷失见清醒，或以清醒见迷失，是狂欢背后的反思，或温柔敦厚的反映，或义无反顾的反抗，在缤纷书写元素的绑、解之间，后"文革"时期文学让我们看到以身心自由为共同目标的省思与求索。当然，在文本和思考的不断积累之中，"精神中国"这一书写思维品质还会积累更丰富的内容，显示包含更多的开放性，笔者衷心期待它召唤更多全面深入的讨论和开拓。

后 记

这是笔者的首部学术文集,收录其中的十二篇论文最早撰写于2003年,最晚脱稿于2013年,正好呈现出个人近十年来思索和辨析中国现当代文学问题的精神向度与历程。

本书的面世还具有另一层意义,那就是为笔者当初被视为"误入歧途"的抉择提供反证,为这艘探索中国现当代文学的慢船的下一段航程立桅扬帆。

回首来时路,曲折迢迢。笔者从修读本科到硕、博深造,接受的是中国古典文学专业的训练,按照一贯"学术正确"的做法,学成之后自当以研究古典文学为毕生事业。可是2001年初,从西雅图华盛顿大学取得博士学位回返新加坡执教,据说出于资源分配上的考量,一上场就被安排去教授中国现代文学和新马华文文学,变成了师资团队中"半古典、半现代"的跨界教员。对此编制,笔者当时是一则以喜,因为自年少岁月即从事新诗与小说创作,涉猎现当代文学似乎也是理所当然的事,趁此机会多了解一点亦无妨;一则以忧,因为在此之前没有系统性的知识积累,结果只能召唤本科时修读过一个学期的王润华教授的现代文学课的记忆,并且求援于钱理群、温儒敏与吴福辉三位教授编著的《中国现代文学三十年》(修订本),紧急凑合,仓皇上阵。

由于当时学识装备不足,自知讨论起课题来欠缺个人创见,所以不敢冒进发表文章,迟至2003年仲秋,出席在南京的"全球化格局下的现代文学:中国与东亚"研讨会,提交了《郁达夫的情色空间》一文,才真正跨入现当代文学研究的门槛。可惜的是,其后没有把握机会好好跟进,而是继续兼顾三个不同领域的课业,维持精力分散的工作现状。奢望处处用心,结果是无所用心,几年下来仅仅应付了教学上的需要,在学术研究上却交不出像样的成果来。因"贪"得"贫",徘徊于人生低谷,所幸申请香港城市大学的现代文学教职有了回音,于是下决心转换环境,在 2006 年底毅然告别母校,告别生活了三十余载的狮城。

移居香江,等于一切重新开始。免去昔日的纠葛,在研究上终于可以专注于一领域,对中国现当代文学的内涵本质与整体发展有了新的认识与把握,较具实质的学术成果乃陆续出炉。例如探讨作家如何在历史转折处崛起,尤其是五四初期的创造社诸家,发现他们虽然处于弱势,却能善用策略和资源打造自我,以丰富独特的书写脱颖而出,积极地去参与现代性的建构过程。又如研读长篇说部,察识张爱玲的再造记忆无法纯粹用女性主义理论去概括,莫言的荒诞叙事不全是为了接合佛教思想,中国改革开放导致文学界有了"精神中国"的缤纷建构,作家地域身份的消长能说明"被叙述,所以存在"的文学经典化现象。将这些体悟落实为论文,有了可以和专家学者展开深入对话的依据,内心的喜悦似乎也具体起来了。

十年岁月跌跌撞撞,终于可以在现当代文学研究领域里觅得立锥之地,这固然是个人抉择、力强而致的结果,但另一方面也仰赖前辈同仁的大度包容和热情援助。王润华教授和东京大学的藤井省三教授在笔者"改弦易辙"时给予实际的支持;郭沫若纪念馆的蔡震先生、北京师范大学的李怡教授、山东师范大学的魏建教授关注笔者的研究成果,给予精辟的建议与肯定;哈佛大学的王德威教授不吝提携,将拙文推荐给学生参阅讨论;复旦大学的陈思和教授、北京大学的陈晓明教授和中国人民大学的程光炜教授在学问上多所启迪,还不时支援,鼓励笔者奋进。这种种助力都让笔者感动,在此一并致谢。

如今文集顺利付梓,首先要感谢北京大学出版社的张雅秋博士。没有张博士的致力协调和细心编辑,笔者这一点学术成果不可能获得完美的呈现。再者,陈晓明教授和南帆教授体恤后学,拨冗阅读书稿,并惠赐序文,使本书增色不少,笔者心存感激,非笔墨所能形容。

立足于此书,眺望未来,中国现当代文学研究是一片无际汪洋,鱼鸟灵动,时时出没于翡翠闪烁的波光中。